Stimmen im Kopf –
Depressionsroman

Impressum

Bitte beachten Sie die Urheberrechte. Sie ermöglichen es den Autoren dadurch, Bücher zu schreiben.

Autor: Hans Peter Roentgen, Potsdam, 2025 Originalausgabe
https://www.hanspeterroentgen.de

Verlag: BoD · Books on Demand GmbH, Überseering 33, 22297 Hamburg, bod@bod.de

ISBN: 978-3-8192-1002-0

Cover und Umschlaggestaltung: Isabella Schmitt-Egner

Lektorat: Fehlerjägerin Birgit Rentz

Druck: Libri Plureos GmbH, Friedensallee 273, 22763 Hamburg

Bibliografische Information der Deutschen Nationalbibliothek: Die Deutsche Nationalbibliothek verzeichnet diese Publikation in der Deutschen Nationalbibliografie; detaillierte bibliografische Daten sind im Internet über dnb.dnb.de abrufbar.

Wenn der Teufel meine Seele besitzt,
  wer besitzt dann mein Herz?
Wenn die Schwarze Dame den Thron besteigt,
  wer kann ihr entfliehen?
Wenn die Hunde der Nacht wieder jagen,
  wen werden sie reißen?

Die erste Suche

Ich vermisste Mama. Immer wieder überlegte ich, ob ich sie suchen sollte. Und immer wieder dachte ich: Sie will dich nicht sehen, du hast sie angespuckt.

War der Gedanke von mir oder von der Schwarzen Dame in meinem Kopf? Ich wusste es nicht und blieb im Bett liegen. Lächerlich machen wollte ich mich nicht. Und eine Suche nach ihr wäre ziemlich lächerlich, das musste mir keine Schwarze Dame erzählen, das wusste ich selbst. Ich sollte den Gedanken einfach nicht denken, dann würde es mir besser gehen. Also fort damit! Mutter war seit drei Jahren verschwunden und ich musste mich endlich damit abfinden. Das sagte ich mir.

Und ging zu Bett. Starrte die Zimmerdecke an, weil ich nicht einschlafen konnte. Sie war grau und schäbig, wie immer.

Schließlich schlief ich doch ein. Und träumte von ihr. Wir saßen vor einer Matheaufgabe, die noch nie jemand gelöst hatte, und überlegten hin und her. Schrieben Formeln auf, strichen sie wieder durch.

„Wir werden es nie schaffen, wir machen uns lächerlich!", sagte Mama und warf den Bleistift wütend in die Ecke, direkt vor die Füße der Schwarzen Dame.

Plötzlich hatte ich eine Idee. Schrieb die Formel aufs Papier. Wusste nicht weiter. Mama sprang auf, griff sich wieder den Stift, die Schwarze wurde durchsichtig und verschwand. Und wir schrieben und schrieben gemeinsam, feuerten uns an und am Schluss hatten wir die Lösung.

„Wir kriegen den Nobelpreis." Mama lachte, legte den Stift auf das vollgekritzelte Papier und lehnte sich zurück.

Dann wachte ich auf, sprang auf und warf die Bettdecke in die Ecke, wo seltsamerweise keine Schwarze stand und auf mich wartete. Ich schlüpfte in Hose und Hemd und in die Schuhe.

Vater kam rein und fragte: „Schon auf? Was ist los?"

„Ich muss weg."

„Trink wenigstens vorher einen Kaffee", bot er mir an – ausgerechnet er, der mir sonst immer Kaffee verbot.

„Später", sagte ich.

Und dann fiel es mir ein.

Mama war immer abends in die Bar gefahren.

Sollte ich zurückgehen und auf den Abend warten?

Dann legst du dich wieder ins Bett und wirst sie nie suchen, sagte ich mir und das war richtig, völlig richtig. Ich würde mich wieder ins Bett legen, die Decke anstarren und nicht aufstehen. Nicht aufstehen können. Die Schwarze würde es zu verhindern wissen.

Doch was sollte ich so lange tun? Schule? Nein, ich war ja auch noch gesperrt. Stadtbibliothek? Die öffnete erst um zehn. Also wanderte ich durch die Stadt, entdeckte Gassen, die mich bisher nie interessiert hatten. Die Häuser sahen frisch geputzt aus, die Bäume lachten mich an und selbst die Autos glänzten fröhlich und frisch gewaschen. Ich wunderte mich, dass die Schwarze mich nicht plagte, zurück nach Hause und ins Bett zu gehen.

Kurz vor zehn stand ich vor der Stadtbibliothek. Selbst die strahlte mich an und ich fand mehr Bücher, als ich jemals würde lesen können.

Mama war immer um vier zur Arbeit gefahren. Folglich verließ ich um vier die Bücherei mit einem Stapel Fantasy und Science-Fiction im Rucksack und marschierte zum Bahnhof. Und fuhr nach Karlsruhe und zum Chez Nicole.

Der Türsteher wollte mich verscheuchen und sagte: „Jugendliche haben keinen Zutritt."

Erst ging ich, dann kam ich zurück; er wurde böse und ich fragte ihn nach Mutter. Er kam aus dem Türeingang auf den Bürgersteig; ich dachte, er würde mich schlagen, und wollte weglaufen, doch er erwischte meinen Arm.

„Bist du ihr Sohn?", fragte er.

Ich nickte, während sich mein Hemd voll Schweiß saugte, denn er war doppelt so schwer wie ich. Die Vergangenheit solle man ruhen lassen, erklärte er. Wenn er wüsste, wo meine Mutter sei, würde er mir's sagen; leider wisse er es nicht und ich müsse es wie ein Mann tragen.

Ich schluckte meine Tränen runter. „Deine Mutter ist eine tolle Frau", sagte er, „das solltest du nie vergessen."

Dann drückte er mir zwanzig Mark in die Hand – Euro gab's damals noch nicht – und erklärte, hier sei sie nicht mehr aufgetaucht und ich solle nie, nie wieder hier aufkreuzen.

„Trag es wie ein Mann, finde dich damit ab", wiederholte er und das hatten alle Erwachsenen zuvor gesagt. Sprüche aus dem Sprücheladen für Erwachsene.

Am Bahnhofskiosk hingen Pornohefte. Darunter der Playboy. Ich zog den Zwanziger vom Türhüter hervor und kaufte ein Exemplar. Der Kioskbesitzer schaute mich verächtlich an und ich wurde knallrot, aber ich wollte es haben.

Zu Hause legte ich mich mit dem Heft aufs Bett. Ich schlug es auf, klappte es aber gleich wieder zu. Was, wenn ich Mama darin finden würde?

Die Halbnackte auf dem Cover hatte mich erregt.

Ich sprang auf, riss das Fenster auf und warf das Heft hinaus. Ein Passant schaute hoch, ich zog den Mittelfinger und schlug das Fenster wieder zu. Blies Mama grade einem Fettwanst einen? Ich verfluchte sie dafür.

„Warum bist du fort?", schrie ich die Wand an, warf mich aufs Bett und trommelte mit den Fäusten aufs Kopfkissen.

„Weil sie mit alten Männern Sex haben will", flüsterte die Stimme der Schwarzen Dame in meinem Kopf.

Wieso hatte diese Stimme immer recht? Ich war wirklich das letzte Arschloch! Die Bäume vor meinem Fenster nickten zustimmend mit den Ästen. Und das Zimmer war wieder grau wie früher.

Das erste Unglück

Drei Jahre vorher saßen mein Freund Jürgen und ich in unserer Küche und spielten Go.

„Die Japaner lernen damit, strategisch zu denken", hatte Vater gesagt, als er es mir zum zwölften Geburtstag schenkte, zusammen mit einem Buch, das mir strategisches Go-Denken beibringen sollte. Ich las aber nur das erste Kapitel, das mir die (wenigen) Regeln des Spiels erläuterte.

„Ich mag nicht mehr", sagte Jürgen. „Du gewinnst immer."

Er hatte recht, aber was sollte ich tun? Ihn gewinnen lassen? Das wäre unehrlich und außerdem würde er es merken. Also gewann ich weiter und schämte mich deswegen.

„Dafür kann ich Auto fahren", sagte Jürgen. „Mein Bruder lässt mich manchmal mit seinem fahren."

„Du bist zwölf", erinnerte ich ihn.

„Na und? Ist gar nicht schwierig. Nur den Sitz muss ich vorrücken. Dann Gang, Kupplung rein und los geht's."

„Kann ja auch nichts kaputtgehen bei der Rostlaube deines Bruders."

Der hatte sich vor kurzem einen uralten Polo gekauft und neu lackiert. Mit Seitenstreifen und einer Startnummer, als ob er damit Autorennen fahren würde.

„Nur Angeber fahren Jaguar, sagt Mama", fuhr Jürgen fort.

„Papa ist kein Angeber!", sagte ich und räumte das Go-Spiel ein.

Papa kam zur Tür rein.

„Hallo", sagte er. Und zu Jürgen: „Daniel kann auch Auto fahren." Er hatte unser Gespräch in der Garderobe gehört.

Papa verachtete Jürgen und dessen Mutter, die im Tennisclub alle zum Feminismus bekehren wollte. Deshalb beschwor er mich immerzu, anständigere Freunde zu finden. Er warf den Schlüsselbund auf den Küchentisch und sagte zu mir: „Fahr Othello in die Garage. Jürgen kann das auch."

Der Schlüssel rutschte über den Tisch, fiel aber nicht runter, weil der Tisch so groß war. Alles war groß in unserer Küche. Ein riesiger Herd, um den man herumgehen konnte, eine Aufhängestange darüber, von der alle möglichen Küchengeräte herunterhingen, vom Quirl über Schöpflöffel bis zu einer Geflügelschere. Nur das Bild über dem Tisch war klein, es zeigte einen Mann mit schwarzer Perücke und drunter stand „Gottfried Wilhelm Leibnitz". Mama hätte gern Mathematik studiert und Leibnitz war ein berühmter Mathematiker.

Papa ging aufs Klo. Seine Zeitung lag noch vom Frühstück auf dem Küchentisch. Die Seite mit dem Wetterbericht lag mir gegenüber. Für den Abend waren Gewitter und Hagel angesagt. Der Wagen musste in die Garage, keine Frage.

Ich sah das als Omen an, schnappte mir die Schlüssel und lief mit Jürgen zum Wagen.

„Lass mich fahren", sagte Jürgen. „Ich kann das."

Aber was der konnte, konnte ich schon längst. Ich würde es allen zeigen: Ich, Daniel, kann Othello steuern.

Ich drückte den Knopf, die Verriegelung klickte auf und ich setzte mich auf den Fahrersitz. Aber ich konnte die Pedale nicht erreichen. Mühsam schob ich den Sitz nach vorne und stellte die Rückenlehne auf.

Jetzt saß ich auf Papas Platz. Und würde Othello steuern. Der echte Othello war ein berühmter Feldherr, hatte Papa erzählt, deshalb hatte er den Wagen nach ihm benannt. „Er war ein Außenseiter und schwarz", fügte er hinzu, „aber so gut, dass die Venezianer ihn trotzdem zum Oberbefehlshaber ernannten. Doch er liebte zu sehr und das wurde ihm zum Verhängnis."

Sonst saß ich immer neben ihm auf dem Beifahrersitz. Dort fühlte ich mich sicher. Das große Auto, nach einem Feldherrn benannt, und Papa steuerte es. Und ich träumte davon, es irgendwann einmal selbst zu steuern. Jetzt war es so weit.

Jürgen streichelte die Motorhaube, als sei das Auto ein Kuscheltier.

„Worauf wartest du?", fragte ich nervös. „Steig ein!"

Jürgen stieg ein und ich startete den Motor. Der sprang brav an, obwohl die Karre alt war und Papa immer davon redete, er brauche eine neue.

„Wozu das denn?", fragte Mama dann. „Wir haben genug Schulden."

„Die anderen fahren auch keine Schrottkisten", sagte Papa immer und mit den anderen waren seine Kumpel vom Bau gemeint, alles Bauleiter wie er oder Bauunternehmer, die BMW oder Porsche fuhren, immer neue.

Also der Motor lief. Jürgen löste die Handbremse und ich drückte aufs Gas. Der Motor heulte auf, denn ich hatte keinen Gang eingelegt. Papa hasste Automatik, das sei unsportlich, meinte er, und deshalb hatte die Kiste Gangschaltung.

„Fahr erst mal zurück", sagte Jürgen. „Vor uns ist ein Baum."

Klar war da ein Baum. Die Straße hatte auf der rechten Seite Bäume, alles Linden, und zwischen denen war Platz, um Autos zu parken. Unser Haus stand auf der linken Straßenseite, dahinter ein Walnussbaum, den die Eichhörnchen liebten und dessen Nüsse sie im Herbst vergruben, sodass im ganzen Garten im Frühjahr Walnussbäume wuchsen. Vater riss sie immer aus. Er wollte auch den Baum fällen lassen, denn ein Teil der Nüsse landete im Pool, aber das gab heftigen Streit mit Mama, die Papa sonst selten widersprach.

Neben dem Haus war der Carport. Ich musste Othello nur nach links auf die Straße und in den Carport steuern.

„Hältst du mich für blöd?", fragte ich Jürgen. „Dem Baum kann ich leicht ausweichen." Ich drückte den Ersten ein und die Schaltung kreischte auf, weil ich die Kupplung nicht erwischt hatte. Also drückte ich das Kupplungspedal, packte das Steuer, stieg aufs Gas, ließ die Kupplung los und der Wagen sprang nach vorne. Wie ein echter Jaguar, der ein Schaf entdeckt hat.

Aber da war kein Schaf, sondern der Baum. Ich drehte das Lenkrad zu spät, der Wagen krachte rechts gegen den Baum und ich wurde gegen das Lenkrad geschleudert. Der Motor soff ab, die Kühlerhaube war zerknittert und Jürgen sah mich entsetzt an. Er war mit der Stirn gegen die Frontscheibe gedonnert und blutete.

„Du Idiot!", fauchte er, sprang aus dem Wagen und lief weg. Ich blieb sitzen, der Satz nach vorne hatte mich gegen das Lenkrad geschleudert.

Mama rief: „Daniel, Essen!" Und dann schrie sie entsetzt auf.

Ich wünschte mir, in der Zeit zurückzureisen, und die Schlüssel lägen unberührt auf dem Küchentisch. Ich wünschte mir das ganz fest.

Papa kam aus dem Haus. Er ging auf den Wagen zu, öffnete die Tür und forderte mich auf, auszusteigen. Aber ich blieb sitzen. Er packte mich am Arm und sagte: „Mit zwölf habe ich jeden Abend den Traktor meines Vaters in die Scheune gefahren. Ohne wo gegenzudonnern."

Dann zog er mich ins Haus.

„Setz dich", sagte er leise und wies auf einen Küchenstuhl.

Mir zitterten die Knie und ich setzte mich hin.

Er baute sich vor mir auf und fragte: „Wo ist dieses Arschloch Jürgen? Wo ist der feine Herr, der sich Freund nennt? Hab ich dir nicht tausendmal gesagt, du sollst dir gescheite Freunde suchen? Statt diesen Balg einer Feministin und eines Losers, der seine Eier bei der Heirat abgegeben hat?"

„Rolf!", protestierte Mama. Und dann fragte sie mich: „Hast du dich verletzt?"

Ich schüttelte den Kopf und verzog das Gesicht. Meine Muskeln im Genick protestierten. Aber ich hatte das Gefühl, das war nichts, was ein Arzt heilen konnte.

„Sollten wir nicht ins Krankenhaus?", fragte Mama zögerlich, eine kleine Gestalt neben meinem Vater.

„Quatsch, er hat sich nicht verletzt!", sagte Papa. „Er hat meinen Wagen geschrottet. Und der saubere Freund hat ihn verführt und haut dann ab! Wozu zahle ich diese teure Schule? In seinem Alter ging ich nicht auf eine Privatschule, sondern auf eine normale und habe jeden Abend den Traktor meines Vaters in die Garage gefahren. In die Garage! Nicht gegen einen Baum!"

Ich wäre auch viel lieber ein normaler Junge auf einer normalen Schule gewesen, mit Judotraining statt Tennis und mit normalen Freunden, die nicht wegliefen, wenn es ernst wurde.

Mama fragte, warum ich in Othello eingestiegen sei, und ich sagte, Papa habe uns die Autoschlüssel gegeben. Und sie: „Rolf, warum hast du ihm die Schlüssel …"

Doch Papa winkte ihr mit der Hand zu, den Mund zu halten.

Dann beugte er sich zu mir hinab, bis seine Nasenspitze meine fast berührte. Ich roch die Pfefferminzbonbons, die er immer lutschte, und ganz im Hintergrund ein wenig Cognac.

„Jetzt hör mir mal zu, Freundchen. Weißt du, was eine neue Motorhaube und Kotflügel kosten? 8.000 Mark, und die wirst du von deinem Taschengeld bezahlen. Bis dahin ist Schluss mit Taschengeld und Schluss mit diesem Sprössling einer durchgeknallten Femina!"

„Rolf", fing Mama wieder an, „warum gibst du ihm …"

Mein Vater goss sich einen Cognac ein, verließ die Küche und schloss die Tür. Meine Mutter schüttelte den Kopf.

„Jürgen hätte es richtig gemacht", sagte eine Stimme in meinem Kopf. Diese Stimme hörte ich zum ersten Mal. Bald würde ich sie täglich hören. Mir wurde kalt und alles tat mir weh. Nicht nur wegen des Aufpralls. Diese Stimme schien mir vertraut, als würde sie schon immer zu mir gehören. Sie erinnerte mich an meine Uroma, deren Zimmer mit dunklen Möbeln gefüllt waren, mit Fotos meines Urgroßvaters, der in Stalingrad vermisst worden war, alle Fotos mit Trauerflor. „Die Stimme der Schwarzen Dame" nannte ich sie.

„Alle Menschen sterben", sagte Papa mal. „Aber Uroma wird immer da sein und uns an die Vergangenheit erinnern."

Wenn wir sie besuchten, saß sie am Tisch, sagte wenig und rührte sich nicht. „Die große Trauernde", nannte Mama sie. Sie musste uralt sein und wenn sie redete, beklagte sie sich und weissagte, was alles bald untergehen würde.

Und so stellte ich mir diese Schwarze Dame auch vor. Ganz in Schwarz gekleidet, mit einem schwarzen Hut und einem schwarzen, nur halb durchsichtigen Schleier vor dem Gesicht.

Jürgen hätte es richtig gemacht, dachte ich. Und mein Vater mit zwölf auch.

Plötzlich hielt ich es nicht mehr mit Mama in einem Raum aus. Ich wollte allein sein. Nicht mit Leuten zusammen, die mich verachteten.

*

Zwei Tage später holte der Jaguarhändler Othello mit einem Transporter ab. Papa stieg zu ihm in die Fahrerkabine. Und ich fragte mich, ob er bei der Reparatur helfen oder warum er unbedingt mitfahren wollte.

Doch das Geheimnis wurde bald gelüftet.

Am Abend kam Papa zurück, strahlte wie ein Osterhase, der alle Eier versteckt hat, und sagte: „Ratet mal, was draußen steht!"

„Rolf", schrie Mama. „Das …"

„Nur mit der Ruhe", sagte Papa. „Also raus mit euch. Es gibt was zu sehen."

Draußen stand wieder ein Jaguar. Aber ein neues Modell.

„Und womit hast du den bezahlt?", fragte Mama.

„Mit dem alten", sagte Papa. „Und er war herabgesetzt, ein Vorführwagen."

„Ich dachte, du hast den alten geliebt", sagte ich.

„Hab ich." Er ging in die Knie, sah mich an und sagte: „Und du Idiot hast ihn kaputt gefahren."

Ich schaute Mama an. Und sie sah aus, als wolle sie weinen. Nur kamen keine Tränen. Und ich wusste, sie kalkulierte, was er wirklich gezahlt hatte und wie viel zusätzliche Zinsen uns das kosten würde. Mama war gut in Mathe.

„Deine Eltern werden pleitegehen", sagte die Stimme in meinem Kopf und das war das dritte Mal, dass die Schwarze Dame zu mir sprach. Etwas in meinem Kopf redete zu mir. Oder redete ich selbst zu mir? Mir wurde kalt und ich konnte nicht mehr bei dem Wagen stehen bleiben. Nur allein wollte ich sein.

Ich drehte mich um und lief ins Haus, die Treppe hoch, in mein Zimmer, schloss ab und warf mich aufs Bett.

Bald klopfte es an der Tür.

„Mach auf!", rief Papa.

„Daniel, was ist los?", fragte Mama und rüttelte an der Türklinke. „Lass uns rein, wir können über alles reden!"

Ich vergrub den Kopf unter dem Kissen. Das Pochen an der Tür hörte ich kaum noch. Irgendwann hörte es auf.

Ich drehte mich um, starrte die Decke an, träumte, dass ich den Wagen so geschickt wie Papa in meinem Alter in den Carport gefahren hätte. Oder wie Jürgen. Stundenlang starrte ich an die Decke und träumte, träumte, träumte, dass ich alles richtig machen würde wie alle anderen.

An die Decke starren sollte ich noch oft. Und jedes Mal war es, als ob ich damit die Schwarze Dame herbeirufen würde.

„Warum bist du nicht erst rückwärts gefahren?", fragte sie.

„Halt's Maul!", rief ich. „Ich bin nicht schuld, Papa hat mir die Schlüssel ...

Eine meckernde Stimme lachte.

Ja, wäre ich erst zurückgefahren, wäre nichts passiert. Ich wollte weinen, aber das Weinen hatte ich nie gelernt. Das ist gar nicht so einfach. Nur einmal hatte ich geweint und da hatte ich mich auf dem Klo eingeschlossen. Da konnte mich keiner sehen und ich war sicher. Das war bei Opas Tod.

Abends schlich ich in die Küche.

Mama fragte: „Geht es dir besser?"

Papa saß im Arbeitszimmer. Mama setzte Milch auf und holte Kakaopulver heraus.

Dann drehte sie sich zu mir um und sagte: „Papa liebt Autos."

„Und deshalb kauft er jetzt ein neues?", fragte ich. „Würde er sich auch einen neuen Sohn kaufen, wenn ich kaputt gehe?"

„Du kriegst zur Feier des Tages ab nächsten Monat wieder Taschengeld!", rief Papa.

„Rolf!", sagte Mama.

„Ach was!", rief Papa. „Wir leben nur einmal."

Ich wollte nichts essen und lief wieder auf mein Zimmer.

„Du musst was essen!", schrie Papa mir nach. Ich beachtete ihn nicht.

Das zweite Unglück

Wastl kam ein paar Wochen später in unsere Klasse. Ich bewunderte ihn, er war immer gut angezogen, aber nicht affig, etwas größer als die meisten und hatte schwarze Haare. Er konnte turnen, hing nicht wie ein nasser Sack am Reck wie ich, der ich nie den Aufschwung schaffte, sondern stemmte sich hoch. Das konnten auch andere, aber Wastl beherrschte die Rolle vorwärts und rückwärts elegant wie kein Zweiter.

Eigentlich hieß er Wassil, aber er hasste diesen Namen und alle in der Klasse nannten ihn Wastl, außer sie wollten ihn ärgern. Was die wenigsten wollten.

Die Lehrer nannten ihn nur beim Nachnamen, Rostrowitsch.

Wir hatten Sportunterricht und ich hatte mich an Barren und Reck wieder lächerlich gemacht. Als wir die Turnhalle verließen, schlug Wastl gegen meinen Oberarm. „Mehr trainieren, sonst kommste nie hoch", sagte er.

Ich funkelte ihn wütend an, aber er grinste nur. Dann griff er nach mir. „Zeig mal, waste kannst", forderte er mich auf und wollte mich in den Schwitzkasten nehmen.

Ich stemmte mich am Reck nicht hoch, scheiterte am Barren, aber war kräftig. Ich packte ihn um den Bauch und konnte ihm das Bein wegschlagen. Wir landeten auf dem Schulhof und rollten eine Weile hin und her. Mal war er oben, mal ich. Die anderen standen um uns rum und feuerten uns an. Bis die Pausenaufsicht uns trennte, wissen wollte, wer warum angefangen hatte, aber wir schwiegen beide und erhielten einen Verweis und eine Strafarbeit.

Am nächsten Tag begrüßte Wastl mich im Fahrradkeller: „Strafarbeit schon geschrieben?", fragte er. Ich schüttelte den Kopf, aber das stimmte nicht. Ich hatte sie am Abend erledigt.

Gemeinsam stiegen wir die Treppe hinauf und betraten den Klassenraum. Die anderen bekamen große Augen.

Die Schwarze breitete plötzlich Flügel aus, riesige Flügel, schwang sich hoch und hüllte mich in ihre Flügel ein, dünn, aber undurchsichtig.

„Ich beschütze dich", sagte sie. „Vor Enttäuschungen. Keine Hoffnungen, keine Enttäuschungen."

Danach achtete ich darauf, nicht mit Wastl in die Klasse zu kommen. Das war nicht vorstellbar, dass er mein Freund werden wollte. Ein guter Turner, mit dem alle befreundet sein wollten.

Ich nicht mehr dank der Schwarzen Dame. Auch später baute ich mir viele Jahre Schilde, hinter denen ich mich verbarg. So hatte ich einen sicheren Hafen, in dem mir nichts passieren konnte. Auf den beiden Hügeln vor der Hafeneinfahrt waren Kanonen positioniert, die auf alle Schiffe schossen, die sich näherten. Heute weiß ich, warum ich damals keine Freunde gefunden habe. Das ist die Methode der Schwarzen. Sie schützt dich, hüllt dich in ihre seidenen Flügel und du fühlst nichts mehr. Sie ist eine Domina, eine eifersüchtige Herrin. Neben sich duldet sie keinen.

Ein paar Tage später war Wastl fort.

„Wassil Rostrowitsch musste leider die Schule verlassen", eröffnete uns der Klassenlehrer.

„Warum?", fragte einer.

„Private Gründe. Bitte nehmt es einfach als gegeben hin, ich möchte keine Gerüchte hören."

Das war alles. Der Lehrer setzte mich auf Wastls Platz. Lieber wäre es mir gewesen, Wastl wäre dageblieben. Auch wenn ich dann weiter neben Garlic hätte sitzen müssen, der immer nach Knoblauch roch und von den anderen ständig gepiesackt wurde. Manchmal auch von mir.

*

Einige Abende danach las ich das Buch „Es". Damit kein Licht durch die Türritzen schielte, las ich unter der Bettdecke mit der Taschenlampe, denn sonst merkte es Mama und befahl mir, ich solle nicht mehr lesen, sondern schlafen, sonst würde ich nicht in der Schule aufpassen und schlechte Noten bekommen und dann als Kehrmännchen enden und könnte keine Frau ernähren.

Das Buch hatte ich in der Bücherei geliehen, weil Wastl es mir empfohlen hatte, kurz bevor er verschwunden war. Es handelte vom Club der Verlierer, Kinder so alt wie ich, aber ihnen ging es wirklich dreckig. Ich war ja auch ein Verlierer.

Im Buch vergiftete der brutale Henry gerade den Hund von Mike, einem der Verlierer. Er verfolgte Mike, wollte ihm eine Silvesterrakete vorne in die Hose stecken; er war älter und stärker und ich zitterte, ob Mike entkommen konnte. Denn eine Rakete in der Hose, angezündet, würde die Eier und alles da unten zerfetzen und er nie ein Mann werden.

Obwohl „Es" mir Angst machte, war es besser, als sich an die Fahrt mit Othello zu erinnern. Wenn ich las, hörte ich die Stimme der Schwarzen Dame nicht, kreisten meine

Gedanken nicht darum, ob ich jemals ein richtiger Junge sein würde.

Doch die kamen wieder, wenn ich aufhörte zu lesen. Dann starrte ich die Wand an und konnte nicht mit dem Denken aufhören. Noch heute erinnere ich mich an diese Stimmung, alles schwarz, ein Gedankenkreisel im Hirn ohne Off-Schalter.

Dabei hatten wir ein tolles Haus, ein neues Auto und einen Pool. Natürlich hätte ich gerne einen Hund gehabt, der nachts in meinem Bett liegen würde und dem ich alles ins Ohr flüstern könnte, was ich Papa und Mama nicht sagen konnte oder durfte.

Aber sonst war alles gut.

Glaubte ich damals.

Das Telefon klingelte bei Mama. Leise Stimmen. Plötzlich schrie sie: „Dieses Arschloch Rolf!"

Ich lauschte. Mamas Schritte klapperten über die Diele. Kurz darauf wurde die Haustür geöffnet und donnerte wieder ins Schloss.

Dann hörte ich nichts mehr.

Hatte Papa so viel getrunken, dass sie ihn holen musste?

Die Schwarze Dame stand in der Ecke. Sofort sprangen mich ihre Gedanken wieder an. Warum mussten Papa und Mama immer streiten? Und warum schrie Mama „Arschloch"? Bei solchen Worten flippte sie sonst immer aus, verbot sie mir. Papa lachte darüber nur. Wenn ich mit ihm allein war, konnte ich so was sagen.

Mir wurde kalt. Warum wurde mir jedes Mal kalt, wenn die Schwarze erschien? Warum konnte ich sie nicht zum Schweigen bringen? Damals wusste ich wenig, ahnte aber vieles.

Heute weiß ich, die Schwarze Dame, das war mein Kopf, der zu mir redete, der mir eine Schwarze Dame in der Ecke vortäuschte. Das war ein Teil von mir. Aber ein Teil, der mir Angst machte.

Ich wollte weiterlesen. Doch wenn ich eine Seite gelesen hatte und umblätterte, musste ich zurückblättern. Weil ich nicht mehr wusste, was ich gelesen hatte. Und dann grübelte ich wieder, über Papa und Mama, über mich und über die Stimme, die in meinem Kopf wohnte. Statt weiter über den Club der Verlierer im Buch zu lesen.

Immer wieder döste ich ein. Dann schreckte ich wieder auf. Ich glaubte, eine Schlange kröche langsam an meinem Bein hoch, wagte mich nicht zu rühren. Eine Kobra, wie Ka aus „Rikki-Tikki-Tavi". Sie würde mich in die Eier beißen, sobald sie sich bis in den Schritt hochgeschlängelt haben würde. Sobald ich mich bewegen würde.

Die Schwarze in der Ecke.

Entsetzt sprang ich auf, schüttelte meine Schlafanzughose aus – natürlich keine Schlange. Aber sie war lebendig gewesen, ich hatte sie gespürt. Keine Rakete in der Hose, dafür eine Schlange.

In der Ecke stand die Schwarze.

*

Am Morgen weckte mich Mama.

Sie sagte nicht „Guten Morgen", sondern „Aufstehen!".

Sie war noch im Morgenmantel und verschwand gleich wieder. Die Batterie der Taschenlampe war leer, ich hatte vergessen, sie auszuschalten. Und Mamas Stimmung war dunkel, sehr dunkel. Im Morgenmantel weckte sie mich sonst nie. Gestern Nacht musste etwas passiert sein. Etwas Ernstes.

In der Küche knallte Mama mir den Frühstücksteller auf den Tisch und goss mir den Kakao ein, dass die Tasse überfloss. Immer noch im Morgenmantel und das Haar, auf das sie so stolz war, das schwarze Haar sah aus wie das Nest einer Elster. Sie warf sich auf ihren Stuhl, rührte das Brötchen auf ihrem Teller nicht an, auch nicht den Kaffee in ihrer Tasse.

„Iss!", befahl sie mir.

Ich starrte sie an. Was war gestern Abend passiert?

„Iss endlich!", schrie Mama mich an. „Muss ich dich etwa füttern?"

Hastig tauchte ich den Löffel in den Haferbrei.

Schließlich fragte ich leise: „Papa ...?"

Plötzlich fing Mama an zu weinen. Die Tränen liefen ihr die Wangen runter. Mir blieb der Haferbrei im Hals stecken. Was sollte ich tun? Mit Tränen hatte ich keine Erfahrung. Was kann man tun, wenn die Mutter weint?

Nichts. Ich war hilflos.

Dachte ich das oder die Schwarze Dame?

Nach einiger Zeit fragte ich erneut: „Was ist mit Papa?"

„Dein dämlicher Vater hat sich gestern Nacht beinah totgefahren."

Sie griff ihre Kaffeetasse und schmiss sie gegen die Wand. Der Kaffee lief herunter und auf das Bild unserer Familie.

Die glücklichen Zeiten waren vorbei.

*

Das Krankenhaus war ein riesiger Betonklotz mit einem bisschen verhungerten Grün davor. Und ein Eingang mit Glastüren. Opa musste hier gestorben sein, aber damals durfte ich nicht mit hinein.

„Das ist nichts für Kinder", meinte Mama, obwohl ich bettelte. „Nachher hast du nur Albträume."

Erwachsene denken immer, sie müssten alles von Kindern fernhalten, und sie haben immer Sprüche, um das zu begründen. Irgendwo muss es einen Sprücheladen geben, aus dem sie ihre beziehen. Ein Sprücheladen nur für Erwachsene, die sie benötigen, um Kinder still zu halten. Noch heute reagiere ich allergisch, wenn jemand solche Sprüche benutzt.

Zur Beerdigung durfte ich mit. Dabei hätte ich Opa gerne noch mal lebendig gesehen. Stattdessen lief ich in einer langen Reihe schwarz gekleideter Gestalten hinter der Urne mit seiner Asche her. Ich war auch ganz in Schwarz, Mama hatte mir am Tag vorher einen neuen Anzug gekauft. Obwohl der alte Blaue mir noch gepasst hätte, den ich immer in der Kirche trug.

Diese kleine Urne war alles, was von Opa geblieben war. Von dem Mann, dem immer verrückte Geschichten eingefallen waren. Der mir die Welt erklärte, wenn ich es wollte, aber nicht auf mich einredete, wenn ich es nicht wollte. Bei dem ich mich geborgen fühlte.

Ein Trauerredner erzählte über Opa, einer, der ihn nie gekannt hatte. Eine Blaskapelle spielte, sie spielte langsam und immer langsamer und es waren ja auch alles alte Männer. Später erzählte Mama, dass sie „Ich hatt' einen Kameraden" gespielt hatten.

„Alles Kriegskameraden", fügte sie hinzu und schüttelte sich. „Dabei ist der Krieg fünfzig Jahre vorbei."

Am Grab konnte ich nicht weinen. Überhaupt nicht und ich war auch nicht traurig. Mama weinte, Papa schnäuzte sich immer wieder und wischte sich die Augen. Meine Tante weinte und andere auch. Nur ich nicht. Dabei hatte ich Opa geliebt! Das war nicht normal, dass ich nicht am Grab weinen konnte, das wusste ich.

„Du hast geweint", sagte ich auf dem Rückweg zu Mama.

„Ja. Und du nicht."

„Jungs weinen nicht", sagte Papa und schnäuzte sich.

Das Totenessen war in Opas Haus. Alle Leute saßen an dem Tisch im Esszimmer. Opas großer Lehnstuhl, auf dem er immer am Tischende gesessen hatte, war fort, damit mehr Platz war. Viele Menschen – die meisten kannte ich nicht – drängten sich um den Tisch.

Da, als sein Stuhl weg war, an dem er immer saß, da bin ich aufs Klo gerannt und habe geweint. Weil er fort war und ich ihn nie wiedersehen würde. Den Mann, der mich letztes Jahr gefragt hatte: „Was wünschst du dir zu Weihnachten?"

Und ich sagte: „Die schwedische Schnellzuglokomotive."

„Das ist ja ein großes Geschenk", sagte er. „Das kann man nicht auf einmal bekommen. Da gibt es erst mal die Räder, die sind bei Lokomotiven ja riesig."

Ich musste lachen, aber fragte mich: Würde er sie mir schenken?

Zwei Wochen später bekam ich eine Erkältung. Im Bett versuchte ich mir aus Pappe Räder, Sichtfenster und anderes auszuschneiden. Ich wollte versuchen, mir eine Lokomotive und Wagen zu bauen. Das schaffte ich natürlich nicht.

Die Leute, die am Grabe geweint oder ernst geschaut hatten, wurden beim Essen fröhlich. Und ich saß auf einem engen Klo und weinte. Ich war nicht normal. Opa hatte mir mal erzählt, dass er hier ab und zu geraucht hätte, als der Arzt ihm das Rauchen verboten hatte und er nicht widerstehen konnte. Das Klo hatte ein kleines Kippfenster.

*

Im Krankenhaus roch es durchdringend nach Plastik und Putzmittel.

Zwei grün gekleidete Frauen schoben mit schnellem Schritt einen Mann über den Gang und überholten uns.

Und gestern Nacht hatten sie Papa so über den Gang geschoben. Den hatten Autofahrer im Graben gefunden, sagte Mama, weil die Warnblinkanlage an war.

Ich fragte mich, ob ich weinen würde, wenn Papa sterben würde, oder auch erst zum Klo rennen müsste, um es endlich zu können. So viel wie bei Opa würde ich sicher nicht weinen, nicht mal auf dem Klo. Warum nur? Jeder weint, wenn sein Vater stirbt. War ich ein Monster?

Manchmal träume ich von Opa. Einmal hat er mir beim Holzhacken vom Krieg erzählt. Nicht viel, aber dass alle halbe Jahre neue Burschen an die Front in ihr Bataillon gekommen seien. „Schneid hatten sie", erzählte er, „aber bald waren sie tot. Und Oma saß mit drei kleinen Kindern allein zu Hause."

„Wir müssen in die Intensiv", sagte Mama und drückte einen Fahrstuhlknopf. Neben der Tür hingen Schilder, auf denen stand, wo der Fahrstuhl überall hinfuhr, und sie deutete auf das mit „Intensivstation".

Oben kam eine Krankenschwester und sie erklärte uns alles, was man auf der Intensivstation machen dürfe und was nicht.

„Ihn nicht berühren, aber die Hand dürfen Sie halten. Das tut den Patienten gut." Und leise sein, nichts Aufregendes erzählen, nur von zu Hause und nichts, was ihn beunruhigt.

Im Krankenzimmer erschrak ich.

Nadeln steckten in Papas Schulter und seinem Hals und ich wollte gar nicht hingucken. Er sah käsig aus. Bald würde auch er sterben, da war ich mir sicher. Ich packte Mamas Hand ganz fest. Doch sie löste sie, griff Papas und streichelte sie.

Papa schlug die Augen auf. Er strahlte nicht mehr, als könne er die Welt kontrollieren, die nur auf seine Anordnungen wartete wie die Arbeiter am Bau. Überhaupt war er sehr müde und schlief irgendwann ein und die Schwester bat uns zu gehen, er brauche Ruhe.

„Aber es ist nicht mehr lebensbedrohlich", sagte sie auf dem Gang zu Mama. Mama nickte mit roten Augen. Ich auch, aber meine Augen waren nicht rot.

Auf dem Rückweg erzählte Mama mir viel, von Lohnfortzahlung und Versicherungen und Bank und Zinsen.

„Was soll ich bloß machen?", jammerte sie. „Ich habe keine Ahnung von so was. Du bist jetzt der Mann im Haus."

Aber was sollte ich als Mann im Haus tun? Ich konnte doch nichts und verstand ebenfalls nichts davon.

„Sie wird gehen", sagte die Schwarze.

Mir wurde kalt. Hatte sie recht?

Zu Hause beim Abendessen jammerte Mama nicht mehr, sondern schimpfte, dass sie ihn immer gewarnt hatte vor diesen Treffen und der Sauferei dabei.

Mir fiel keine Lösung ein, obwohl der Mann im Haus das lösen sollte, oder etwa nicht?

„Dieser Mann bringt mich ins Grab! Und ich muss jetzt alles regeln, dabei hat er mir nie was gesagt, wollte alles alleine machen. Weil ich noch so jung sei", fügte Mama hinzu. Hektisch zog sie die Küchenschublade auf, fand aber nur ein Feuerzeug.

„Mist!", rief sie.

Vor einem Jahr hatte sie das Rauchen aufgegeben und seitdem lagen dort keine Zigaretten mehr.

„Du musst die Hausaufgaben in Zukunft alleine machen. Und wehe, du schlampst dabei. Wenn du mich liebst, erledigst du sie sorgfältig."

Ich wusste nicht, was Hausaufgaben mit Liebe zu tun hatten, aber nahm mir vor, alles sorgfältig zu erledigen, damit Mama zufrieden war. Ich war schließlich der Mann im Haus. Wenn auch eine Fehlbesetzung.

*

Mama war nie zufrieden. Sie telefonierte ständig, rannte jeden Tag in die Klinik und kam schlecht gelaunt zurück. Beim Abendessen fauchte sie mich an: „Trink deine Milch! Hast du den Müll rausgebracht? Du bist gar keine Hilfe bei dem Desaster."

Was ein „Desaster" ist, wusste ich. Es war nichts Lustiges. Ich hätte ihr gerne geholfen, aber besser, ich hielt den Mund, sonst schimpfte sie erneut los, auf mich, auf Papa, auf die ganze Welt. Dabei sah sie immer zum Telefon, doch das klingelte nie.

„Rostrowitsch-Bau ist pleite", erzählte sie eines Abends. „Der Sohn ist doch in deiner Klasse?"

„Er war es", sagte ich und jetzt wusste ich, warum er fort war.

„Die Mutter ist noch im Tennisclub."

„Und wie zahlt sie den Clubbeitrag?"

„Den zahlen wir von der Frühstücksgruppe. Sie war ja Jahre dabei." Mama schmierte sich Rübenkraut aufs Brot. „Einige Mitglieder waren dagegen. Dabei waren das die, die wirklich genug Geld haben", fuhr sie fort und biss vom Brot ab. Etwas Rübenkraut tropfte ihr auf den Teller.

„Bald müssen sie mich auch finanzieren. Oder ich muss mich abmelden. Das Konto ist überzogen."

Ich würde nicht trauern, wenn sie ihn verließ. Aber sie hing an diesem Club.

Die Schwarze Dame in meinem Kopf wachte auf. „Ohne den Club wird sie gehen", sagte sie.

„Niemand braucht diesen dämlichen Club", widersprach ich ihr.

Aber sie sollte recht behalten.

*

Dann kam Papa zurück. Im Rollstuhl, ohne Nadeln im Hals. Müde war er und bleich. Er sah viel kleiner aus als vorher. Seine blonden Haare, die er früher immer sorgfältig gekämmt und gepflegt hatte, standen ihm wirr vom Kopf ab.

Und mir war, als hätte ich meinen Vater verloren. Ich fragte ihn, wann er wieder laufen könne, und er lachte und sagte: „Wart's ab. In zwei Monaten spielen wir Fußball."

Mama stand hinter ihm, schüttelte den Kopf und fing an zu weinen.

„Ich werde alle Ärzte verblüffen", sagte Papa. „So schnell werde ich bald wieder laufen."

Doch es dauerte zwei Monate, bis er kurz mit Krücken gehen konnte und sich bald wieder setzen musste. Dann goss er sich ein Glas Cognac ein, das er immer im Rollstuhl hatte, und schlief ein. Die Treppe kam er nicht mehr allein hoch. Dabei musste ich ihm helfen.

Papa war kein Käpt'n der Familie mehr, er saß meist im Rollstuhl. Manchmal stöhnte er, vor allem abends vorm Fernseher, wenn Mama weg war: „Ich bin am Ende! Auf den Bau kann ich nie mehr, ich bin schwerbehindert. Und Mama muss das Geld verdienen. Eine Schande!" Und dann goss er sich einen Cognac ein. Oft blieb es nicht bei einem.

In der Stadtbibliothek holte ich mir Bücher. Wenn ich las, musste ich nicht an Papa denken und auch nicht an die Streitereien, nicht an Hausaufgaben und nicht an die Schwarze Dame.

„Bald gehst du in die Gesamtschule, wart's nur ab", sagte Jürgen hämisch, dabei war er mein Freund. „Und den Prunkbau behaltet ihr auch nicht."

„Ich muss nicht auf die Presse!", schrie ich Jürgen an. Gesamtschule, das hasste Papa. „Rot-grüne Kinderverdummung", nannte er das immer, „da werden auch die Dümmsten durchs Abitur gepresst."

Und schon war die Schwarze Dame wieder erwacht. Sie ermahnte mich, statt Bücher zu lesen und ins Weltall zu fliehen, die Realität wahrzunehmen. Ich ließ das angefangene Buch auf das Bett fallen, das schon von aufgeschlagenen Romanen gefüllt war, die ich auch nicht zu Ende gelesen hatte.

„Ich muss nicht auf die Presse!", schrie ich.

Dabei wusste ich, die Schwarze hatte recht. Wenn Papa nicht mehr arbeiten konnte, konnte er das Pius-Gymnasium nicht mehr bezahlen. Und Mama bekam keinen Job, in dem sie Geld verdienen konnte. Ich würde die Schule wechseln müssen, der neue Wagen kam weg und das Haus?

Ich lag auf dem Bett, starrte die Zimmerdecke an, deren eintöniges Grau mir auch nicht weiterhalf, die ich aber endlos anstarren konnte, wenn die Fragen der Schwarzen Dame in meinem Kopf kreisten. Wie immer fielen mir keine Antworten ein. Weswegen die Fragen weiter herumsausten. Wie konnte ich sie zum Schweigen bringen?

Immerhin hörte ich auf, meine Eltern nach dem Taschengeld zu fragen, und sie vergaßen es. Ich wollte dazu beitragen, dass unser Haus erhalten blieb, und dafür verzichtete ich gerne auf das Geld.

Mama bewarb sich bei einigen Firmen. Als Kassiererin, als Hilfskraft in der Buchhaltung.

„Mit den Löhnen dort können wir nie die Zinsen zahlen", sagte sie, wenn sie zurückkam, und dann setzte sie sich wieder hinter Papas Schreibtisch, neben sich und vor sich jede Menge Papier, und rechnete und rechnete.

„Wir müssen das Haus verkaufen", sagte sie Papa. „Das ist die einzige Möglichkeit, die uns bleibt. Wir sind nicht wie dieser Russe, dieser Rostrowitsch, der alles versemmelt hat."

Papa bekam einen Tobsuchtsanfall. „Das Haus hab ich entworfen, das geb ich nicht her. Nie!", schrie er sie an. „Besorg dir endlich eine vernünftige Arbeit und alles wird gut."

Doch sie fand keine.

Ich zog den Kopf ein, ich hatte Othello zerschreddert, Mamas Studium verhindert. All das Unglück, das passiert war, und all das, was noch passieren würde, weil ich dafür keine Lösungen hatte, all das sauste in meinem Kopf umher und ich konnte es nicht abschalten. Nicht drüber reden. Schon gar nicht mit der Schwarzen.

Wie Oliver Twist würden wir im Armenhaus landen, tagsüber würde ich Flaschen sammeln, um uns Essen zu kaufen, und nachts vor Hunger nicht einschlafen.

Ich musste doch für uns sorgen, ich war der Mann im Haus, denn Papa war keiner mehr. Ich malte mir aus, was ich außer Flaschensammeln noch tun könnte. Mit Papas Computer Programme schreiben und Bankcomputer hacken? Sein Passwort hatte ich rausgekriegt, es hieß „Jaguar1993".

Eines Tages nannte eine Freundin Mama eine Adresse in Karlsruhe.

„In einem Immobilienbüro", erklärte sie. „Ich krieg Provisionen obendrauf."

Und Mama fuhr nach Karlsruhe, zu dieser Adresse.

Sie kam spät, aber glücklich zurück. „Ich schaff das!", sagte sie, holte eine Flasche Schampus aus dem Kühlschrank und goss sich und Papa ein Glas ein. Ich durfte einen Schluck von ihrem kosten. Es prickelte.

Alles würde gut werden.

Die erste Geschichte

Ich dachte mir gerne Geschichten aus, von Raumschiffen, Weltallreisen und großen Abenteuern, und entwarf Sternenflieger, zeichnete sie von außen, aber auch als Risszeichnung. Ich legte fest, wo die Steuerkanzel war, wo die Torpedorohre, die Laser, die Mannschafts- und die Offiziersquartiere lagen. Ich kannte alle Matrosen und Soldaten beim Vornamen bis hin zu den untersten Rangstufen. Und natürlich kannte ich auch die Techniker und wusste, wo der Reaktorraum war, ganz tief im Inneren; die Techniker und Ingenieure sahen das Sternenflimmern des Weltalls nur in ihrer dienstfreien Zeit.

In meinem Zimmer hatte ich einen Kommandosessel, da saß ich, wenn ich Geschichten spann. Papa hatte ihn mir zum letzten Geburtstag geschenkt. Auch wenn ich ihn auf die kleinste Größe einstellte, benötigte ich ein Kissen.

„Du wächst ja", sagte Mama, „nächstes Jahr passt er dir perfekt."

In dem Sessel beherrschte ich ganze Welten, die auf mein Kommando hörten.

Seit dem Unfall hatte ich mir keine neuen Geschichten ausgedacht. Und nichts gezeichnet. Und eigentlich war das kindisch, jetzt war ich älter, Weltraumgeschichten waren Fluchten vor der Realität. So was heiße „Eskapismus", hatte uns der Deutschlehrer erklärt. Wenn man erwachsen werde, verliere man das langsam. Wer als Erwachsener Science-Fiction, Fantasy oder Jugendbücher statt Literatur lese, wolle einfach nie erwachsen werden. Das sei eine psychische Störung und werde das Peter-Pan-Syndrom genannt.

Doch jetzt hatte Mama eine Arbeit, alles würde gut werden! Ich musste nicht mehr den Mann im Haus spielen, ich war erst zwölf, da konnte ich noch ein bisschen fantasieren.

Ich holte die Mappe mit den Weltraumkarten heraus. Und die Zeichnungen der „Golden Star", meinem Schlachtkreuzer. Wir hatten Befehl, uns der kaiserlichen Schlachtflotte anzuschließen. Ein Überraschungsangriff auf die Klingonen, die schon lange unsere Frachtschiffe kaperten. Und ich war Käpt'n der „Golden Star". Des besten Schlachtkreuzers im ganzen Universums.

Doch kurz vor dem letzten Wurmloch leuchteten die Warnleuchten des Kühlsystems auf. „Notfall!", schrillte die Computerstimme.

„Wir müssen den Reaktor runterfahren", rief Xanger durchs Audio.

„Roger", bestätigte ich. Und befahl Lieutenant Silva: „Alle Mann an die Geschütze!"

„Aye, aye, Käpt'n!", sagte sie, salutierte und drückte das Alarmsignal. Blechern hallte ihre Stimme durch das ganze Schiff. „Alle Mann auf Posten!"

Doch schon klang Xangers Stimme durchs Audio. „War ein kleines Leck im Kühlkreis, ist schon geschweißt, Käpt'n."

„Konntet ihr Kühlwasser nachfüllen?"

„Aye, aye, Käpt'n, wir haben immer noch genügend Reserven."

Es geht nichts über einen guten Ersten Ingenieur. Xanger war unsere Lebensversicherung.

Die Anzeigen sprangen in den grünen Bereich. Der Reaktor fuhr wieder hoch.

Und da sah ich es auf dem Radar.

Ganz außen links die Punkte, die heranrasten. Zerstörer, die schnellen, leichten Boote der Klingonen. Deren Torpedos tödlich sein konnten. Dahinter vermutlich einige Kreuzer, aber die waren langsamer. Die Zerstörer flogen immer den ersten Angriff. Wie ausgehungerte Moskitos fielen sie über unsere Golden Star her. Wir konnten nicht fort, noch war der Reaktor nicht hochgefahren. Lieutenant Silva starrte mich entsetzt an.

Ich brummte: „Kein Grund zur Panik."

Die feindlichen Torpedos schossen auf uns zu, Lieutenant Silva flehte mich an: „Feuern, Käpt'n, feuern!", und die Kanoniere hielten ihre Finger am Abzug, die Gesichter starr vor Spannung. Sie wollten feuern, die Zeit rannte davon, doch sie vertrauten mir blind und warteten auf mein Kommando.

Ich wartete bis zum letzten Moment, die Titanspitzen der Torpedos glitzerten bös in den Bullaugen und jeder konnte mit bloßem Auge verfolgen, wie sie heranrasten.

Schließlich befahl ich: „Feuer!" Die Kanoniere ließen alle Rohre aufglühen und die Aale schossen heraus. Ich legte den Steuerknüppel um und die Golden Star bäumte sich auf. Aus dem Interkom heulte die protestierende Stimme Xangers auf. Alle Anzeigen im roten Bereich und die Torpedos rauschten hinter unserer Heckflosse vorbei, so dicht, dass man sie mit der Hand hätte berühren können.

Auf dem Schirm glühten die Feindschiffe als rote Punkte auf und zerplatzten. Ihre Systeme konnten unsere Aale nicht orten, wenn sie mitten im Schwarm feindlicher Torpedos abgefeuert wurden. Hinter mir stöhnte Lieutenant Silva erleichtert auf.

Einige aus der Mannschaft klatschten. Ich ließ Schampus auffahren.

„Sie sind ein toller Käpt'n", sagte Lieutenant Silva und ihre Augen lächelten mir zu, als sie mir zuprostete.

*

In der Nacht träumte ich, dass ich aus meinen Weltraumgeschichten ein Buch machen wollte. Mit Xanger, Lieutenant Silva und den Kanonieren. Mit meiner Zeichnung der Golden Star auf dem Titelbild.

„Lern lieber für die Schule", sagte Mama.

„Wer interessiert sich heute für Weltraumschlachten?", sagte Papa.

Ich aber blieb hart und schrieb und schrieb.

„Was für ein Käse", spottete Jürgens Bruder Uwe, als ich es Jürgen vorlas.

Jürgen sagte nichts, er ging einfach, verschwand wie die Torpedowolken, denen ich ausgewichen war. Ich schrieb und schrieb, schrieb und schrieb.

Und dann erschien das Buch.

„Das wird keiner kaufen", prophezeite Papa. Und ich glaubte das auch. Aber ich war mächtig stolz darauf. Ich hatte es allein geschrieben, ganz allein. Natürlich würden es nur wenige kaufen.

Doch da irrte ich mich. Immer mehr kauften das Buch, die Mädchen himmelten mich an, wenn ich den Tennisclub betrat, und ich tanzte mit allen, obwohl ich gar nicht tanzen konnte, und alle schauten glücklich zu mir auf.

Doch dann ...

Ich musste zur Preisverleihung. Aber ich lag im Bett und hatte es verschlafen.

Entsetzt sprang ich auf und erst da merkte ich, dass alles ein Traum gewesen war. Ich hatte nichts geschrieben, nur zwei Zeichnungen lagen auf dem Boden. Und ich bekam keinen Preis und keine feurigen Blicke.

„Sie sind schlecht, furchtbar, furchtbar schlecht, deine Zeichnungen", sagte die Schwarze. Am Tag zuvor war sie zu einem stummen Schatten verblasst, als ich die Geschichte geschrieben hatte. Mit jedem Satz, den ich schrieb, war sie durchsichtiger geworden und schließlich ganz verschwunden. Als könne ich sie vertreiben, wenn ich Geschichten schrieb.

Jetzt stand sie wieder in der Ecke und steuerte meinen Kopf. Dass alles schlecht, furchtbar schlecht sei, was ich produzierte, wollte sie immer wieder in meinen Kopf einfüttern. Und ich Idiot glaubte es ihr.

Ich hob die Zeichnungen auf und riss sie in kleine Stücke.

Das dritte Unglück

Mama fuhr jeden Abend nach Karlsruhe. „Die Kunden können erst nach der Arbeit", sagte sie. Sie war immer flott gekleidet, mal im kleinen Schwarzen, mal im Kostüm oder im dicken Mantel, wenn es kälter war.

Zog sie den Mantel aus, wenn sie Interessenten die Wohnungen zeigte? Ließ sie Beine und Busen sehen und verdiente damit Geld, weil die Männer dann alles kauften und unterschrieben, was sie ihnen vorlegte?

„Manchmal muss man ihnen ein bisschen entgegenkommen", sagte Mama, wenn sie meine kritischen Blicke sah.

Zu der Clubfeier im Tennisclub ging Mama im kleinen Schwarzen. Erst trank sie etwas, dann sang sie „Tulpen aus Amsterdam" und solchen Schrott. Obwohl das uralt war, gab es viel Beifall. Manche der Männer musterten sie von unten bis oben. Mir gefiel das nicht, aber ich glaube, Mama genoss es.

Mich schauderte, mir wurde kalt. Und die Brust, der Rücken und der Kopf taten mir weh. Dabei war ich gar nicht gegen ein Lenkrad geprallt.

Ich wollte nicht mit zu der Feier. Ich hasste den Club. Lauter Angeber, auch die Jugendlichen. Die trainierten ständig, die Jungen, um den Mädchen zu imponieren, die Mädchen, um zu zeigen, wie emanzipiert sie waren.

„Pickel!", rief Uwe, der Bruder von Jürgen, als ich reinkam. „Quetsch lieber deine Pickel, statt Tennisbälle zu vergeigen!"

Wisst ihr, der Blödmann, also ein bisschen hatte er sogar recht. Ich war der schlechteste Spieler und irgendwann sah das auch Mama ein. Ich musste nicht mehr zu den Tennisstunden und nicht mehr in den Club. Außer eben zu der Clubfeier. Da blieb sie hart.

„Da lernst du, dich zu benehmen. Und findest endlich Freunde. Und später eine Freundin."

Statt Freunde zu finden, stand ich in der Ecke und beobachtete die anderen. Ich hatte keine Freunde. Außer Wastl, und den hatte ich vor den Kopf gestoßen, und Jürgen, aber war der wirklich ein Freund? Er lebte mit seiner Mutter und seinem Bruder zusammen und manchmal mit einem Vater, der Psychologe war und immer auf Kongressen. Die Mama war Emanze und las ständig die „Emma" und erzählte allen von den neusten Artikeln. Besonders hasste sie käuflichen Sex, die Nutten seien alle gezwungen und würden von Luden ausgenutzt und das müsse man verbieten.

Um mich herum war viel Platz. Einige Jugendliche gingen gemeinsam hinaus, um zu rauchen. Mich fragte keiner. Ich würde keine Freunde finden, das wusste ich. Das musste mir die Schwarze nicht sagen. Wer will schon mit einem befreundet sein, der sich Weltraummärchen erzählt und schlechte Zeichnungen von Raumschiffen entwirft?

Meine Mutter stand in einer Traube von Männern, die ihr zuprosteten. Jürgens Mutter beobachtete sie und verzog das Gesicht.

Am liebsten wäre ich weggelaufen.

Die Schwarze Dame kam und hüllte mich in ihre Flügel ein.

Und ich schlich mich zum Nebeneingang hinaus. Keiner der Jugendlichen draußen beachtete mich. Als ich allein die Straße hinunterging, atmete ich erleichtert aus.

„Das war sexistisch", erklärte mir Jürgen am nächsten Tag und meinte Mamas Auftritt im Tennisclub am Vorabend.

„Wieso?"

„Weil sie die Vorurteile der Männer füttert. Frauen sind nur wegen der Figur und der Aufmachung wichtig, denken die. Sie sollte deshalb nicht so gekleidet auftreten."

Und ich wusste, den Satz hatte er seiner Mutter abgeluchst. Er hatte ja recht, aber immerhin war sie meine Mama. Sie war dreiunddreißig und Mütter sollten so nicht rumlaufen und schon gar nicht von Tulpen singen, sonst kriegen die Söhne Ärger und werden gehänselt deswegen.

*

Mama lernte mit mir für die Schule, vor allem an Sonntagnachmittagen. Samstags hatte sie Hochsaison und kam erst weit nach Mitternacht nach Hause.

Ich liebte diese Zeiten mit ihr. Jedenfalls Mathe. Sie hätte gerne Mathe studiert und das merkte man. Sie setzte sich mit mir an den Tisch, ich schlug das Mathebuch auf und dann lösten wir Aufgaben, die wir gar nicht aufhatten. Beweise und so. Geometrie. Mir gefiel es auch, vor allem, wenn ich schneller den Beweis fand als sie.

In Mathe war ich gut. Der Mathelehrer beschwerte sich bei ihr, er würde mich in der Stunde aufrufen und ich wüsste nicht mal, um welches Thema es ging. „Und dann schreibt er trotzdem eine Eins in den Arbeiten!"

Das muss ihn besonders gestört haben. Aber Mama war, glaub ich, stolz darauf.

Sie hörte mir auch Vokabeln ab, das nervte mich. Französisch ist eine Qual, diese verrückte Aussprache bekam ich nie hin. Englisch ist noch schlimmer, lesen konnte ich es super, englische Filme verstand ich, aber sprechen? Niente. Gloster wird „Gloucester" geschrieben. Schenre „Genre". Njuw „New". Der Teufel musste den Engländern die richtige Aussprache, so wie geschrieben, gestohlen und ihnen stattdessen ein Kauderwelsch voller Quasseltöne geschenkt haben, eine ganz andere Sprache, als sie geschrieben wurde.

Jedenfalls war Mama bei den Hausaufgaben normal gekleidet und das lenkte mich nicht ab. Und außerdem redete sie dann nicht darüber, dass ich eine Freundin bräuchte.

Dann kam dieser Tag und mit ihm das dritte Unglück.

*

Auf dem Schulweg traf ich Uwe, den Bruder meines Freundes Jürgen.

„Pickel, deine Mutter ist eine Hure!", rief er.

Ich tat so, als ob ich ihn nicht hören würde.

„Sie bläst alten Männern einen."

Ich stürzte mich auf ihn, das fühlte sich gut an. Endlich stand ich nicht mehr in der Ecke, wo mich niemand beachtete.

Ich rammte ihm meine Faust in den Magen, er stöhnte. Doch er war größer und stärker und bald nahm er mich in den Schwitzkasten. Uwe ging in einen Judoverein, das hätte ich auch gerne gelernt und jetzt hätte ich es brauchen können. Aber Mama meinte, es sei nichts für mich. Und Papa, das sei prolo. Stattdessen musste ich zum Klavierunterricht.

Uwe quetschte mir den Hals zu und lachte. Dann ließ er mich los, wischte sich die Hände an mir ab und sagte: „Jetzt hab ich mich schmutzig gemacht. Mit dem Ausfluss eines Hurensohns. Geh mal ins Chez Nicole in Karlsruhe. Da gibt deine Mama allen einen Blowjob."

Ich hasste Uwe. Weil er meine Mutter eine Hure nannte, weil er stärker war als ich und weil er Judo konnte, während ich auf den Tasten klimperte und wusste, dass das Klavier nie Freundschaft mit mir schließen würde.

Ich war die Ausnahme. Wie im Tennis. Nicht normal und in der Ecke stand die Schwarze Dame.

„Mehr Gefühl", sagte mein Klavierlehrer immer zu mir. „Ihm fehlt das Gefühl", sagte er zu Mama. „Sie haben viel davon."

Aber ich wollte kein Gefühl für diese Musik, die irgendwelche Adligen erfunden hatten, als sie schon längst dement im Kopf waren und seit zweihundert Jahren oder so tot. Ich konnte es einfach nicht. Es wollte nicht in meinen Kopf und auch nicht in die Finger. Auf dem Klavier stand ein Metronom und schlug einen Takt und ich verfehlte ihn. Irgendwie war ich falsch gepolt. Oder getaktet.

„Jeder liebt Musik", sagte Mama.

Ich war die Ausnahme. Nicht normal und mit einer Schwarzen Dame.

„Das ist unser Kulturerbe", sagte der Musiklehrer. „Musik hilft uns, wenn es uns schlecht geht, du wirst das schon sehen."

Aber das Einzige, was ich sah, war, dass es mir wegen der Musik schlecht ging. Und gegen Uwes Hänseleien half sie auch nicht. Natürlich, ich wusste, dass er Stuss erzählte.

Ich stellte mir Mama vor, halb nackt, tanzend vor lauter gierigen alten Männern, die sie anstierten und denen der Speichel aus dem Mund tropfte. Und vor Angebern wie Uwe, die ihr besoffen Geldscheine ins Höschen stopften, und sie blies ihnen dann einen. Es schüttelte mich.

Mama hatte eine Ultralaune am nächsten Morgen. Ihr Gesicht war verkniffen, sie hatte Falten um die Augen.

„War es gestern anstrengend?", fragte ich. Sie war abends spät nach Hause gekommen, aber machte mir das Frühstück, allerdings wieder im Bademantel.

„Ich kann mir den Kakao selbst kochen", sagte ich. Aber das wollte sie nicht. Als ob ich noch ein Baby wär!

„Hast du Uwe getroffen?", fragte sie und ihre Stimme zitterte. Dabei konnte ihr nichts Angst einjagen, keine Spinnen und auch nicht die Ratte in unserem Haus, als die die Goldhamster gefressen hatte.

„Warum sollte ich ihn treffen?", fragte ich.

„Hast du?"

„Hab ihn gesehen gestern."

„Und?"

„Was und?"

„Hat er was gesagt?"

„Was soll Uwe schon erzählen?"

Das mit der Hure und dem Blasen und dem Schwitzkasten würde ich ihr nie sagen. Mütter müssen nicht alles wissen, dann leben sie ruhiger. Und ich auch. Uwe hatte es sicher erfunden. Mutter eine Hure? Das behaupten sie immer, um einen zu hänseln.

„Der ist ein Schwätzer, dem soll man nix glauben!", erklärte sie.

„Keine Sorge, dem Arschloch glaub ich nichts."

Sie nickte und sagte nichts zu dem Vulgärausdruck. Sonst hätte sie diese Gelegenheit nicht vorübergehen lassen.

Es stimmte also. Die Schwarze hatte recht.

*

Am nächsten Morgen kam Jürgen an der Ecke Großmarktstraße auf mich zu. Dort kam ich immer vorbei, wenn ich zur Schule ging. Jürgen ging auf eine Gesamtschule. Seine Mutter hasste Privatschulen.

Seine verschwitzte Stirn glänzte in der Sonne. Ich blieb stehen und überlegte, wie ich ihm ausweichen könnte. Doch schon stand er vor mir, seine blonden Haare wie immer verstrubbelt.

„Uwe hat erzählt, dass deine Mutter ...", fing er an.

„Uwe ist ein Schwätzer!"

„Aber er war in Karlsruhe! Und andere haben sie auch gesehen!"

„Dein Bruder besäuft sich jedes Wochenende! Der kann dann nicht mehr geradeaus gucken!" Das wusste ich, das wusste jeder. Am Wochenende hing er in der Femina-Bar am Hansemannplatz ab und verließ sie erst, wenn sie um vier Uhr dichtmachte. Doch nun hatte sie zugemacht, der Besitzer wollte sich zur Ruhe setzen, hatte aber niemanden gefunden, der sie übernehmen wollte. Nun ging Uwe nach Karlsruhe zum Saufen. Und in den Puff?

„Sie makelt keine Häuser, sie makelt Sex! Sie ist eine Hure!", schrie Jürgen freudig erregt.

Mir wurde kalt. Ich hatte eine Hure als Mutter. Jeder durfte mich verlachen, sogar mein Freund.

Die Schwarze Dame erschien. Und verwandelte sich in einen feuerspeienden, rußgeschwärzten Drachen. Sie schlug mit riesigen Flügeln, sie würde mich verteidigen. Niemand kann dich angreifen, wenn ein Drache dich schützt und Feuer speit.

Und da habe ich zugeschlagen. Mitten in Jürgens grinsendes Gesicht. Er taumelte zurück und hielt sich die Nase, Blut rann zwischen den Fingern herab.

Jürgen starrte mich entsetzt an. Dann lief er weg. Besser allein als schlecht begleitet, dieser Gedanke schoss mir durch den Kopf.

„Du bist nicht allein, du bist gut begleitet", fauchte der Drache. Er sank langsam nieder, umschloss mich mit seinen riesigen rußschwarzen Flügeln, die Außenwelt war verschwunden und niemand konnte mich verletzen.

Ich fühlte mich gut. Die Kälte war geflohen. Und die Schwarze Dame wurde unsichtbar. Jedenfalls für den Rest des Tages.

*

In der Schule kicherten einige, als ich durch die Eingangstür kam. Das war ein Privatgymnasium, katholisch und teuer, da rief man keine Schimpfworte durch die Gegend. Da kicherte man und wendete den Blick ab.

Vor dem Klassenzimmer standen sie, als hätten sie mein Kommen abgewartet. Der große Petermann trat auf mich zu, er war Klassensprecher, sein Vater Psychoanalytiker. Er lächelte verhalten. An einer normalen Schule hätte er gegrinst und was von „Hurensohn" gesagt.

„Du sollst sofort zum Direktor kommen", sagte er stattdessen und dachte „Dieser Hurensohn", das sah ich seinen Augen an.

Ich eilte die Treppe hinunter und nach links zum Zimmer des Direktors. Wieder musste ich an grinsenden Schülern vorbei. Schülerinnen gab es hier nicht, es war die letzte Schule, die stolz die Geschlechtertrennung aufrechterhielt. Wenigstens etwas. Lachende Schülerinnen, an denen vorbei ich Spießruten laufen müsste, das wäre erst recht der Terror gewesen.

Heute überlege ich manchmal, wie viele es tatsächlich gewusst hatten. Auch hier funktionierte der Flurfunk, aber ob er wirklich so schnell gewesen war? Als Lehnsmann der Schwarzen Dame nimmst du bei jedem an, dass er heimlich über dich lacht. Das gehört dazu wie zu dem Lehnsmann eines Königs das Schwert.

Ich klopfte an die Tür.

„Herein!", rief eine Frauenstimme.

Ich trat ein und die Sekretärin hackte wie wild auf die Tasten ihrer Tastatur und sah nicht auf, sondern sagte nur: „Dr. Frenzel wartet."

Ich öffnete die Tür ins Allerheiligste. Der Rektor saß in einem schwarzen Chefsessel, größer als mein Kommandersessel, hinter einem riesigen Direktorenschreibtisch voller Akten. Er schlug die zu, die offen vor ihm lag, setzte die Brille ab, klappte sie zusammen und legte sie auf den Aktendeckel.

„Setz dich", sagte er und deutete auf den Stuhl vor seinem Schreibtisch.

Er musterte mich. Aber sagte nichts.

Sonst, wenn Schüler etwas taten, was ihm gegen die ewige Seligkeit verstieß, redete er sie mit „Mein Junge" an. Diesmal schwieg er. Konnte er keine schön klingenden Worte finden? Ich rutschte nervös auf dem Stuhl hin und her.

Er spitzte einen Bleistift und als der spitz genug war, sagte er: „Das Ganze ist eine große Prüfung für dich, mein Junge. Du musst jetzt sehr stark sein." Er seufzte und fuhr fort: „Wir haben uns damit beschäftigt. Du kannst zu Hause ..."

Ich sah die Schwarze Dame vor mir. Regungslos, sie nahm mir alle Kraft. Andere konnten Klavier spielen und Tennis, hatten Freunde und eine Freundin. Manche sogar mehrere. Mir tat der ganze Körper weh.

Ich war ein Versager.

Das durfte nicht sein, beschloss ich. Ich hatte Kraft, ich hatte meinen Freund blutig geschlagen. Ich musste nicht willenlos und schwach alles ertragen.

„Der schmeißt dich raus", sagte die Stimme in meinem Kopf. Ich sprang auf und der Direktor schaute mit weit aufgerissenen Augen zu mir auf.

„Waren Sie auch in diesem Scheiß-Nicole?", brüllte ich. „Um sich einen blasen zu lassen? Und deswegen schmeißen Sie mich raus?"

Die Sekretärin öffnete die Tür, wollte wegen des Lärms reinkommen. Ich schob sie beiseite, hörte noch die Stimme des Direktors hinter mir „Wir wollen dich ...", dann knallte ich die Tür hinter mir zu und lief die Treppe runter zum Haupteingang. Den wollte ich auch zuknallen, aber das ging nicht, der hatte eine Türhemmung, die das verhinderte.

Ich zog den Stinkefinger, drehte mich zur Schule um und zeigte ihn ihr.

Das vierte Unglück

Am nächsten Morgen klingelte der Wecker, aber ich wollte nicht aufstehen. Wozu? Ich war aus der Schule geflogen und auf der Straße würden sie auf die andere Seite gehen.

Aber das war nicht die ganze Wahrheit. Denn hinter diesem Grund lauerte ein geheimer, den ich nicht zugeben wollte.

Die Schwarze Dame.

Sie hatte allen Willen, alle Gefühle auf „Off" geschaltet. Sie wollte unbeschränkt herrschen. Und was wollte ich?

Mir war alles egal, ich wollte gar nichts mehr. Jürgen hatte ich blutig geschlagen und Uwe hatte recht: Mama war eine Hure. Das zu vergessen, wünschte ich mir. Es gelang mir nicht. Nicht mal das konnte ich. Besser, ich wäre tot.

Meine Mutter rief mich zum Frühstück. Erst leise, dann laut. Ich blieb im Bett liegen. Sie rief noch mal. Dann kam sie im Morgenrock hoch. Immerhin war der nicht offen. Sie wollte mir die Decke wegziehen.

Plötzlich wollte ich doch etwas. Die Decke festhalten. Und das tat ich. Denn mir hing die Hose am Knie, unten war ich nackt. Wir zogen hin und her. Dann sagte ich: „Ich muss nicht mehr zur Schule!"

Und sie zog mir die Decke weg.

Ich riss meine Schlafanzughose hoch und sprang auf. Schrie: „Warum bist du Hure?"

„Ich bin keine …"

„Hure, Hure, Hure!", schrie ich weiter. „Ich hasse dich. Verpiss dich!" Und ich spuckte ihr ins Gesicht.

Die Spucke lief ihr die Backe hinab. Sie wischte sie nicht weg. Sondern sagte noch mal: „Ich bin keine Hure!"

Dann ging sie und donnerte die Tür ins Schloss. Ich legte mich wieder ins Bett und zog mir die Decke über den Kopf.

„Sie wird gehen", sagte die Schwarze. Und schaltete alle Energie wieder auf „Off". Ich wollte nur wieder einschlafen und alles vergessen.

Abends ging ich nach unten in die Küche. Mama war fort. Nur Papa saß in seinem Sessel und sagte, sie sei am Morgen zum Einkaufen gegangen. Aber noch nicht wiedergekommen.

„Hast du sie gesucht?", fragte ich.

Er wies stumm auf seine Beine.

„Ich kann nicht mehr zur Schule", sagte ich.

Er goss sich einen Cognac ein. Einen teuren. Und ich sah, dass das Porträt von Leibnitz nicht mehr an der Wand hing.

*

Am nächsten Tag war Mama immer noch fort. Am übernächsten auch. Am dritten Tag ging Papa dann doch suchen. Besser gesagt, er rollte zum Suchen. Er forderte mich auf, mitzukommen. Doch ich legte mich wieder ins Bett.

Immerhin fand er heraus, dass meine Mutter den A+C Markt am Strandbad betreten hatte, mit einer vollen Einkaufstasche wieder herausgekommen war und ein Taxi herangewinkt hatte, wie der Marktleiter zu berichten wusste.

„Was hast du getan?", fragte Papa mich.

„Wieso ich?"

„Weil sie ganz aufgelöst von dir nach unten kam."

„Ich hab nichts getan."

„Und warum ist sie dann gegangen und nicht wiedergekommen?"

Ich zuckte die Schultern. „Sie ist eine Hure", sagte ich, als ob das etwas erklären würde. Eine Ausrede fiel mir nicht ein. Papa sah mich bös an, dann griff er zum Cognac.

*

Jeden Abend fragte ich Papa nach Mama. Irgendetwas musste passiert sein. „Du hast sie angespuckt", diese Lösung der Schwarzen Dame in meinen Gedanken wollte ich nicht wahrhaben.

Und eines Morgens rollte ich Papa zur Polizei, bevor er einen Cognac trinken konnte, und wir wollten sie als vermisst melden. Das Polizeirevier war klein, hatte eine schmale Treppe und einen Eingang, den wir mit dem Rollstuhl hochrollen konnten.

Doch Papa weigerte sich. Er holte seine Krücken heraus und befahl mir, den Rollstuhl am Geländer anzuschließen. Das tat ich. Papa humpelte derweil in das Revier. Er schwitzte und schnaufte. Ich betrat hinter ihm den Raum.

„Meine Mutter ist weg", sagte ich.

Der Polyp hinter dem Tresen grinste.

„Ich nehme an, dein Vater möchte eine Vermisstenanzeige aufgeben", sagte er.

„Ja", sagte Papa schnaufend. Der Polyp holte ein Formular heraus und Papa füllte es aus.

Eine Polizistin kam rein, blickte auf das Formular und sagte: „Frauen haben jedes Recht, wegzugehen."

„Sie ist volljährig und darf gehen, wohin sie will", bekräftigte der Polizist. „Es sei denn, es gibt Anzeichen für ein Verbrechen."

„Aber sie wollte uns nicht verlassen", sagte ich.

„Wer weiß das schon", antwortete der Polizist. „Täglich verschwinden Menschen und die meisten kommen wieder."

Dann grinste er hämisch. Er war älter, dick und hatte eine Wampe. Wusste er vom Chez Nicole? Hatte er sich dort von Mama einen blasen lassen? Umsonst würde ihn keine Frau anfassen.

„Sie ist meine Mutter", sagte ich.

„Gab es ein Ereignis in der Familie, das sie vertrieben hat?", fragte die Polizistin.

Ich wurde rot und verfluchte mich deshalb. Jetzt war klar, dass es ein Ereignis gegeben hatte. Eines, das ich verursacht hatte.

„Und warum kommen Sie erst jetzt?", fragte der Polizist.

„Ihr verdammten Bullen!", schrie Papa auf. „Ihr Beamten sitzt bequem auf euren Ärschen und tut nix. Und beschimpft die Bürger, die euch bezahlen!"

„Bitte bleiben Sie ruhig", sagte die Polizistin.

„Ich werde den Teufel tun. Ich werde Sie anzeigen. Sie in der Zeitung bloßstellen!"

Und damit humpelte er hinaus. Die Polizistin nickte mir traurig zu. Der Polizist grinste.

Warum hatte ich Mama gesagt, dass sie sich verpissen sollte? Warum hatte ich sie angespuckt?

„Weil sie eine Hure ist", sagte die Schwarze Dame.

„Aber trotzdem ist sie meine Mutter", sagte ich.

*

Am nächsten Morgen kam Papa in mein Zimmer gehumpelt. „Guten Morgen", sagte er.

Ich starrte ihn bös an. Bisher hatte er behauptet, er könne nur im Rollstuhl herumfahren. Jetzt musste er die Treppe mit seinen Krücken geschafft haben. Hatte er mich auch betrogen?

„Du musst aufstehen!"

Ich drehte mich zur Wand.

„Steh auf!"

„Wo ist Mama?", fragte ich und drehte mich zu ihm zurück.

„Weg", sagte er.

Ich antwortete nicht. In der Ecke stand die Schwarze Dame und sagte nichts. Das musste sie auch nicht. Ich war schuld, dass Mama fort war. Und alle wussten das. Selbst die Bullen.

Papa blieb neben dem Bett stehen. Früher hatte Mama mich geweckt. Zuletzt hatte sie mir die Bettdecke weggezogen. Einem Jungen die Bettdecke wegzuziehen, ist brutal, vor allem, wenn dir die Schlafanzughose um die Knie hängt. Die Erinnerung trieb mir immer wieder die Schamröte ins Gesicht.

Trotzdem vermisste ich Mama. Ich wünschte mir, sie stünde jetzt statt Papa neben dem Bett. Bis auf das letzte Mal hatte sie immer das Zimmer verlassen, ohne die Bettdecke wegzuziehen.

„Besser, du findest dich damit ab, dass sie weg ist. Je eher, desto besser", sagte Papa.

Er blieb stehen und klapperte ab und zu mit seinen Krücken. In der Ecke stand die Schwarze, mir wurde kalt und alle Muskeln taten mir weh. Sie lähmte nicht nur meine Muskeln, sondern alle Gedanken. Dafür ließ sie mich immer wieder sehen, wie ich Mama anspuckte und „Verpiss dich" zu ihr sagte. Ich wollte daran nicht mehr erinnert werden, wollte das vergessen, mich damit abfinden, wie Papa verlangte. Doch sie verhinderte es.

Schließlich schaffte ich es, aufzustehen, und ging ins Bad.

Ich duschte mich, zog mich an und ging nach unten. Papa hatte mir Haferflocken und Kakao zubereitet. Auch das hatte früher Mama gemacht.

„Warum suchst du sie nicht mehr?", fragte ich ihn.

„Weil sie weg ist und nicht gefunden werden will."

Und in meinem Kopf bildete sich der Gedanke: Sinnlos, sie zu suchen.

Bestimmt stand die Schwarze dahinter.

„Nein", kam ein neuer Gedanke, „du denkst das und dir wird es besser gehen, wenn du dein Leben danach ausrichtest."

Sollte ich Mama suchen? Ich war doch der Mann im Haus. Ein neuer Gedanke und der war von mir.

*

Mama kam nicht wieder. Dafür klingelte der Jaguarhändler an der Tür und ich öffnete sie. Er war schon öfter vor Papas Unfall gekommen. Ich wollte ihn ins Haus lassen, da rollte Papa heran und sagte: „Lass ihn nicht herein!" Er positionierte sich so, dass er mit dem Rollstuhl die Tür versperrte.

„Rolf, ich will nur mit dir reden. Als Freund!"

„Du willst mir das Auto nehmen!"

„Du hast die Zinsen nicht gezahlt. Und das Auto ist Schrott!"

„Das wird sich bald ändern, wenn die Versicherung ..."

„Du bist besoffen gefahren, da zahlt die Versicherung nichts. Mensch, wir haben uns so oft gemeinsam …"

„Weil ich ein guter Kunde war! Ihr habt immer nur an euer Geld gedacht."

Ich glaube, da hatte Papa recht. Sie hatten sich öfter hier im Haus auf einen Cognac getroffen.

„Verschwinde!", schrie Papa. „Und wage es nicht, den Gerichtsvollzieher auf mich zu hetzen, sonst …"

„Sonst?"

„Sonst fliegt dein Verhältnis auf, deine Frau lässt sich scheiden und das wird dich viel mehr kosten."

Jetzt lachte der Händler laut auf. „Das mit Moni weiß Vera längst", sagte er. „Komm, lass mich …" Und er machte einen Schritt voraus in den Flur.

Papa zog seine Krücke und stieß sie gegen den Händler. Der sprang erschrocken zurück.

„Schließ die Tür, Daniel!", befahl Papa und ich gehorchte.

*

Bald bekamen wir Post. Briefe, die hochoffiziell aussahen und die Papa sofort im Papierkorb versenkte. Er telefonierte mit alten Freunden, aber wenn er „Kredit" sagte, legten sie auf. Und bald nahmen sie auch nicht mehr ab, wenn er anrief.

Ich fischte einen Brief aus dem Papierkorb und es war eine Mahnung der Bank nebst Verzugszinsen und einer Drohung wegen „Zwangsversteigerung".

Nicht lange danach klingelten Leute bei uns und baten um Erlaubnis, das Haus zu besichtigen. Papa ließ sie nicht herein.

„Das muss ich nicht!", rief er und warf ihnen die Tür vor der Nase zu und verbot mir, irgendwen hereinzulassen.

Der nette Bankbeamte kam, auch er hatte Papa öfter besucht und mit ihm Cognac getrunken. Er wollte ihn überreden, den Leuten die Besichtigung zu gestatten. „Dann bieten die mehr bei der Versteigerung", sagte er und Papa bot ihm keinen Cognac an, sondern schimpfte, und auch der Banker war nicht mehr nett.

Eines Tages mussten wir ausziehen. Und ich kam auf die Gesamtschule. Wir zogen in eine Wohnung über dem „Bären", einer Kneipe.

Vom Pius in die Gesamtschule.

Doch Papa kümmerte das nicht mehr. Der „Bär" wurde Vaters Wohnzimmer.

Jetzt trank er keinen teuren Cognac mehr, sondern Bier und Klaren.

Und damit begannen drei dunkle Jahre der Schwarzen Dame.

Das fünfte Unglück

Wir waren drei Jahre in der kleinen Wohnung.

Nachts musste ich Vater immer aus dem „Bären" holen. Kalle, der Wirt, und ich schleiften ihn die Treppe hoch und legten ihn aufs Bett. Ich deckte ihn mit der Tagesdecke zu, Vater murmelte: „Du bist schuld", gefolgt von unverständlichem Zeug. Ihm die Kleider auszuziehen, hatte ich längst aufgegeben. Selbst mit Kalles Hilfe war das schwierig.

Kalle ließ sich an unserem Küchentisch nieder. „Setz dich, Daniel!", forderte er mich auf, als ob es seine Küche wäre, dabei schaute er mich wie eine traurige Bulldogge an. Dann seufzte er, schnalzte mit der Zunge und suchte mit dem rechten Zeigefinger in seinen Zähnen etwas, das sich nur schwer entfernen ließ. Als er es gefunden hatte, wischte er den Zeigefinger an einem Taschentuch ab, räusperte sich und sagte: „Nicht schön, den eigenen Vater besoffen aus der Kneipe zu holen."

Das war so richtig, dass ich darauf nichts zu sagen wusste. Ich zählte die Blumen auf der Tischdecke, aber seit gestern waren es nicht mehr geworden. Im Schlafzimmer redete Vater mit sich selbst, dabei wurde seine Stimme unvermittelt laut, um gleich wieder in leises Gebrabbel zurückzufallen. Ich wollte nicht verstehen, was er sagte; ich wollte es nicht hören.

Morgen stand eine Mathearbeit an und ich hatte nichts dafür gelernt und im Unterricht geträumt. Wäre Mutter da gewesen, hätte ich mit ihr zusammen geübt. Ich wünschte mir, ich hätte den Mut, Kalle einfach rauszuschmeißen. Und für Mathe zu lernen. Sollte ich ihm das Wasser aus der Blumenvase ins Gesicht schütten, damit er endlich ging?

„Sonst freu ich mich über jeden Gast, der Zeche macht", sagte Kalle.

Klar, dachte ich, für euch Scheiß-Wirte sind Alkis die liebsten Stammgäste.

„Doch dein Vater geht vor die Hunde und darüber freu ich mich nicht!", fuhr er fort, als wäre es die aufregendste philosophische Erkenntnis des Jahrhunderts. „Wir müssen was tun!", schloss er seine Ausführungen ab und strich mit der Linken über seine spärlichen Haare, als ob er damit seinen Gedanken auf die Sprünge helfen wolle. Ich starrte ihn an.

Er seufzte, stand auf, klopfte mir auf die Schulter und fügte, bevor er die Wohnung verließ, hinzu: „Wenn dir was einfällt, sag es mir."

Dann war ich allein, hundemüde, und konnte trotzdem nicht schlafen. Am liebsten wäre ich im Wilden Westen gewesen, wo die Männer zwar auch tranken, aber nie besoffen wie Vater durch die Gegend taumelten – jedenfalls nicht die Guten.

Ich konnte Vater nicht mehr ertragen; dieses Wrack, das der Alkohol aus dem Mann gemacht hatte, der mir Geschichten erzählt und mit mir Fußball gespielt hatte. Ich hasste ihn! Wenn er nur tot wäre! Und ich hasste die Schwarze, die mir immer und immer wieder alles vorhielt, woran ich schuld war.

Obendrein hatte sie immer recht!

Ihre Worte wurden lebendig, sausten in meinem Kopf umher wie ein Karussell schwarzer Gestalten. Mir wurde eiskalt. Ich wollte die Worte loswerden, aber das gelang mir nicht.

„Wegen dir säuft dein Vater", sagte die Schwarze. Oder dachte ich das?

Anders als Mama würde die Schwarze nicht irgendwann gehen und mich verlassen. Sie würde mich weiter quälen.

Ich konnte lange nicht einschlafen.

*

Als ich das Pius verlassen musste und auf die Gemeinschaftsschule kam, hatte ich gebetet: Gott möge auf einen Knopf drücken, dass die Welt wieder heil wäre. Ich würde im Wohnzimmer unseres Hauses sitzen, Mutter käme herein und würde verlangen, dass ich endlich ins Bett ginge, denn es sei längst Zeit.

Leider drückte Gott auf keinen Knopf und ich hörte auf, ihn darum zu bitten.

Früher hatte es geklappt. Ich hatte die Golden Star aus feindlichem Feuer gerettet und einen Preis gewonnen.

Jetzt betete ich wegen der Mathearbeit. Eine Drei, lieber Gott, wenigstens eine Drei. Denn meine Mathenoten waren abgestürzt. Mathe und Schwarze Dame zusammen geht nicht. Alle Energieschalter waren seit drei Jahren auf „Off". Wie man sie wieder einschalten konnte, hatte ich nicht herausgefunden.

Musste ja nicht wie früher Einser und Zweier regnen. Eine Drei und ich wäre schon zufrieden. Dann würde ich die Versetzung schaffen. Nicht einmal Mathe konnte ich noch. Ich würde in der Gosse landen.

Und Gott würde mich nicht retten. Auf der Gesamtschule gab es keinen Gott. Gottes Macht erstreckte sich nicht auf die Welt, in der ich lebte. Wozu Träume, wenn die Realität in Stücke brach? Um Mutters Rückkehr zu bitten oder auch nur um eine Drei in Mathe, war sinnlos.

„Ich bin ein Idiot", flüsterte ich.

Gott lebte in einem Traumland und konnte Träume senden, das war alles. Vielleicht wollte er auch nicht helfen, vielleicht gehörten Wunder in eine verschlossene Vitrine, zu der Kinder und Jugendliche keinen Zutritt hatten? Wer die Vitrine öffnen durfte, war auserwählt wie Jesus oder der Bischof, der firmen durfte.

Dafür lebte die Schwarze Dame im Hier und Jetzt und saugte mir alle Kraft zu lernen aus.

Es gab so viel, das ich lieber nicht sehen wollte. Vielleicht sollte ich Gott doch wieder um einen Traum bitten?

Träume waren wie Alkohol, der Vaters Knochen nicht zusammenwachsen ließ, der Mutter nicht zurückbrachte. Und auch das Haus blieb verloren. Alkohol brachte Vater eine kurze Zeit des Vergessens. Dann stierte er mich an, als wisse er nicht, wer ich sei, staunte über das fremde Gesicht und redete mit Leuten, die nur er sah.

Bald war ich so weit wie Vater. Nein, ich wollte keine Träume mehr!

„Du gehörst in die Klapse", würden meine Klassenkameraden schadenfroh sagen, würde ich auch nur das klitzekleinste Wort darüber verlieren, dass ich Stimmen hörte, und sie würden mich fragen, ob Napoleon oder Gott zu mir sprächen. Dabei war es nur eine Schwarze Dame. Eine Göttin des Todes. Eine, die keine Wünsche erfüllte.

„Ich werde nie Alkohol trinken", versprach ich mir. „Ich werde allein alle Treppen hochsteigen. Und King Alk wird mich nicht daran hindern."

Ich hob die Hand, legte sie mir aufs Herz und neigte den Kopf.

„Gut", sagte eine Stimme und die gehörte nicht der Schwarzen. Sie gehörte Xanger, dem Ersten Ingenieur der Golden Star. „Und nenn dich nicht selbst Idiot", fuhr er fort. „Das macht sie stärker."

Die Schwarze Dame stand in der Ecke und lachte.

Ich würde die Arbeit versauen. Immer wieder hatte ich vor dem Mathebuch gesessen, aber nichts gelernt. Nur die Seiten angestarrt und hatte mich weggeträumt. Schon nach der ersten Seite waren meine Gedanken abgeschweift, zu Jürgen, dass ich ihn geschlagen hatte, zu Mama, die ich angespuckt hatte, zu dem Haus, das wir verloren hatten, und zu Vater, dessen Auto ich gegen den Baum gedonnert hatte.

Morgen würde es eine Katastrophe geben. Mit einer Schwarzen Dame im Kopf kann man nicht lernen. Und keine Mathearbeiten schreiben. Nicht, wenn man ein Idiot ist.

Irgendwann schlief ich ein.

*

Am Morgen klingelte der Wecker und mein Vater kam ins Zimmer, rüttelte mich und sagte leise: „Daniel, aufstehen!", während er den Wecker ausstellte. Jeden Tag tat er das. Wusste er, dass ich sonst nicht aufstehen, dass ich am liebsten liegen bleiben würde? Dass ich von selbst gar nicht aufstehen konnte?

Manchmal dachte ich, er hätte wirklich Mitleid mit mir. Ich quälte mich aus dem Bett, weil Vater das Zimmer nicht eher verlassen würde. Ich wollte ihm nicht ins Gesicht sehen, konnte seine Nase nicht ertragen, die einige geplatzte Äderchen rot färbten und die aller Welt zuschrie: „Ich trinke!"

Woher er die Kraft nahm, mich immer morgens zu wecken, egal, wie lang und wie viel er am Vorabend getrunken hatte – woher er diese Kraft nahm, habe ich nie begriffen.

Ich kam aus dem Bad, es roch nach Kaffee, von dem er eine große Kanne aufgebrüht hatte, so schwarz, dass man Sargholz damit hätte streichen können. Der Arzt hatte ihn gewarnt, sein Herz werde das nicht lange durchhalten, doch das kümmerte ihn so wenig wie die Warnungen wegen der Trinkerei.

Ich glaube, sie bestärkten ihn nur darin, dass er seinen Körper bald endgültig besiegt haben würde. Zu einem richtigen Selbstmord fehlte ihm wohl der Mut; vielleicht wusste er auch gar nicht, wie er ihn durchführen konnte, denn selbst die kleinste Spritze versetzte ihn in Panik.

*

Als ich das Klassenzimmer betrat, schauten sie mich böse an. Sie hassten mich hier. Eine Gesamtschule!

Ich setzte mich. Ausgerechnet in der ersten Bank musste ich sitzen, spürte die Blicke im Rücken und konnte nichts gegen sie tun. Der Mathelehrer betrat den Raum. Er war groß und schrieb immer an der Tafel, so schnell, dass kaum einer mitkam. Wenn jemand schwätzte, warf er blitzschnell den Schwamm hinter sich auf den Übeltäter. Einmal war die Tafel so voll und der Schwamm verschossen, dass er mit roter Kreide auf der Wand weiterschrieb.

Er verachtete Privatschulen, das sei nur was, um reiche Kinder zu bevorteilen. Damit die sich als was Besseres fühlen könnten.

„Aber fragt mal Waldorfschüler, was sie können. Sie können ihren Namen tanzen", sagte er einmal. „Und von der Katholenanstalt will ich gar nicht sprechen."

„Sex und Missbrauch!", rief einer.

„Genau", sagte der Lehrer, der ausnahmsweise keinen Schwamm warf bei dem Zwischenruf.

Von hinten traf mich eine Papierkugel. Martin! Er durfte das, er gehörte zur Klasse, und ich, ich stach unter den Mitschülern hervor wie ein vereiterter Daumen unter fünf Fingern.

Der Lehrer ließ den Blick wie einen Laser über die Klasse schweifen. Er verweilte kurz auf mir. Dann grinste er. Er hasste mich. Er öffnete seine Mappe, holte die Hefte heraus und verteilte die Arbeitsblätter.

Das hier war kein Gymnasium, sondern eine Gesamtschule, „da gehen die Kinder von Versagern hin", hatte mein Vater immer gesagt.

Jedenfalls, als er noch nüchtern war.

Also brauchte ich keine Angst zu haben. Ich würde die Mathearbeiten hier mit links schaffen, hatte ich gedacht, als ich auf diese Schule kam. Ein Denkfehler.

Hier gab es nur Feinde unter den Lehrern und unter den Schülern. Wie konnte ich es ihnen heimzahlen?

„Ich bin ganz bei dir. Ich bin alles, was dir an Freunden geblieben ist", sagte die Schwarze und kicherte.

„Die Schwarze wirst du nicht los", sagte Xanger. „Aber du kannst sie erziehen."

Wie erzieht man eine Schwarze Dame im eigenen Kopf? Wie soll denn das gehen?

„Ist etwas?", fragte der Lehrer. „Träum nicht, löse die Aufgaben."

Ich schlug das Heft auf und blickte auf die Aufgaben. Ich konnte sie nicht lösen.

Ich hatte nichts gelernt. In der Klassenecke stand die Schwarze, düster und drohend.

Warum quält sie mich?, überlegte ich. Warum saugt sie mir sämtliche Energie aus dem Körper, lässt mich hilflos und ohne Kraft zurück?

Damals wusste ich noch nicht, dass das die Methode ist, mit der Schwarze Damen Macht gewinnen und sich Lehnsleute sichern.

Ich konnte nur eine Aufgabe lösen.

Die Schwarze lachte.

*

In der Pause traf ich Martin auf dem Klo. Er grinste mich hämisch an.

„Na, Kugelstoßer", sagte ich und boxte ihn in den Magen. Er stolperte, sagte „Hurensohn" und ich schlug nochmals zu. Dann nahm ich ihn in den Schwitzkasten und brachte ihn zu Fall. Ich sprang auf ihn, bog seine Arme auseinander, landete mit den Beinen auf seinen Oberarmen, er stöhnte.

Manchmal hatte ich doch noch Energie.

Ich lief aus dem Klo und kam beinahe zu spät in die Klasse. Der Englischlehrer, genannt „der Gnom", betrat direkt nach mir den Raum.

Martin kam fünf Minuten später. Er rieb sich die Arme und kassierte eine Rüge. Mich schaute er nicht an. Ich fühlte mich gut. Die Schwarze war verschwunden.

Plötzlich war die Stimme da. Xanger. Ich war mir sicher, es war Xanger.

„Hallo", sagte er. „Du musst sie erziehen."

Ich antwortete nicht. Was hätte ich auch sagen sollen? Vielleicht: Sie hassen mich hier, sie hassen mich wirklich? Dass die Welt um mich herum zu Scherben zerfiel, war nicht meine Schuld. Niemand sollte mich deshalb in die Irrenanstalt schicken.

Trotzdem war Xanger manchmal da. Nur wollte ich nicht die Stimme eines Bordingenieurs hören, den ich erfunden hatte. Niemand sollte mich deshalb nach Emmendingen schicken.

Das Merkwürdigste war, dass Xanger verstummte, wenn ich ihn dazu aufforderte. Ich meine, wenn Gott oder Napoleon zu dir sprechen, halten die einfach den Mund, hören die auf, wenn du es ihnen befiehlst? Glaube ich nicht, nicht mal, wenn du dir Gott nur einbildest.

Die Schwarze ließ sich nichts befehlen. Auch wenn ich sie gerne zum Schweigen gebracht hätte. Und erziehen ließ sie sich erst recht nicht.

Der Gnom schlug mit der Hand auf das Pult. „Und bis morgen liefert ihr beide eine Nacherzählung auf Englisch ab!" Er deutete auf mich und danach auf Martin.

„Warum ich?", fragte ich. „Ich war pünktlich."

„Er hat mich niedergeschlagen!", rief Martin. „Im Klo."

„Beide eine Nacherzählung der heutigen Stunde", befahl der Gnom. „Morgen!"

In den Schulstunden konnte ich ein aufmerksames Gesicht aufsetzen und in meinen Träumen versinken. Das hatte ich gelernt: aufmerksam zu schauen, dass jeder Lehrer glaubte, seine Worte hielten mich so in Bann, dass ich an nichts anderes denken könnte.

„Du kannst nichts", sagte die Schwarze. „Du wirst in der Gosse landen." Das hatte meine Mutter bei jeder schlechten Note gesagt. Obwohl ich damals selten schlechte Noten geschrieben hatte.

Leider vergaß ich, meine aufmerksame Miene beizubehalten. Prompt fragte mich der Gnom etwas. Ich war so durcheinander, dass ich nicht mehr wusste, was er gefragt hatte.

„Äh", sagte ich.

„Äh, your Lordship", parodierte mich jemand.

Gekicher hinter mir. Ich lief rot an.

Der Gnom war wütend. „Wenn du meinst, was Besseres zu sein, irrst du dich", sagte er. „Das hier ist eine ebenso gute Schule wie das Pius. Nur ohne Katholizismus."

Langsam vergaß er mich und ich achtete darauf, meine Maske Aufmerksamkeit nicht mehr fallen zu lassen.

Warum quält ihr mich?, dachte ich.

Beinah kamen mir die Tränen.

An diesem Tag hörte ich Xangers Stimme nicht mehr.

„Du gehörst nach Emmendingen", sagte eine andere Stimme. Die Schwarze.

„Sei still", bat ich sie.

Sie lachte. Erziehen ließ sie sich nicht.

Die zweite Geschichte

Zu Hause stieg ich wieder in die Golden Star ein. Die feindlichen Schiffe schwirrten um mich herum, ihre roten Lichter strahlten durch den Weltraum. Ich saß in der Kanzel, hielt den Steuerknüppel in der Hand und erneut rasten Torpedos auf mein Schiff zu.

„Bereit zum Feuern!", meldeten die Kanoniere.

„Acht...!", schrie Xanger aus dem Maschinenraum, dann brach der Kontakt ab.

Ich reagierte einen Sekundenbruchteil zu spät. Die Golden Star wurde getroffen und platzte auf wie ein Kürbis, der aus dem zweiten Stock auf die Straße fällt. Überall trieben blutig zerrissene Leiber schwerelos durch das Wrack. Nur wenige hatten überlebt, weil sie, wie ich, rechtzeitig in die Raumanzüge geschlüpft waren.

Hinter den Zerstörern tauchte ein feindlicher Schlachtkreuzer auf.

Und feuerte einen Magnetfänger ab, der sich an unserem Wrack festkrallte und das zerschossene Skelett zum Kreuzer zog. Wir konnten nur hilflos zusehen. Der Maschinenraum war eine rot glühende Hölle und alle Systeme ausgefallen.

Ich sah das zerstörte Schiff, die kleine Gruppe von Überlebenden in den Raumanzügen, das Blut an den Wänden und die aufgeplatzten Leichen im Raum. Einzelne Blutstropfen bildeten bizarre Muster in der Luft, die Schwerelosigkeit sorgte dafür, dass sie sich um sich selbst drehten wie Sternennebel im All.

Der feindliche Kreuzer kam näher.

Science-Fiction, das nannte der Deutschlehrer Eskapismus. Das klang aus seinem Mund, als würde er das Wort ausspeien.

Reiß dich zusammen!, ermahnte ich mich. Wie rettest du die Überlebenden?

„Du kannst keinen Schlachtkreuzer befehlen, großer Käpt'n. Hast die Männer in den Tod geführt", sagte die Schwarze.

Plötzlich tauchte eine kleine Rakete auf. Vorne saß Xanger, hielt den Steuerknüppel und lachte.

„Alle einsteigen!", schrie er und alle Überlebenden sprangen auf die Rakete. Natürlich war das Unsinn, eine Salve aus den Geschützen des feindlichen Kreuzers und wir wären Weltraumschrott. Niemand kann auf einer Rakete sitzen und durch den Raum fliegen ohne Raumanzug, und Xanger hatte keinen an.

„Sie können so kleine Raketen nicht orten", sagte Xanger, schaltete mit einem Fußhebel wie beim Motorrad und gab Gas mit dem Steuerknüppel.

Die Rakete schoss vorwärts. Und plötzlich flogen wir in ein buntes Loch hinein.

„Kopf einziehen!", rief Xanger und das war wahrlich nötig, so eng war das Loch. Um uns flirrte ein bunter Farbenteppich an den Wänden.

Ein Wurmloch! Ein Wurmloch in eine andere Welt. Zu eng, als dass uns feindliche Kreuzer folgen könnten.

Ich dämmerte weg.

Das sechste Unglück

Vier Tage nach der Mathearbeit kletterte ich die Schultreppe hoch, als gelte es, die Eiger-Nordwand zu ersteigen. In der Klasse angekommen, setzte ich mich; die Treppe hatte mich erschöpft, als wäre ich ein alter Mann.

In der Ecke tuschelten Ruth und Karin. Karin trug einen Mini, die Hälfte des Oberschenkels war nackt. Ich starrte sie an. Schaute schnell weg, wollte nicht hinschauen. Ab und zu blickte sie zu mir, immer nur kurz, und kicherte. Ruth grinste.

Dass ich auf der Gesamtschule keine Freunde hatte, war schlimm. Dass es hier Mädchen gab, die über mich kicherten, war schlimmer.

Sie verachteten mich. Sie lachten über mich. Ich konnte nichts dagegen tun. Zur Hölle mit ihnen!

„Der kriegt doch eh keinen hoch, dieser Spanner!", rief Mark. Die anderen lachten.

„Woher weißt du das? Hast du es schon versucht?", fragte Ruth laut. Wieder Gelächter.

Am liebsten hätte ich mich in einem Mauseloch verkrochen. Leider gab es hier keine Mäuse und keine Löcher.

Manchmal stellte ich mir Karin vor, wie sie sich für mich auszog.

„Mach mit mir, was du willst", stöhnt sie.

Sie kriecht zu mir, bettelt: „Besorg es mir!", und ich schlafe mit ihr. Sie stöhnt vor Lust.

Ich habe noch kein Mädchen geküsst.

„Woher weißt du, dass sie dich verachten?", fragte Xanger.

Was für eine Frage! Damals schien sie mir absurd. Heute weiß ich, dass sich Lehnsleute der Schwarzen immer sicher sind, dass alle sie hassen.

Ruth faltete die Hände und Karin versuchte, die Hände zu treffen, sie abzuklatschen. Karin gelang es nicht. Ruth wich nach oben aus, zur Seite, immer rechtzeitig, immer dorthin, wo Karin es nicht vermutete. Sie lachte. Ich sah fasziniert zu.

Schau nicht hin, ermahnte ich mich, sonst kichern sie wieder und die Jungen werden dich hänseln. Und du kommst nur auf dumme Fantasien. Unsinnige Träume, unsinnige Geschichten, die du dir erzählst und die dich unglücklich machen, weil sie nie in Erfüllung gehen. Ich senkte den Blick. In der Ecke stand die Schwarze Dame.

Karin legte die Hände aneinander und Ruth musste sie abklatschen. Sie hielt die Hände still, hielt den Kopf still, schaute Karin in die Augen und verzog keine Miene. Karin lachte und zweimal fuhren ihre Hände nach unten, obwohl Ruth sich nicht bewegt hatte.

Dann schoss Ruths Rechte nach vorn und verfehlte Karins Hände knapp. Karin lachte erleichtert auf. Die Hände nahmen die Ausgangsstellung ein. Ruth setzte ein Pokerface auf, schaute Karin wieder in die Augen und bewegte sich nicht.

Wieder schoss ihre Rechte nach vorn, sie schoss einfach nach vorne, traf klatschend Karins Hand, die nicht einmal Zeit hatte, auch nur zu zucken.

Irgendwer blies pfeifend die Luft aus.

Die Pause war um, der Mathelehrer kam rein und verteilte die Hefte der letzten Klassenarbeit.

Ich starrte mein Heft an. Ein Punkt starrte zurück.

Sie wollten mich loswerden und würden es schaffen, durch eine endlos lange Kette von Zahlen, von Nullen und Einsen. Wie im Computer, nur schlimmer.

Andere konnten Mathe und ich nicht mehr. Die Schwarze hatte es mir aus dem Kopf geblasen. Wenn du nicht mal auf einer Scheiß-Gesamtschule was zustande bringst, wo dann? Die Schwarze hatte meinen Kopf in ihrer Gewalt.

„Wenn du glaubst, dass alle dich hassen, hasst du dich am Schluss selbst", sagte Xanger.

Ich lass mich von denen nicht fertigmachen, beschloss ich. Nicht von diesen Versagern!

*

Nach der Schule ging ich ins Al Capone. Das Al Capone hieß eigentlich „Capri" und der Besitzer „Caprione". Alle nannten ihn und sein Café aber „Al Capone". Stundenlang saß ich vor einem kleinen Kaffee und brütete. Die Mathearbeit hatte ich verbockt. Am Pius war mir das nie passiert. Da hatte ich mich auf die Aufgaben gestürzt und war vor der Abgabe fertig gewesen. Aber da hatte mich auch keine Schwarze Dame verfolgt.

Und jetzt?

Ich war ein hoffnungsloser Träumer. Ich hätte lernen müssen, konnte es aber nicht. Mit Mutter hätte ich gelernt. Hatte die Schwarze Dame jetzt Mutters Stelle eingenommen? Und wollte sie, dass mir alles misslang, damit sie mich weiter in den Krallen halten konnte?

Al Capone sah zu mir herüber und schüttelte den Kopf.

Ein Mädchen kam herein, etwa so alt wie ich. Sie hatte kurze, gelockte Haare, schwarz wie Ebenholz. Ihre Augen glänzten und glitten durch den Raum, als wollten sie die Einrichtung scannen. Sie sah mich an und lächelte. Dann setzte sie sich hin, zog ein Buch aus der Tasche und begann zu lesen. Den Titel konnte ich nicht erkennen.

Was las sie?

„Frag sie", sagte Xanger.

Ich stand auf. Die Schwarze lachte und ich setzte mich gleich wieder.

„Frag sie", sagte Xanger.

Und ich wollte es wissen! Ich ließ mir nicht von einer Schwarzen Dame im Kopf das Leben vermiesen! Ich stand auf. Einen Schritt ging ich auf das Mädchen zu. Einen kleinen Schritt. Dann erinnerte ich mich an den Tennisclub. Wie ich in einer Ecke gestanden hatte und sich niemand für mich interessierte. Die anderen tanzten und ich stand herum; hätte gerne getanzt, traute mich aber nicht. Und erzählte allen, dass ich es nicht wollte.

Ich ging zurück und setzte mich wieder.

Ein Junge mit Motorradhelm kam rein und nickte Al Capone hinter der Eistheke würdevoll zu. Ein König, der einen Untertan begrüßte. Er ging zum Tisch des Mädchens, Bussi rechts, Bussi links, und setzte sich.

Uwe, der ältere Bruder von Jürgen, meines früheren Freundes Jürgen. Der mit dem Schwitzkasten. Der meine Mutter im Chez Nicole entdeckt hatte.

Ich stieß erleichtert die Luft aus. Gut, dass ich auf die Schwarze gehört hatte statt auf Xanger.

Das Mädchen strahlte, ihre Augen leuchteten auf. Sie hatte schöne Haare und redete mit ihrem Gegenüber, der ihr ab und zu träge antwortete. Er durfte mit einer Göttin sprechen, nahm er das nicht wahr?

Ich stellte mir vor, an seiner Stelle zu sitzen, die Augen des Mädchens auf mich gerichtet. Nur zu mir würde sie sprechen, nur mich anschauen. Aber ich hätte ihr eine Million geben können, sie würde mich trotzdem nicht so ansehen, mich, den Loser, der nicht einmal Gemeinschaftsschule konnte. Und Uwe war ein richtiger Mann und ich nicht.

Uwe drehte den Kopf, sah mich und grinste. Unheilvoll zog er die Augenbrauen zusammen. „Hör sofort auf, MEIN Mädchen zu fixieren", sagten seine Augen, „sonst gibt's Prügel!"

Ich duckte mich und schaute weg. Ich hasste ihn. Ich war kein Mann, nur ein Träumer.

„Scheiße, kann dir doch egal sein, was er denkt." Wieder Xanger.

Was interessiert mich dieser Spruch? Auch so ein Satz der Erwachsenen aus dem Sprücheladen, nur was nützte er? Nützte mir gar nichts. Ich wusste, was Uwe dachte: Daniel, der Loser, Daniel, das Ekelpaket, Daniel, der keine Freunde hat, schaut ihn euch an, dort sitzt er, dort hinten in der Ecke, ist sich selber zuwider und es gibt keinen, der sich neben ihn setzen will.

Plötzlich wollte ich mich losreißen von diesen Gedanken, von den Sprüchen einer Schwarzen Dame in meinem Kopf, wollte sie nicht mehr hören, nicht mehr wahrhaben.

Ich soll ein Loser sein? Das wird sich ändern! Ich werde es euch zeigen, euch allen, ich komm ganz groß, ganz groß raus.

Ich wollte das Café verlassen, als eine Gruppe Oberstufenschüler hereinkam. Ich wartete und hielt die Tür fest.

„Na, wie geht's der Mama, Pickel?", rief Uwe vom Tisch zu mir herüber. „Verdient sie gut?" Dann beugte er sich zu dem Mädchen vor, grinste und flüsterte ihr etwas zu.

Ich sollte vernünftig sein, doch was hatte mir das eingebracht außer schlechte Noten in Mathe, dass ich keine Schulbücher mehr verstand und dem Privileg, meinen Vater abends aus der Kneipe ins Bett zu schleifen?

Uwes Grinsen sagte alles, was ich nicht hören wollte.

Und die Schwarze Dame faltete ihre Flügel aus, erhob sich in die Luft, wurde wieder zum Drachen, warf den Kopf hoch und spuckte Feuer.

„Wie geht's deiner Mama?", fragte Uwes Grinsen und: „Arbeitet sie jetzt in der Arena Bar?" Es fragte: „Was macht Papa?" und: „Bei wie viel Promille ist er jetzt angekommen?"

Plötzlich stieß der Drache nieder, die Wut in mir loderte auf, setzte das Café in Flammen, wurde größer als alle Vernunft der Welt.

Ich sprang zu Uwes Tisch.

„Nein!", protestierte Xanger. „Hier gibt es keine Torpedos, denen man ausweichen kann."

Ich hörte nicht auf ihn, griff die Tasse mit Uwes Cappuccino und kippte ihm den Inhalt ins Gesicht.

Al Capone schaute auf. Sein rasierter Kopf glänzte, er hielt die Eiskugelzange hoch, schmelzende Eisreste liefen den Griff hinab über seine Finger und tropften auf die Chromtheke. Ich raste los, riss die Tür des Al Capone auf, lief raus und wetzte um die Ecke. Dort lief ich in den erstbesten Hauseingang. Die Tür ließ sich öffnen, ich verschwand im Flur und schaute durch ein vergittertes Türfenster auf die Straße. Der Drache war fort. Und ich hatte es allen gezeigt! Ich war nicht mehr der Spielball der anderen, der Loser! Ich wusste jetzt, wie ich die Schwarze Dame nutzen konnte.

Draußen auf der Straße brüllte jemand: „Hier nicht!" Einer der Oberstufenjungs aus dem Café lief vorbei, kurz darauf kam er zurück. Sie mussten Uwe kennen.

„Jungchen, was suchst du hier?"

Entsetzt drehte ich mich um.

Hinter mir stand ein älterer Mann mit einem Spazierstock in der einen und Lederhandschuhen in der anderen Hand.

„Ich ...", stotterte ich und suchte verzweifelt nach einer Ausrede, „ich will einen Freund besuchen."

„Und wie heißt der?", fragte der Mann ruhig.

„Äh, Markov", sagte ich, Markov war das erste Briefkastenschild, das ich erblickte.

„Ach so, Markov. Und du bist ein Klassenkamerad von Klaus Markov?"

„Natürlich!", antwortete ich.

„Seltsam", fuhr der Mann fort und seine Stimme klang scharf wie ein Rasiermesser, „du siehst viel jünger aus als er."

„Ja klar, ich habe eine Klasse übersprungen!"

Ohne mich aus den Augen zu lassen, zog sich der Mann das Paar Lederhandschuhe an. Die Handschuhe waren schwarz, glänzten und passten ihm, als wären sie eine zweite Haut. Erst danach redete er weiter.

„Trotzdem merkwürdig. Ich denke, du bist nicht älter als sechzehn."

Ein Jahr älter hatte er mich geschätzt. „Stimmt", antwortete ich glücklich.

Blitzschnell griff die schwarze Linke meinen Anorakkragen, verdrehte ihn, dass ich nach Luft schnappte, seine Nase schoss auf meine zu und ich roch seinen Altmänneratem.

„Ich bin Klaus Markov", flüsterte er, „und ich bin mir sicher, du bist kein Klassenkamerad von mir. Was hast du hier verloren?"

Ungeduldig stieß seine Rechte den Spazierstock auf die großen Steinfliesen des Hausflurs und erzeugte damit ein „Peng, peng", als wären es Pistolenschüsse.

Xanger sagte in meinem Kopf: „Ich werde verfolgt!"

„Ich werde verfolgt!", sagte ich. „Draußen, die Jungs ..."

Am liebsten hätte ich mir auf die Zunge gebissen, das hatte ich gar nicht sagen wollen, nicht zu einem wildfremden Mann.

Von draußen hörte ich Stimmen.

Der Mann ließ meinen Kragen los und öffnete die Tür. Er betrat die Straße und die Tür fiel hinter ihm zu. Die Stimmen draußen entfernten sich.

Der Mann öffnete die Tür wieder und sagte: „Sie sind in die Sedanstraße eingebogen. Du kannst rauskommen. Sie haben aufgegeben."

„Sie wissen, wo sie dich morgen erwischen können. Manche Probleme verschwinden nicht einfach, egal, wie sehr du es dir wünschst. Da hilft nur eine andere Perspektive."

Dann fiel die Tür ins Schloss.

Das siebte Unglück

Eines Abends bog ich in die Haslacher Straße ein, hierhin kamen die vom Pius nie. Das ist fast schon Weingarten und Weingarten ist das Letzte. Die Straßenlaternen spiegelten sich in den Pfützen und die Straße war leer.

Plötzlich überholte mich jemand, drehte sich um und ich schaute einem grinsenden Uwe ins Gesicht.

Ich machte auf dem Absatz kehrt und rannte in einen Jungen, der einen Kopf größer war als ich. Er hielt mich am Anorak fest und sagte: „Nicht so eilig, Freundchen!"

Uwe riss mich herum. Ich schmetterte ihm die Faust in den Magen und er ließ los. Der andere griff nach meinem linken Arm, bevor ich türmen konnte, und verdrehte ihn in meinem Rücken. Uwe rammte mir die Faust in den Magen. Dann schlug er erneut zu, die Ohrfeige riss meinen Kopf zur Seite und er schrie: „Sag, dass es dir leidtut! Sag es!"

Der andere ließ mich los, ich taumelte, Uwes Faust traf mich und ich ging zu Boden. Ich krümmte mich und wollte mein Gesicht mit dem Arm schützen. Sein Fuß traf mich im Rücken.

„Sag, dass es dir leidtut!", schrie er wieder. Ich stöhnte und hätte am liebsten geweint. Doch ich biss die Zähne zusammen. Auf keinen Fall sollte Uwe sehen, dass er mich getroffen hatte. Uwe trat erneut zu, diesmal in den Magen.

Der andere riss Uwe zurück und zischte: „Spinnst du?"

Uwe riss sich los und trat wieder zu, traf nur mein Bein. Ich biss die Zähne zusammen und biss mich dabei in die Backe. Ein Fenster ging auf und eine Stimme rief: „Ich hol' die Polizei, wenn jetzt nicht Ruhe ist!"

Der andere zerrte Uwe fort, der immer noch schrie: „Er soll sagen, dass es ihm leidtut!", und es hörte sich an, als ob er heulte.

Dann waren beide verschwunden. Ich lag auf dem Pflaster, ich wollte liegen bleiben und nie mehr aufstehen. Ich wollte nicht nach Hause, wo Vater mich erwartete, und nicht in eine Schule, wo alle mich hassten. Ich wollte einfach liegen bleiben. Die Rippen taten mir weh, der Magen, der Arm und das Bein. Langsam würde mein Blut auf das Pflaster rinnen, eine Pfütze bilden, die Pfütze würde wachsen und schließlich in den Rinnstein laufen, von dort in den Gully und das ganze Abwasser bis zum Rieselfeld rot färben. Und dann hätte ich dieses elende Leben hinter mir und die Schwarze Dame müsste sich einen neuen Wirt suchen.

Würde Mutter zu meinem Begräbnis kommen? Wäre Vater nüchtern genug, meinen Tod zu begreifen? Hätten die Lehrer, die mich vertreiben wollten, wenigstens ein schlechtes Gewissen?

Irgendwo schrillte eine Sirene. Hatte jemand die Polizei gerufen? Ich sprang auf und humpelte fort. Jeder Atemzug schmerzte.

Das Leben hatte mich ausgespien. Wieso kamen andere damit zurecht und ich nicht? Im Film stehen die Helden auf, stöhnen kurz und dann sind sie topfit für weitere Abenteuer und denken nicht ans Sterben. Aber meine Rippen schmerzten bei jedem Atemzug.

Gern hätte ich Xangers Stimme gehört, zum ersten Mal sehnte ich mich nach seiner Stimme, ganz gleich, was sie sagen würde. Aber er blieb stumm.

Dafür sprach eine andere Stimme zu mir: „Mach den Exit", schlug die Schwarze vor. „Niemand wird dich vermissen."

Aber ich wusste nicht, wie ich das tun sollte. Auf der Golden Star trug ich eine Waffe. Damit hätte ich mir in den Kopf schießen können. Mein Gehirn wäre an den Wänden zerplatzt.

Doch der Revolver, den ich dort trug, war zerschossen wie die Golden Star.

Die Wange brannte. Vorsichtig strich ich mit der Hand darüber. Ein Finger war blutig. Dann sah ich, dass ich mir den Nagel eingerissen hatte.

In der Mauerecke, in der das Fallrohr von der Regenrinne im Boden verschwand, erschien ein Gesicht. Ein Totenschädel unter einem schwarzen Hut mit einem Netz vor dem Schädel. Er pulste, als ob Blut durchfloss, aber natürlich schwarzes Blut. Mit jedem Pulsschlag wurde er größer und weißer, um danach wieder kleiner und dunkler zu werden. Die Schwarze?

Ganz schön verrückt. Nichts, was einem Pluspunkte bei der Begutachtung durch die Schulpsychologin bringt.

Der Geruch von Baldrian stach mir in die Nase. Der Schädel hatte plötzlich ein Auge und öffnete es langsam. Obwohl das Gesicht menschlich aussah, hätte ich nicht sagen können, ob es alt oder jung, Mann oder Frau war.

Dann bewegte es den Mund und ich hörte es schmatzen. Der Baldriangeruch wurde stärker. Er erinnerte mich an Weihnachten, an Adventsabende, als wir das Haus noch hatten, ich war jünger, saß zusammen mit einigen Nachbarskindern am Tisch und Mutter las vor.

Das war etwas, was sie konnte: Vorlesen. Egal, ob „Pu der Bär", „Der Löwe ist los", „Jim Knopf" oder „Die unendliche Geschichte", sie verstand es, uns zu fesseln. Ich sah ihr Gesicht vor mir und die hellbraunen Haare mit dem leicht rötlichen Schimmer. Sie benutzte Henna, immer nur wenig. Die Haare lagen dicht am Kopf an, eine Spange hielt sie hinten zusammen.

Sie verlieh jeder Figur eine andere Stimme und ließ ein ganzes Theater auftreten. Ich roch ihr Parfüm. An das erinnerte ich mich erst, seit sie weg war.

Einige Mütter waren eifersüchtig, beneideten sie um ihre Gabe, weil ihre Kinder zu uns kamen, um sie lesen zu hören.

„Sie nehmen sich keine Zeit", erklärte Mutter mir einmal, „sie können nicht in den Figuren versinken."

Dann lachte sie. Sie hatte eine tiefe Stimme, tiefer als die Stimmen der anderen Mütter. Am tiefsten war ihr Lachen. Ich hörte sie gern lachen.

„Sie ist fortgelaufen", flüsterte der Totenschädel.

„Nein!", flehte ich. Und wusste doch, wie recht er hatte.

*

In der folgenden Nacht konnte ich nicht schlafen. Meine Muskeln krampften, das Atmen tat mir weh. Wenn ich mich im Bett herumdrehte, schoss der Schmerz die ganze Seite entlang, ich schnappte nach Luft und das war ein Fehler. Die Rückenmuskeln brannten und ich konnte nur auf dem Bauch liegen.

Ich hoffte, es würde besser, wenn ich ganz ruhig liegen blieb.

Es wurde nicht besser und nach einer Stunde beschloss ich, aufzustehen. Doch das war so schmerzhaft wie jede andere Bewegung auch. Ich kam mir hilflos vor wie ein Käfer, den jemand auf den Rücken gedreht hatte.

Ich stöhnte, sandte Flüche auf Uwe herab, dieses arrogante Stück Scheiße. Wenigstens hatte ich ihm bewiesen, was ich von ihm hielt, wenigstens das war mir gelungen!

Später krampfte der linke Brustmuskel, dann folgte der Schultermuskel. Schmerzen in der linken Schulter und der Brust waren Warnsignale eines bevorstehenden Herzinfarkts. Würde ich bald sterben?

„In der Küche sind Messer", flüsterte die Schwarze.

Das erschreckte mich. Wollte ich sterben? Es wäre einfacher, tot zu sein. Ich stellte mir vor, was wäre, wenn Vater mich am nächsten Morgen kalt, steif und mit schmerzverzerrtem Gesicht im Bett finden würde. Ich hörte die Sirene des Notarztes, sah, wie der sich über mich beugte, mich abhörte, sich wieder aufrichtete, meinen Vater ansah und hilflos die Schultern zuckte. Ich sah den leeren Platz in der Klasse, hörte, wie der Englischgnom sich räusperte und erklärte, er habe eine traurige Mitteilung zu machen …

Darüber vergaß ich meine Schmerzen und den sich anschleichenden Infarkt. Wenn ich Glück habe, überlegte ich mir, landet Uwe wegen Mord im Knast und das würde sein arrogantes Grinsen sicher von seinem Gesicht fegen.

Wer würde zu meinem Begräbnis kommen?

„Niemand", sagte die Schwarze und das machte mich über die Maßen traurig, fast hätte ich geweint. Begräbnisse sind vormittags, also wird Vater kommen, morgens ist er ansprechbar.

„Er wird nicht kommen", sagte die Schwarze.

Richtig, er kam nie, wenn es um mich ging. Ich musste ihn abends die Treppe hinaufschaffen.

Warum sollte sich das ändern, bloß weil ich tot war?

Wenn Mutter davon erführe, würde sie kommen?

„Nein", flüsterte die Schwarze. „Huren kommen nicht zu Begräbnissen."

Ich würde mir ein Butterfly kaufen. Ja, das würde ich. Wenn eine Klinge plötzlich in meiner Hand aufgeblitzt wäre, dann wären Uwe und sein Freund weggelaufen und ich hätte keine Schmerzen.

Ich hatte doch Ideen!

„Nein!", rief Xanger. „Ich war mal verheiratet. Acht Jahre war ich verheiratet. Ich habe zwei Kinder, sie leben auf Orada und das ist weit, weit weg.

Eigentlich war das die glücklichste Zeit meines Lebens.

Das Gericht hat mir verboten, mich ihr, den Kindern oder dem Haus auf mehr als tausend Meter zu nähern."

*

Karin lag neben mir auf dem Bett. Ihr Hemd war aufgerissen, ihre linke Brust zur Hälfte sichtbar, nur die Brustwarze war bedeckt. Sie trug einen schwarzen Mini und lag auf der rechten Seite, ihr linkes Bein angewinkelt, sodass der Schlitz des Rockes fast das ganze Bein sehen ließ.

Sie sah wunderschön aus und hilflos. Ich wollte sie berühren, ihre Brust streicheln, ganz sanft. Ich wollte mich auf sie stürzen, mit ihr ringen.

Wenn es uns gekommen wäre, würde ich mich schwer atmend neben sie rollen. Irgendwann würde meine Hand die ihre suchen und sie drücken. Sie würde sich an mich kuscheln und ihre Finger würden sanft über meine Brust streicheln. Sie würde zu mir aufschauen.

Ich fuhr mit dem Finger das Bein entlang, bis er ihren Rocksaum erreichte.

Sie rührte sich nicht.

Ganz leicht fuhr mein Finger unter den Saum und schob ihn einen Zentimeter hoch.

Sie seufzte.

Zwischen meinen Beinen pochte es.

Eine Stimme in mir schrie: „Nein!", aber zu spät.

Ich drehte sie auf den Rücken und umkreiste mit dem Finger ihr Gesicht. Ihre Brust lag jetzt ganz frei. Ich streichelte sie.

„Sag etwas!", bat ich.

Sie antwortete nicht, schlug nicht die Augen auf.

Ich öffnete meine Hose.

Mein Glied schnellte heraus, als wäre es ein Springmesser.

Ich ließ es vor ihrem Mund pendeln. Ich wollte so sehr, dass sie es küsste.

Mein Glied fing an zu pochen, dann entlud es sich. Entsetzt sprang ich vom Bett und schaute auf ihr Gesicht. Das wurde blass und blasser.

Immer noch tröpfelte ein wenig Samen aus meinem Glied.

„Hey, tu-tut mir leid", stotterte ich.

Sie sagte nichts.

„Verdammt, sag was! Du liegst einfach da und machst mich an! Kein Wunder, dass mir …", heulte ich, „dass mir …"

Ich schlug ihr auf die Backe. Der Schlag ging durch ihr Gesicht hindurch und landete auf dem Kopfkissen. Ihr Kopf drehte sich zur Seite. Ich schob ihr rechtes Augenlid hoch, griff nach ihrer Hand und suchte den Puls. Nichts. Ich legte das Ohr auf ihre linke Brust, hörte keinen Herzschlag. Ich presste meine Lippen auf ihre und versuchte Mund-zu-Mund-Beatmung. Ihre Oberlippe war feucht, was mich anekelte. Ich blies trotzdem Luft in ihre Lungen. Nach endlosen Minuten gab ich erschöpft auf. Ihr Gesicht löste sich auf. Auch ihre Brust. Dann die Beine.

Mein Glied hing verschrumpelt aus meiner Hose. Hastig stopfte ich es hinein und zog den Reißverschluss zu, richtete mich auf und ging rückwärts zur Tür.

Das musste ein Traum gewesen sein.

Ich wachte auf und rannte ins Bad. Meine Schlafanzughose war nass. Alles nur ein feuchter Traum, sagte ich mir.

„Du bist pervers", sagte die Schwarze.

Vor Schreck drehte ich den Heißwasserhahn voll auf und verbrühte mich.

„Wieso bist du so früh auf?", rief Vater.

„Ich … Äh, ich … also ich hab gelernt. Für Mathe", antwortete ich. Ich hielt die Hände vor den nassen Fleck in der Hose und rannte in mein Zimmer.

*

Am nächsten Tag hatten wir zwei Stunden Sport. Der Sportlehrer hasste mich auch. Alle Erwachsenen hassten mich. Und insbesondere die Schülerinnen. Die Schwarze Dame bestätigte diese Meinung. Und hatte sie nicht immer recht behalten?

Ich glaubte ihr alles. Schwarze Damen dulden keine Konkurrenz. Sie reden dir ein, dass alle anderen dich hassen.

Der Sportlehrer beobachtete mich. Ich versuchte, mir nichts anmerken zu lassen, aber ich war beim Sprint der Letzte. Er winkte mich zu sich und fragte mich, was los sei.

„Nichts", antwortete ich.

Er brüllte den anderen neue Befehle zu, dann verlangte er, dass ich mich bückte. Sehr weit kam ich nicht.

„Stell dich gerade hin!", befahl er mir und tastete meinen Brustkorb ab. Einige Stellen taten verdammt weh, ich biss die Zähne zusammen, ich wollte nicht stöhnen.

„Was ist passiert?", fragte der Lehrer.

„Ich bin die Treppe runtergefallen."

Er schaute mich an, als hätte er einen Verrückten vor sich.

„Setz dich dahin!", befahl er und zeigte auf eine Bank. Ich war dankbar, keine Bewegungen mehr machen zu müssen, blieb aber lieber stehen. Vor dem Ende der Stunde hatte ich Angst. Ich hatte so viele blaue Flecken, dass ich als Painted-Man hätte auftreten können, und würde er mir den Sturz von der Treppe glauben?

Er glaubte mir nicht.

Als die anderen am Ende der Stunde im Umkleideraum verschwanden, rief er mich wieder zu sich und fragte mich nach meiner Familie aus. Wie es Vater gehe und ob ich mich bei ihm wohlfühle. Ob es Schüler gäbe, vor denen ich Angst hätte.

Zum Schluss schickte er mich zum Röntgenarzt und sagte, mein Brustkorb müsse untersucht werden, möglicherweise sei eine Rippe gebrochen.

Aber ich ging nicht zum Arzt.

*

„Der Sportlehrer hat angerufen", begrüßte mich Vater, als ich abends heimkam. „Was hast du ihm erzählt?"

Ich sagte nichts.

„Verdammt, was hast du ihm erzählt? Das geht den gar nichts an!"

Ich sah ihn an, auf dem Sprung, denn wenn er in dieser Stimmung war, wusste man nie, was als Nächstes passierte.

„Ich habe ihm gesagt, dass ich mit meiner Behinderung unmöglich in die Schule kommen kann", fügte Vater hinzu. „Erst wollte er herkommen, aber wir haben alles am Telefon besprochen."

Ich zog es vor, weiter zu schweigen.

„Du hast doch keinen Ärger in der Schule, nicht wahr?"

Ich schüttelte den Kopf und fragte: „Warum sollte ich?"

„Er hat gefragt, ob du einen Unfall hattest, gestern."

„Ich bin heute Morgen gestürzt."

„Er wollte wissen, ob du Probleme mit Mitschülern hast oder mit anderen Jungen. Du hast doch keine Probleme mit deinen Mitschülern?"

Ich schüttelte den Kopf.

„Dann ist es ja gut", seufzte Vater und stand auf. Der „Bär" wartete auf ihn.

Das achte Unglück

Bei Opa hatte ich immer das Gefühl, willkommen zu sein. Kein Wunder, dass ich von ihm träumte.

„Deine Mutter ist weg", sagte er, es klang wie eine Frage, aber ich wusste, es war keine. Opa wusste manchmal erstaunlich viel, ohne dass ich oder sonst wer es ihm erzählt hätte. Mein Vater hatte nie was erzählt. Wenn Mutter gesagt hatte: „Du redest nicht mit meiner Familie", hatte er nur gebrummt oder geantwortet: „Manchmal ist es gut, Distanz zu wahren."

Dann fügte er hinzu: „Du erzählst ihnen doch auch nicht viel", schaute sie seltsam an und Mutter sagte gar nichts.

„Mit einem fünfzehn Jahre älteren Mann verheiratet zu sein, ist nicht leicht", stellte Opa fest. „Aber deine Mutter hat dich geliebt."

Klar doch, dachte ich, deshalb ist sie fortgelaufen. Weil sie mich so geliebt hat.

„Vielleicht wäre es gut gegangen, wenn dein Vater nicht den Unfall gehabt hätte. Sie wollte dich und glaubte, du hättest nur eine Chance, wenn sie deinen Vater heiraten würde."

Ich wusste nicht, was ich antworten sollte.

Ich wollte nichts mehr hören. Aber Opa redete einfach weiter.

„Wer vergessen will, trinkt. Aber du kannst nicht vergessen, nicht, wenn es wichtig ist. Du kannst trinken, so viel du willst, du vergisst immer nur kurze Zeit." Opa seufzte. „Dein Vater will vergessen und weiß nicht, wie das geht."

Klasse, dachte ich, er will vergessen und ich muss ihn besoffen die Treppe hinaufschleifen. Ich würde auch gerne vergessen, dass er säuft.

Die Schwarze lachte.

„Deine Mutter war ein Nachkömmling, ich war achtundvierzig, als sie geboren wurde. Ich habe mich gefreut. Deine Oma war katholisch und deshalb kam für sie eine Abtreibung nicht in Frage. Aber ihr war es nicht recht, der Platz in der Wohnung war knapp und das Geld reichte nicht. Sie ging wieder arbeiten, damals kriegte jeder Arbeit, wenn er wollte. Deine Tante musste auf deine Mutter aufpassen und kein vierzehnjähriges Mädchen ist begeistert, wenn eine zweijährige Schwester ihr auf Schritt und Tritt folgt", erzählte er.

Die Schwarze lachte wieder.

Erwachsene sind komisch, manchmal lachen sie über Sachen, die sie nicht komisch finden, manchmal freuen sie sich und sind gleichzeitig traurig.

Würde ich auch so sein, wenn ich erwachsen wäre?

Dann wachte ich auf, weil der Wecker klingelte.

Vielleicht hatte Opa recht gehabt, vielleicht war das ein Schlüssel, mit dem ich eine Kiste öffnen könnte, in der Kiste lag ein Buch, auf dem Buch stand „WARUM?", und wenn ich das Buch gelesen hätte, wüsste ich endlich, warum Vater trank, warum Mutter fort war, warum wir das Haus verloren hatten. Ich wüsste alles, was ich wissen wollte, ich würde verstehen, warum die Welt um mich herum in Stücke fiel.

Gar nichts ändern würde es. Ich wusste, warum Vater soff, aber deshalb würde er weitersaufen, ich wusste, warum Mutter fort war, aber das brachte sie nicht zurück, ich wusste, warum die anderen mich hassten, aber sie würden mich weiter hassen.

„Du kannst was ändern, wenn du weißt, warum die Dinge sind, wie sie sind", sagte Xanger.

Vater kam ins Zimmer und sagte: „Aufstehen!"

Und Opa war längst tot und lebte nur noch in meinen Träumen.

*

Ich kam in die Schule und vor dem Klassenzimmer stand Martin. Seine Augen leuchteten auf, als er mich sah, und das hätte mich stutzig machen sollen.

„Guten Morgen, Loser", säuselte er.

Ich stürzte mich auf ihn, kriegte ihn auch zu fassen und wollte ihm den Loser ein für alle Mal austreiben, als mich Christoph zurückkriss.

Ich drehte mich um, kriegte einen Schwinger an die Backe, von hinten trat Martin gegen mein Bein. Ich stolperte und fiel hin. Christoph beugte sich zu mir runter, riss mich hoch und versetzte mir eine Ohrfeige, dass ich glaubte, den Rest meines Lebens würde ich auf Cyberohren angewiesen sein. Dann schubste er mich gegen Martin. Der hieb mir die Faust in den Magen und seine Augen leuchteten, als hätte ihm jemand Madonna zum Geburtstag geschenkt.

Ich hatte mir ein Butterfly geschenkt. Kalle hatte ich gefragt. Und Kalle schaute mich blöd an, aber sah, dass ich verletzt war, und ich erzählte ihm das mit Uwe. Da besorgte er mir das Butterfly. „Sei vorsichtig damit", ermahnte er mich. „Nur um dich zu schützen."

Martin schubste mich zu Christoph, ich riss das Butterfly raus und ließ es aufschnappen, während Christoph wieder zuschlug.

Die Klinge riss seinen Pullover auf und er sprang zurück.

Der Englischgnom kam angerannt. „Was geht hier vor?", wollte er wissen.

„Lass das Messer fallen!", sagte Xanger.

„Er hat ein Messer!", riefen Christoph und Martin gleichzeitig. Christophs Ärmel baumelte aufgeschlitzt und anklagend herab.

„Gib mir das Messer!", verlangte der Gnom. Er wollte Autorität ausstrahlen, doch in seinen Augen saß Furcht, kaum sichtbar, aber vorhanden. Ich schaute auf das Messer und dann auf den Gnom.

„Wird's bald!", befahl der Gnom und wollte auf mich zugehen. Ich hob es in die Höhe, die Angst in den Augen des Gnoms wurde größer und er rührte sich nicht.

All das ist ein Traum, dachte ich, dass der Gnom Angst vor mir hat, die anderen auch, und Christophs aufgeschlitzter Pullover. Es war ein schöner Traum. Alle hassten mich, aber jetzt fürchteten sie mich auch. Der Stimme Xangers, die sich wieder zu Wort melden wollte, befahl ich Schweigen.

„Gib mir das Messer!", versuchte der Gnom seine Autorität wieder herzustellen. Aber seine Stimme hatte den arroganten Ton verloren.

Ich hob das Messer höher und brüllte: „Bleibt mir vom Hals!"

Selbst der Gnom trat einen Schritt zurück.

„Mach keinen Scheiß!", sagte Xanger.

„Ich mach keinen Scheiß!", brüllte ich. Das musste ein Traum sein, so wie der mit Karin bei mir auf dem Bett oder

der mit Opa heute Morgen oder der mit der Flucht durch das Wurmloch.

Eine Polizeisirene schrie auf und kam rasch näher. Sie weckte mich nicht aus meinem Traum. Ich stand immer noch im Flur, starrte den Gnom an, dem die Sirene offenbar neuen Mut gegeben hatte, er streckte die Hand aus und befahl: „Gib mir das Messer!"

„Fick dich selbst!", empfahl ich ihm, drehte mich um und rannte die Schultreppe hinab, zwei Stufen auf einmal, auf die Tür zu, aber bevor ich dort war, standen zwei Bullen im Eingang. Ich blieb stehen.

Das war so irreal wie die Golden Star, das gab es im TV in Actionthrillern, aber so was passierte einem nicht in Wirklichkeit. Tief in meinem Innern war ich stolz. Beinahe hätte ich es geschafft, zu entkommen.

„Lass sofort die Waffe fallen!", blaffte der Bulle mich an.

Seine Kollegin ging auf mich zu, streckte die Hand aus und nahm mir das Messer weg.

Ich muss aufwachen, dachte ich, aber ich wachte nicht auf. Diesmal war es kein Traum.

*

„Warum hast du das Messer nicht fallen gelassen?"

Stimmen im Kopf können eigentlich nicht brüllen. Aber Xanger brüllte wie ein angestochener Stier. Hätte er neben mir gesessen, mir wäre das Trommelfell geplatzt.

„Sie haben mich angegriffen!", verteidigte ich mich.

„Und der Lehrer? Hat der dich auch angegriffen?"

Natürlich nicht, dachte ich, aber das sagte ich nicht.

„Was glaubst du, wird passieren?"

Was sollte ich schon glauben? „Sie werden mich vor Gericht stellen, weil ich Mitschüler mit dem Messer angegriffen habe, und mich von der Schule schmeißen. Weil sie mich hassen!" Ich brüllte auch.

„Klar, du würdest jeden lieben, der mit einem Messer unter deiner Nase rumfuchtelte." Xanger ließ nicht locker.

„Warum bist du so sauer?", fauchte ich. „Dich geht es doch nichts an."

„Mich geht es nichts an", Xanger spie Feuer, „aber wie kannst du nur so blöd sein!"

„Du machst immer alles richtig. Du warst noch nie wütend, du hast noch nie die Kontrolle verloren, nicht?" Ich hatte einen Treffer gelandet, Xanger war still.

„Sie hätten mich eh rausgeschmissen."

„Jetzt haben sie einen Grund."

„Verdammt noch mal, warum lässt du mich nicht in Ruhe?"

Xanger sagte nichts mehr, den ganzen Tag nicht. Vom Unterricht war ich ausgeschlossen. Die Visagen der Halbaffen auf der Gesamtschule musste ich nicht länger ertragen. Ich lief in meinem Zimmer auf und ab, nervös wie ein Igel vor der Paarung.

Vater hatte morgens die Wohnung verlassen, ich wusste nicht, wo er war, und wollte es auch nicht wissen. Ich holte den Staubsauger und brachte mein Zimmer auf Vordermann. Ich fiel über meine schmutzige Wäsche her und füllte die Waschmaschine mit allen Kleidungsstücken, die auch nur im Entferntesten der Reinigung bedurften.

Während die Waschmaschine lief, bearbeitete ich die Küche mit Schrubber und Putzlumpen. Ich sammelte alte Flaschen und brachte sie zum Container, putzte den Kühlschrank und spülte Tassen. Dabei reinigte Vater die

Wohnung jeden Samstag gründlichst und beklagte sich, dass ich ihm nie helfen würde.

Ich hängte meine feuchten Sachen auf und füllte die Waschmaschine mit Vaters Klamotten, der Staubsauger trat wieder in Aktion und ich saugte den Flur und Vaters Zimmer, als wolle ich den nächsten Hausfrauenwettbewerb gewinnen.

Ich spannte Schnüre in der Küche, weil das Bad schon vollhing, zog Vaters Bett ab und füllte die Waschmaschine ein letztes Mal. Um fünf wusste ich nichts mehr, was ich tun könnte. Ich setzte mich in mein Zimmer und starrte die Wand an.

*

Spät am nächsten Abend kam Vater heim. Den ganzen Tag war er fort gewesen, als wolle er mich nicht in der Wohnung treffen, nicht zu einer Zeit, wo ich in der Schule sein sollte. Nur dass die Schule mir verboten hatte, sie zu betreten.

Vater wirkte nicht besoffen, er hatte die Treppe allein hochsteigen können. Er stand in der Küche, schwankte, blickte sich um, als wisse er nicht, wo er sich befand, dann zog er einen Stuhl herbei, setzte sich und seufzte.

Er starrte auf den Tisch, auf dem die Post lag, zwei Werbesendungen und ein Brief von der Schule. Er griff nach dem Brief, starrte lange darauf, öffnete ihn aber nicht.

„Ich geh ins Bett, bin müde", sagte er, ließ den Brief auf den Tisch fallen, stand auf und ging in sein Schlafzimmer. Die Tür ließ er offen. Er blieb vor dem Bett stehen, das ich abgezogen, aber nicht neu bezogen hatte, und rührte sich fünf Minuten lang nicht von der Stelle.

Ich folgte ihm, öffnete den Schrank und holte Bettzeug heraus. Er fuhr mich an: „Lass das! Glaubst du, ich kann kein Bett beziehen?"

Ich verließ sein Zimmer, setzte mich auf einen Küchenstuhl und hielt den Mund. Erst hörte ich Vater in seinem Zimmer rumoren, dann war es still und schließlich kam er in die Küche, setzte sich und starrte seine Hände an. Sie zitterten.

„Ich schaff das nicht", sagte er, „nich mal 'n Bett kann ich beziehen."

Ich ging in sein Zimmer, spannte das Betttuch auf die Matratze und bezog die Bettdecke.

„Dein Bett ist fertig!", rief ich in die Küche. Er schlurfte ins Zimmer und schaute mich nicht an.

„Du hast einen Säufer als Vater. Du musst mich hassen", sagte er schließlich mit trauriger Stimme.

„Ich hasse dich nicht", sagte ich. Aber da war ich mir nicht so sicher.

Ich verließ sein Zimmer.

Keine Minute später öffnete Vater die Tür wieder, er murmelte: „Ich bin ein alter Säufer, der nich' den Mut findet, sich aufzuhängen."

Ich umarmte ihn kurz. Dann schob ich ihn ins Zimmer zurück und brachte ihn dazu, sich hinzulegen.

Ich sagte gute Nacht und schloss die Tür. Mit ihm zu reden, wenn er in dieser Stimmung war, war sinnlos.

In der Nacht stand die Schwarze wie üblich in der Ecke.

„Töte mich", bat ich sie, „was immer ich anfasse, geht schief." Aber sie lachte nur dreckig und sagte, lebendig sei ich ihr nützlicher.

Sie öffnete ihren schwarzen Mantel und ihr Atem stank nach Bier.

Die dritte Geschichte

„Ich bin ein einsamer Wolf", hörte ich Xangers Stimme. Damit konnte ich nichts anfangen.

Ich erinnerte mich an Besuche im Zoo, damals, als meine Mutter noch da gewesen war, wir in einem Haus wohnten und nicht über dem „Bären" und Vater noch nicht humpelte.

In einem Zoo gab es Wölfe. In Deutschland liefen sie damals noch nicht frei herum. Ich wollte immer wieder in diesen Zoo. Warum faszinierten die Wölfe mich? Kleiner als Schäferhunde, aber genauso grau liefen sie endlos am Gitter auf und ab. Wenn sie frei wären, würden sie, stellte ich mir vor, durch Deutschland, durch Europa, durch die ganze Welt laufen.

Warum hatten andere Zoos keine Wölfe?

Ich tauchte aus meinen Erinnerungen auf und dozierte: „Wölfe leben im Rudel." Das wusste ich aus Naturbüchern.

„Richtig", antwortete Xanger, „deshalb geht niemand schneller vor die Hunde als ein einsamer Wolf."

Noch so ein Schlauberger, dachte ich verbittert, noch so ein Erwachsener, der kluge Sprüche in der Hosentasche rumträgt, einen rausfischt, wenn er einen Jungen sieht, ihm den Spruch zuwirft, als wäre er ein Hund, und erwartet, dass das Kind den Spruch dankbar aufschnappt und mit glänzenden Augen zu seinem Wohltäter aufschaut.

Wo bekommen sie bloß diese Sprüche her? Gibt es einen Laden, in dem sie ihre Sprüche kaufen? Eine Ladenkette mit Filialen, eine davon im Raumhafen der Golden Star?

Die Golden Star war zerschossen.

„Was willst du mir sagen?", fragte ich Xanger. „Warum erzählst du mir das?"

„Ich war zweiundzwanzig", erzählte Xanger, „als ich die Akademie verließ und meinen ersten Röhrenflug absolvierte. Meine Mutter heulte fürchterlich, ich sollte ihr versprechen, dass ich zurückkäme, und ich versprach es ihr. Aber ich glaubte nicht daran, ich wollte fort, durchs All streifen, von Röhre zu Röhre, alle ‚On the Flight'-Filme verschmolzen in meinem Kopf zu einem einzigen Abenteuer und ich würde es erleben.

Raumstationen ähneln sich wie ein Röhrenflieger dem anderen, es gibt ein Hafenamt, Docks, die Reede, die Schlepper und die Bars mit den Mädchen, die dich schneller ausnehmen können, als ein Explorer fliegt. Natürlich erlebte ich keins der Abenteuer."

„Jetzt kommt die Moral", sagte die Schwarze. „Und er erzählt dir, dass das nicht das wirkliche Leben ist, ‚On the Flight again' ist nur Selbstbetrug und so verwerflich wie SF-Bücher."

Ich nickte. Das wirkliche Leben ist anderswo, und wenn du mal älter bist, wirst du das verstehen, das wäre der nächste Spruch. Der Sprücheladen hatte Schlussverkauf und Xanger hatte zugeschlagen.

„Trotzdem war es toll", fuhr Xanger fort. „Der Flug von einer Raumstation auf den Planeten ist teuer, aber das Leben auf dem Planeten weit billiger als auf einer Station. Jeder Planet ist anders. Gandall ist ein Wüstenplanet, auf dem der Wind und der Sand riesige Statuen aus den Felsen geschliffen haben. Merill hat Urwälder, durch die du ewig laufen kannst. Die Blätter der Bäume sind rot und ständig wanderst du durch rotes Licht.

Auf Orada lernte ich Kincha kennen. Erst verlängerte ich meinen Urlaub auf dem Planeten, dann kündigte ich und wir zogen zusammen. Als Kincha mit Dorka schwanger wurde, heirateten wir.

Erstaunlich, was für eine Macht kleine Kinder haben. Wenn ich Dorka im Arm hielt und sie aufhörte zu schreien, war ich glücklich.

Kinchas Bruder Fangir war fünf Jahre jünger als Kincha. Als Kincha zwölf war, starb ihre Mutter bei einem Gleiterunfall. Fangir klammerte sich an Kincha, als sei sie seine Mutter, und er wollte nie erwachsen werden. Er war eifersüchtig auf mich. Ich hatte ihm die Schwester genommen, ein hergelaufener Stromer, über dessen Familie nichts bekannt war, und ich wusste nichts, rein gar nichts über Oradas Kultur und Geschichte. Kincha hatte einen ungebildeten Barbaren geheiratet.

Immer wieder provozierte er mich, aber achtete darauf, dass Kincha nichts davon merkte.

Manchmal brüllte ich Fangir an und dann hatte ich Streit mit Kincha. Marul wurde geboren und ich litt unter Kinchas Vorwürfen und hasste Fangir.

Helen's Day ist der größte Festtag auf Orada, angeblich ist an diesem Tag vor vielen Jahrhunderten das Generationenschiff Helen gelandet, das die ersten Siedler nach Orada brachte. Wir hatten ein großes Fest im Garten und ich trank zu viel.

Mit vierzehn bin ich mit Helm, aber ohne Gesichtsschutz beim Skaten durch eine Scheibe geflogen. Die Ärzte konnten das Gesicht retten, nur eine einzige Narbe blieb unter dem linken Auge zurück.

Fangir deutete auf meine Narbe und stichelte, dass ich wegen einer Messerstecherei hätte fliehen müssen. Dazu lächelte er, als sei es ein Scherz.

Aber es war kein Scherz. Die Hinterfotzigkeit, mit der diese miese Ratte stichelte, wenn Kincha nicht zuhörte, ärgerte mich weit mehr als sein blödes Geschwätz. Wie gesagt, ich hatte zu viel getrunken und brüllte ihn an: ‚Halt's Maul!'

Natürlich schauten alle her, Fangir lächelte noch breiter und falscher als sonst und flötete: ‚Schwager, du solltest aufhören zu trinken!'

Ein Wort gab das andere und ich verpasste ihm schließlich einen Kinnhaken. Kincha kam angerannt und weinte und machte mir Vorwürfe. Ich wollte alles erklären, war aber zu betrunken und sie glaubte mir nie, wenn es um Fangir ging. Ich habe sie geohrfeigt und das war's dann. Als das Gericht mir den Umgang mit ihr und den Kindern verbot, habe ich alles versilbert, was ich hatte, flog zur Raumstation und unterschrieb bei der Flotte. Seitdem fliege ich wieder."

Xangers Schweigen füllte den Raum.

„Wenn ich ein Messer gehabt hätte, ich hätte es gezogen", sagte er dann noch.

„Auf der Golden Star hattest du eine Waffe."

„Richtig", sagte er. „Aber nicht auf Orada."

„Jeder in der Flotte hat eine Waffe."

„Ja, als ich wieder zur Flotte ging, bekam ich wieder einen Revolver. Und auf der Raumstation kaufte ich mir ein Springmesser."

„Sind die nicht verboten?"

„Allerdings. In den Raumstationen gibt es immer wieder Schlägereien und Messerstechereien. Da kannst du dich volllaufen lassen nach Röhrenflügen und dann …"

Das neunte Unglück

Dann kam der Tag der Schulkonferenz. Vater hätte mitkommen sollen, aber verschwand früh am Morgen und kam nicht mehr heim. Am Nachmittag fehlte er. Mich hätte es sehr gewundert, wenn er aufgetaucht wäre, aber gehofft hatte ich es trotzdem.

In der Schule wartete der Klassenlehrer auf mich und fragte nach Vater. Ich sagte, er sei krank, verfluchte mich für diese Lüge, aber sie kam automatisch über meine Lippen und etwas anderes hätte ich gar nicht sagen können. Das wäre Verpetzen gewesen.

Ich wusste, spät in der Nacht würde Vater stockbesoffen zurückkommen und sich, mich und die ganze Welt beweinen, von dem Strick faseln, mit dem er sich aufhängen wollte, von der Schule, die ich schaffen könne, aber ich wolle ja nicht, von der Schande, die ich ihm machen würde, und womit er das verdient hätte.

Die Konferenz war keine Konferenz, sondern ein Schauprozess, bei dem das Urteil feststand. Was hätte ich mir dabei gedacht, mit dem Messer auf Mitschüler loszugehen? Selbst einen Lehrer hätte ich mit dem Messer bedroht, als Nächstes würde ich einen von ihnen abstechen wie dieser Junge im Osten mit seinem Amoklauf. Dass ich mich nur verteidigt hatte, wurde einfach beiseite gewischt, ich hätte schon früher schwächere Schüler gequält und das mit dem Cappuccino und Uwe wussten sie auch schon.

Ausgerechnet der Englischgnom verteidigte mich und sagte, ich wäre wirklich von drei anderen Schülern drangsaliert worden. Lieber wäre mir gewesen, er hätte nichts gesagt. Den Gnom als Fürsprecher, das machte die ganze Sache nicht besser.

Nützen tat es sowieso nichts. Sie würden mich vom Unterricht ausschließen, dachte ich, aber dann zählten sie meine Noten auf, und plötzlich wusste ich, das war alles, was ich auf lange Zeit von der Schule gesehen haben würde. Sie schickten mich nach Hause und sagten, mein Vater werde benachrichtigt werden.

*

Spät in der Nacht hörte ich Lärm auf der Treppe. Ich öffnete die Tür und Vater lag dort, seinen Stock hatte er verloren, er schaute zu mir hoch und weinte, sagte aber nichts.

Ich half ihm beim Aufstehen, schleppte ihn in sein Schlafzimmer und ließ ihn aufs Bett fallen. Dann holte ich seinen Stock von der Treppe und lehnte ihn an den Stuhl im Schlafzimmer. Vater schlief schon, aber wurde wach, starrte mich mit roten Augen an, als erkenne er mich nicht.

Plötzlich jammerte er: „Warum hast du mich so enttäuscht?"

Ich wusste darauf nichts zu sagen. Beinahe hätte ich geweint oder ihm ins Gesicht geschlagen, ihn angeschrien: „Wo warst du heut' Nachmittag?" Aber ich tat weder das eine noch das andere, stand einfach da und schaute ihn an.

„Du hattest jede Chance", jammerte er weiter, „jede Chance, wir haben alles für dich getan, warum enttäuschst du uns so?"

Ich knallte die Tür zu und hörte ihn drinnen aufbrüllen: „Warum verlässt du mich? Weil ich recht habe!"

Dann hörte ich drinnen Gebrabbel, das ich nicht verstand und nicht verstehen wollte.

In der Nacht träumte ich. Ich war ein Wolf, der einsam durch die Wüste lief. Die Sonne brannte vom Himmel, mir fehlten der Wald und das Rudel, denn was ist ein Wolf ohne Rudel? Nichts.

So lief ich durch das weite, heiße Land und war einsam.

Dann fand ich ein Wasserloch, Fressen, Schatten, das war Glück, reines Glück. Aber ich konnte auch dort nicht bleiben; in der Ferne sah ich eine schwarze Gestalt und wusste, dass sie mich jagte. Ich musste weiter. Sie folgte meiner Spur, wohin ich auch lief.

*

Ich verbrachte die folgenden Tage zu Hause. Morgens stand Vater immer noch zur gleichen Zeit vor meinem Bett und forderte mich auf, aufzustehen.

„Ich muss nicht mehr zur Schule", erklärte ich ihm, „ich darf nicht mehr dorthin!" Aber das interessierte ihn nicht.

„Steh auf!", forderte er mich auf, bis ich ihn nicht mehr neben meinem Bett stehen sehen wollte, aufstand, im Bad verschwand und mich dort einschloss. Später schlang ich mein Frühstück runter, wir saßen uns am Küchentisch gegenüber, aber redeten nicht. Dann verschwand ich, um einzukaufen.

Ich kam zurück und Vater war fort. Ich legte mich wieder ins Bett, träumte vor mich hin, starrte die Decke an und bedauerte mich.

„Nicht mal aufstehen kannst du", sagte die Schwarze.

„Steh auf!", sagte Xanger.

Aber das konnte ich gar nicht.

Den ganzen Tag tauchte Vater nicht mehr auf. Spät am Abend polterte er die Treppe hinauf und am nächsten Morgen beschwerten sich die Nachbarn bei mir.

Dann kam ein Brief von der Schule, adressiert an Vater, der ihn nicht öffnete, sondern ungelesen auf dem Küchentisch liegen ließ, bis ich ihn aufmachte und las. Neben endlosen Paragraphen und Begründungen stand drin: „Der Schüler zeigte sich völlig uneinsichtig", und dass ich der Schule verwiesen worden sei.

Am nächsten Morgen klingelte das Telefon beim Frühstück, Vater hob ab und ich hörte ihn „Ja" und „Nein" und „Wieso?" sagen. „Gut, dann um zehn", fügte er hinzu, legte auf, schaute mich an und ging fort, ohne ein Wort zu sagen.

Um zehn klingelte es. Vor der Tür stand ein Mann und wollte Vater sprechen.

„Er ist fort", erklärte ich ihm.

„Ich bin mit ihm verabredet!", meckerte der Mann.

„Oh, tut mir leid, doch er musste dringend weg, das soll ich Ihnen ausrichten."

„Wann kommt er zurück?"

„Das weiß ich nicht, heute sicher nicht mehr. Wissen Sie, er hatte solche Schmerzen, er musste in die Klinik. Er hatte einen Unfall, das ist schon länger her, aber mein Vater leidet immer noch daran, manchmal kriegt er so Anfälle und dann muss er sofort in die Klinik, wissen Sie, und niemand weiß, wie lange es dauert."

Der Mann schaute mich an und sagte, da sei es wohl besser, er rufe die nächsten Tage nochmals an, und ich sagte, ja, das sei genau das, was er tun solle. Der Mann war klein, sah aus, als wäre er fünfzig und hätte einen Job, den er längst nicht mehr ertrug, den er aber machen musste.

Als er sich verabschiedet hatte, war ich richtig aufgekratzt. Ich fand es zwar blöd, dass ich für Vater gelogen hatte, aber die Geschichte war gut und der Typ hatte sie geschluckt. Und das mit dem Unfall stimmte ja.

Spät abends kam Vater heim. „So blau ist das Meer, so weit kann der Himmel sein", sang er vor sich hin und war richtig gut gelaunt, jammerte nicht, weder über sein Saufen noch darüber, dass ich ihn enttäuscht hätte. Ich erzählte ihm von dem Mann, der morgens aufgekreuzt war.

Vater hörte auf, „La Paloma" zu summen, seine Augen verengten sich zu Schlitzen und er brüllte: „Du bist schuld! Wenn du vernünftig wärst, würde kein Sozialarbeiter anrufen und kommen, um mir zu erzählen, wie ich meinen Sohn erziehen soll."

Die Spucke flog über den ganzen Tisch, während er brüllte.

Dann heulte er wieder, sagte, er werde sich aufhängen, wenn ihm das Sozialamt den einzigen Sohn wegnehme, schließlich fiel sein Kopf auf den Tisch und er schlief ein. Ich wollte ihm aufhelfen und ihn ins Bett bringen, doch als ich ihn hochzog, brüllte er mich an: „Fass mich nicht an!"

Ich ließ ihn los und ging in mein Zimmer. Er stand auf, griff nach seinem Stock und schrie: „Wegen dir trinke ich! Deine Mutter hat mich verlassen, weil du sie angespuckt hast."

Dann stürzte er sich auf mich, wobei er den Stock wie ein Schwert gegen mich schwang. Ich sprang in mein Zimmer und wollte die Tür zuwerfen. In dem Moment donnerte sein Stock zwischen Tür und Angel und ich konnte die Tür nicht mehr schließen.

„Komm raus, du Missgeburt!", brüllte er, trommelte mit der freien Hand gegen die Tür und warf immer wieder sein ganzes Gewicht dagegen.

Ich wunderte mich, woher er die Kraft nahm, dabei war er besoffener denn je. Oben klopfte jemand auf den Fußboden und verlangte Ruhe. Wenn Vater sich gegen die Tür warf, ging diese einen Spaltbreit auf und ich brauchte alle Kraft, sie wieder zuzudrücken.

Schließlich ließ ich sie los, Vater warf sich erneut dagegen, flog mit erhobenem Stock ins Zimmer und stolperte, fing sich erstaunlicherweise, ohne hinzufallen, und schaute sich mit blutunterlaufenen Augen um.

Ich sprang aus dem Zimmer, schlug die Tür hinter mir zu und verließ die Wohnung. Selbst unten auf der Straße hörte ich Vater toben und brüllen.

Draußen war es kalt und der „Bär" hatte bereits geschlossen. Ich lief einfach in der Stadt herum, um mich warmzuhalten, lief durch die Nacht und zitterte. Was war in den Alten gefahren, dass er plötzlich mit dem Stock auf mich losging? Verrückt wie ein Känguru in Strapsen, so hatte er sich aufgeführt. Reif für die Klapse, aber was konnte ich anderes tun, als auf die Straße zu flüchten? Der Teufel sollte ihn holen!

In der Fußgängerzone setzte ich mich auf eine Bank. Meine Knie zitterten. Ich erinnerte mich, wie ich früher mit Vater spazieren gegangen war, wie er Geschichten erfunden hatte, doch damals hatte er noch nicht getrunken. Warum trank er jetzt, warum jammerte er dann, redete vom Strick, mit dem er sich aufhängen würde, tat sich selbst leid, aber änderte nichts?

„Weil du deine Mutter weggejagt hast, du undankbares Stück Scheiße." Wieder die Schwarze.

Ich stand auf und ging weiter, diesmal langsamer, obwohl ich immer noch fror. Ein Polizeiauto begegnete mir und dann war ich wieder allein.

Ich stellte mir vor, ich trüge ein Zeichen, ein Kainsmal auf der Stirn, das allen sagte: „Vorsicht!", ein Zeichen, das dafür sorgte, dass Menschen mich mieden. Vielleicht hatte es Mutter die ganzen Jahre über nur mit zusammengebissenen Zähnen mit mir ausgehalten, in Wirklichkeit hatte sie mich verabscheut und war deshalb geflohen? Ich vermisste sie furchtbar.

Vielleicht hatte auch Vater deshalb das Saufen angefangen, nicht wegen des Unfalls; nicht, weil er das Haus verloren hatte, das er entworfen und gebaut hatte, nicht mal, weil Mutter fort war, sondern weil ich sein Sohn war und ein Taugenichts.

Das stimmte nicht, erinnerte ich mich und die Wut kochte wieder hoch. Ich wusste, Vater hatte das Saufen angefangen, weil er nach dem Unfall das Haus nicht halten konnte; er hatte deshalb weiße Mäuse gesehen und mich mit seinem Stock angegriffen. Hätte ich zurückschlagen sollen? Das konnte ich nicht, nicht gegen den Mann, der mich zum Lachen gebracht hatte, mit dem ich Fußball gespielt hatte und auf den ich so stolz gewesen war.

In der Konferenz hatte ich erzählt, ich hätte nie jemanden ohne Grund angegriffen und Martin hätte mich provoziert und Uwe auch. Das hatte ich gesagt und das hatte ich geglaubt.

Ja, ich wusste, dass das nicht stimmte. Ich hatte Martin gequält, weil es mir Spaß machte, und Uwe den Cappuccino ins Gesicht zu schütten, hatte mir auch Spaß gemacht. Ich war ein Sadist, ein Soziopath wie der Englischgnom, und deshalb hatte der Gnom mich verteidigt: weil wir vom gleichen Menschenschlag waren. Wenn ich von der Schule flog, hatten die Lehrer recht, sie konnten keine Kriminellen dulden, keine Schüler, die andere Schüler quälten und keine Gefühle kannten.

Wieder packte mich die Wut, das war es, was diese Fatzken, diese Halbaffen wollten. Dass ich mich verachtete, wie sie mich verachteten. Dass ich ihnen recht gab und mir selbst sagte: Dreck bist du und recht geschieht dir, dass deine Lehrer und Klassenkameraden auf dir rumtrampeln.

„Ich bin kein Dreck!", brüllte ich in die Nacht. „Ich glaube euch kein Wort!"

Am nächsten Morgen wollte Vater mich wie gewohnt wecken. Ich hatte die Zimmertür abgeschlossen, als ich nach Hause gekommen war. Er klopfte, fragte: „Daniel?", und sagte, dass ich aufstehen müsse, ganz ruhig sagte er das, als hätte er gestern nicht versucht, mich zu schlagen, als wäre ich nicht vor ihm auf die Straße geflohen. Ich stand auf, schloss die Tür auf und verschwand im Bad. Das Frühstück verlief wie üblich: schweigend.

Der Kühlschrank war leer und Vater hatte den letzten Kaffee aufgebrüht. Ich wollte einkaufen, hatte aber kein Geld. Vater gab mir fünf Mark.

„Wie soll ich mit fünf Mark einkaufen?", fuhr ich ihn an. „Das reicht nicht für Kaffee und Butter."

Vater jammerte, es sei bereits der Fünfundzwanzigste, er könne mir nicht mehr geben und ich fräße ihm die Haare vom Kopf.

„Soll ich bis zum Monatsende hungern", wollte ich wissen, „oder verzichtest du auf Kaffee?"

Er kratzte alle Münzen zusammen, die er im Portemonnaie hatte. Viel war es nicht. Ich würde nur Brot und Butter kaufen. Wenn er Kaffee wollte, musste er mir mehr Geld geben.

Dann klingelte es, ich öffnete die Tür und davor stand der Mann, der Sozialarbeiter beim Jugendamt war.

„Treten Sie ein", begrüßte ich ihn, „die Audienz hat gerade begonnen und Sie stehen an erster Stelle."

Ich wies auf die Küchentür und machte, dass ich fortkam.

Als ich zurückkam, saß der Typ am Küchentisch Vater gegenüber und Vater schaute mir nicht in die Augen. Auf dem Tisch lagen Papiere.

Der Typ stand auf, gab mir die Hand, sagte, er sei vom Jugendamt und müsse mit mir reden.

„Ich heiße Birgert, Peter Birgert. Gehen wir in dein Zimmer?"

Ich nickte, öffnete die Tür und er kam mir nach und schloss sie hinter sich. Ich setzte mich auf den Schreibtischstuhl, das war der einzige Stuhl. Sollte der Typ doch stehen, dann würde er schneller zur Sache kommen, dachte ich mir.

Er blieb aber nicht stehen, sondern setzte sich aufs Bett und schaute sich im Zimmer um. Sein Blick blieb an dem Buch „Die lebenden Steine von Jargus" hängen. Ich beobachtete ihn gespannt.

„Als ich so alt war wie du, habe ich auch Perry Rhodan gelesen", teilte er mir vertraulich mit, als wäre es ein Geheimnis, das unter uns bleiben müsse.

„Das ist kein Perry Rhodan", antwortete ich und überlegte, welche Bezeichnung seine Strategie in Pädagogikbüchern hatte.

Er nickte nur und fuhr fort: „Du bist von der Schule geflogen. Hast du eine Ahnung, wie es weitergehen soll?"

Ich zuckte mit den Schultern. Er würde es mir sowieso sagen, ich war mir sicher, er hatte einen Plan. Erwachsene haben immer einen Plan, auch wenn sie so tun, als hätten sie keinen und wollten deine Meinung hören. Und ganz richtig, er fuhr fort: „Du brauchst Hilfe. Du musst lernen, mit deinen Aggressionen umzugehen."

Ich hätte beinah gelacht. Oder geweint. Doch ich setzte ein Pokerface auf.

Mit Aggressionen umgehen, was dachte der Schwätzer sich? Ich musste mit einer Schwarzen Dame im Kopf umgehen und wusste nicht, wie.

„Wollen Sie mich nach Emmendingen schicken?", fragte ich.

Er zog es vor, meine Frage zu überhören.

„Du bist nicht mehr schulpflichtig. Keine Schule muss dich aufnehmen und nach der Messeraffäre wird dich auch keine aufnehmen." Er schaute mich an und erwartete offenbar eine Bemerkung. Ich zog es vor, zu schweigen.

„Ich habe mit Nachbarn geredet. Gestern Nacht haben sie die Polizei gerufen. Sie sagen, das hier sei kein Heim für dich. Dein Vater sorgt nicht für dich. Das ist nicht gut."

Scheiß-Kalle, dachte ich, du hast gepetzt! Du hast keine Hemmung, Vater Bier und Korn zu verkaufen, bis er nicht mehr stehen kann, kassierst sein Geld und dann schwärzt du ihn beim Jugendamt an.

„Was du brauchst, ist ein richtiges Heim und wenigstens einen Hauptschulabschluss. Beides kann dir das Heim in Welkenraedt bieten."

Klasse, dachte ich. Das ist die Heimeinweisung, aber wie nett er sie verpackt hat.

Ich sagte nichts.

„Außerdem macht das vor Gericht einen guten Eindruck, wenn du wieder zur Schule gehst und sich dein Umfeld verändert hat."

„Vor Gericht?", fragte ich erschrocken.

„Du bist strafmündig. Uwes Eltern haben Anzeige erstattet und da ist dann noch die Sache mit dem Messer. Immerhin wurde die Polizei gerufen." Er sagte einen Moment lang nichts.

„Wir können nächsten Monat nach Welkenraedt fahren und du schaust es dir einfach mal an." Er klopfte mir auf das Knie und stand auf. Offenbar war er ein Anfasser und wenn ich was nicht abkann, sind es Erwachsene, die Anfasser sind. Ich blieb einfach sitzen.

Er öffnete die Tür, drehte sich zu mir um und fragte: „Willst du mich nicht zur Haustür begleiten?"

Ich nickte und ging hinter ihm her. Als er schon draußen stand, drehte er sich nochmals um, reichte mir die Hand und sagte: „Kopf hoch, Junge! Du wirst sehen, das ist nicht so schlimm, wie du denkst. Das ist in Wirklichkeit eine Chance und die solltest du nutzen. Ich melde mich, wenn ich einen Termin in Welkenraedt habe, und wir fahren hin."

Ich machte mir nicht mal die Mühe, zu nicken.

Zurück in der Küche sah ich Papiere auf dem Küchentisch liegen. Sie sahen ernst und amtlich aus. Ich blätterte sie durch. Vater hatte sie unterschrieben. Er hatte meine Heimeinweisung unterschrieben!

*

Am Morgen wachte ich auf, schaute zum Fenster, erwartete dort, das Weltall zu sehen, strahlend blau und schön, aber ich sah nur das fahle Licht einer verregneten Dämmerung auf Terra.

Dann stand Vater vor meiner Tür und verlangte, ich solle aufstehen.

„Ich geh nicht mehr zur Schule", sagte ich.

„Trotzdem musst du aufstehen", beharrte er.

Ich drehte mich einfach um und hielt die Bettdecke fest, sodass er sie mir nicht wegziehen konnte.

Die folgenden Tage versuchte er es gar nicht mehr. Ich holte mir aus der Stadtbibliothek jede Menge Bücher, lag tagelang auf dem Bett und las. Ab und zu erzählte mir die Schwarze, was ich für ein Arschloch sei. Ich nickte nur dazu.

Bald hatte ich alle SF durch und musste mit Krimis vorliebnehmen. Die Bibliotheksleitung hielt SF für literarisch wertlos, vermutlich, weil sie Eskapismus waren. Dabei würde kein Perry-Rhodan-Autor solch an den Haaren herbeigezogenen Quatsch zu schreiben wagen wie literarische Autoren und Autorinnen.

„Du bist zu dumm für anspruchsvolle Literatur", sagte die Schwarze.

Als ich den tausendsten Mord hinter mich gebracht und fast vergessen hatte, dass es in Welkenraedt ein Heim gab, teilte Birgert mir mit, dass ich aufgenommen sei und er mich am Ersten des nächsten Monats abholen würde. Zuvor müssten wir aber zum Gericht.

*

Dann kam die Gerichtsverhandlung. Die üblichen Zeugen marschierten gegen den üblichen Verdächtigen auf.

Ich saß auf der Anklagebank neben Birgert. Er hatte mich angefleht, Reue zu zeigen, das werde alles nicht so schlimm, schließlich sei die Prognose positiv, bla, bla, bla.

Was er unter positiver Prognose verstand, erklärte er dem Richter. Mein Elternhaus sei zerrüttet, der Vater alkoholkrank, die Mutter sei fort und vorher im Rotlichtmilieu tätig gewesen. Ich hasste dieses Arschloch. Ich hätte ihm gerne auch Kaffee ins Gesicht geschüttet. Er sprach vornehm, aber hinter seinen Worten spürte ich seine Verachtung. Er verachtete Vater, er verachtete Mutter und ganz besonders verachtete er mich.

Du Wichser, dachte ich. Zu sagen, mein Vater sei Säufer und meine Mutter Hure, wäre weniger beleidigend gewesen als „alkoholkrank" und „Rotlichtmilieu". Losschreien wollte ich, aber stellt euch vor, ich hörte Xangers Stimme und schwieg. Ich ballte die Fäuste und das war's.

Der Richter war ein fetter Mann, der furchtbar schwitzte, weil es heiß im Saal war. Ein Elternteil im Rotlichtmilieu sei für jedes Kind eine schwere Bürde, zitierte er Birgert in seinem Urteil. Aber nun hätte ich ja eine neue Chance im Heim und die solle ich nutzen.

Was weißt du vom Rotlichtmilieu?, wollte ich dem Richter entgegenschreien. Du Arsch bist stolz, weil du vor Mutter ausspucken kannst. Du brauchst das, das gibt dir einen Orgasmus. Besuchte dieser Fettkloß das Chez Nicole? Dann könnte ich ihn anspucken und dazu hatte ich nicht übel Lust.

Mir fiel der Türsteher im Chez Nicole ein, der mir einen Zwanziger gegeben und gesagt hatte: „Vergiss nie, dass deine Mutter eine tolle Frau ist!"

„Du hast sie beleidigt", sagte die Schwarze.

„Ja, verdammt noch mal!", sagte ich.

„Gibt 'ne Menge Richter", hörte ich Xangers Stimme und musste das Lachen unterdrücken. Während der Urteilsverkündung zu lachen, war sicher kein Zeichen für eine gute Prognose. Dann würde es nicht bei sozialer Arbeit bleiben. Dann würde ich in den Jugendarrest einfahren.

Ich hatte aber Glück und der Arrest blieb mir erspart. Dafür musste ich fünfzig Stunden gemeinnützige Arbeit verrichten.

Erwachsene brauchen immer jemand, vor dem sie ausspucken können. Entweder sie spucken vor Pennern aus oder sie wissen, dass sich das nicht gehört. Dann spucken sie vor denen aus, die vor Pennern ausspucken, weil die nicht wissen, dass sich das nicht gehört. Und ganz besonders gerne spucken sie vor Huren aus. Einige wollen sie sogar verbieten.

„Und du hast Mutter angespuckt, als das mit dem Chez Nicole herauskam", sagte die Schwarze.

Das erste Heim

Birgert fuhr mich ins Heim. Ich fühlte mich, als würde ich auf eine Müllhalde gebracht, wo die Missgeburten abgeladen werden, die niemand mehr sehen will.

Eine Angestellte händigte Birgert einen Stapel Papier aus, den er kommentarlos unterschrieb. Danach wanderte ich mit ihm in mein Zimmer. Ich sollte es mit einem Jungen namens Murat teilen. Der hatte blonde Haare, die gefärbt waren, das sah ich sofort. Und dunkle Haut, weil sein Vater aus der Türkei kam.

Am nächsten Tag traf ich im Frühstücksraum Wastl. Wastl, der auch das Pius hatte verlassen müssen. Aber weil seine Eltern das Schulgeld nicht mehr zahlen konnten, nicht weil seine Mutter eine Hure war. Und warum war er hier im Heim gelandet?

„Hallo, wie geht's?", sagte er. Wollte er wirklich eine Antwort auf so eine Frage? Ehrlich? Dann müsste ich sagen: Schlecht, meine Mutter ist fort, meinen Vater muss ich abends aus der Kneipe holen und eine Schwarze Dame hat meinen Kopf besetzt.

Doch so was konnte ich nicht sagen. Niemals. Zugeben, dass es mir schlecht ging, ich nicht Herr im eigenen Kopf war? Unmöglich!

Also sagte ich: „Gut", fragte aber nicht danach, wie es ihm ginge.

„Du fehlst uns", sagte er.

„Wieso?"

„Du konntest Mathe erklären. Damals auf dem Pius."

Damals konnte ich Mathe erklären. Es kam mir zwar komisch vor, aber irgendwie ging es. Heute konnte ich das nicht mehr, ich musste nur an meine verhauene Mathearbeit mit einem Punkt denken und an die Schwarze Dame, die mich hinderte.

Doch darüber wollte ich nicht sprechen. Also nickte ich in Richtung des Buchs, das Wastl in der Hand hielt, und sagte: „Das ist aber nicht Mathe."

„Richtig, das ist Geschichte."

„Und das liest du?"

„Klaro, ist spannend", sagte er.

Hatte Wastl eine Mutter zu Hause, die ihm Geschichte erklärte? Wie meine Mutter mir Mathe erklärt hatte?

„Ich muss einen Vortrag über die Eroberung Mexikos halten", erzählte er.

„Dafür reicht das Internet, da muss man sich nicht mit langweiligen Büchern quälen." Jetzt fühlte ich mich nicht mehr so klein. Ein bisschen wusste ich mehr als er.

Er schüttelte den Kopf.

„Ich will das richtig gut machen. So wie du deine Mathearbeiten!", sagte er. „Können wir uns mal treffen? Ich krieg eine Fünf, weil ich nix von Integralen verstehe."

„Ich auch nix", sagte ich. „Ich war auf der Gemeinschaftsschule."

„Hab ich gehört. Aber die haben doch keine andere Mathe als die auf dem Pius, oder?"

„Nein."

„Und warum ..."

„Warum, warum. Weil ich es nicht mehr begreife", sagte ich. Ich wollte nichts von der Schwarzen Dame erzählen, das wäre mir zu peinlich gewesen.

„Hä? Du begreifst Mathe nicht mehr? Hast du 'nen Hirntumor?", fragte er und es klang sogar besorgt.

Ich wusste nicht mehr weiter und folglich tat ich, was mir die Schwarze in solchen Fällen riet: das Gespräch abbrechen. Ich drehte mich um.

Wastl eilte mir nach und packte mich bei der Schulter. „He, wo willst du hin? Iss erst mal dein Frühstück."

Und ich setzte mich an den Tisch und erzählte alles über das Messer, die Cappuccino-Attacke auf Uwe und dass er meine Mutter eine Hure genannt hatte. Von der Schwarzen erzählte ich aber nichts.

„Gibt viele Huren", sagte Wastl.

Und das tröstete mich.

*

Eines Morgens wachte ich im Heim auf und begriff, dass ich bereits fünf Monate hier lebte. Und ich konnte den anderen Mathe erklären. Als ob die Mathe zurück in meinen Kopf marschiert wäre und die Schwarze sie nicht daran hatte hindern können. Überhaupt hatte sich die Schwarze zurückgezogen, ihre Macht schien gebrochen. Ich hatte Wastl gefragt, warum er hier sei. Seine Eltern hatten sich getrennt, der Vater wollte nichts mehr von ihm wissen. Und Wastl hatte Drogen vertickt. „Ich war richtig reich", erzählte er. „Nur haben die Bullen mich bald geschnappt. War nicht lustig."

Eines Abends verkündete Wastl, er wolle mit Murat und Til am Wochenende fort, ich solle mit. „Wir fahren nach Hamburg, auf die Reeperbahn", verkündete er.

Sie wollten mit der Bahn fahren, aber das Geld für die Fahrkarte sparen.

„Wenn der Schaffner kommt, stehst du ganz ruhig auf, gehst in seine Richtung und an ihm vorbei aufs Klo."

„Der will doch deine Fahrkarte sehen."

„Will er nicht. Er kontrolliert die Fahrkarten der Leute, die da sitzen, wo er grad ist. Der lässt dich vorbeigehen. Höchstens, wenn es eine Schaffnerin ist, die sind schärfer."

Ich glaubte ihm nicht, aber er lachte und sagte, er habe das schon oft ausprobiert.

„Hast du schon mal 'ne Frau gehabt?", wollte Wastl wissen und ich antwortete: „Ja, sicher!"

„Bah, hast du nicht!", sagte er. „Wird Zeit, dass du mal was mit 'ner Frau hast. Komm mit und wir ändern das."

Hätte mir das jemand anderes gesagt, hätte ich mich auf ihn gestürzt. Bei Wastl lachte ich nur. Na ja, wir stritten auch und wurden sogar ein bisschen laut, aber vertrugen uns dann doch wieder. Ich weigerte mich immer noch, mitzufahren.

„Dich würde auf der Reeperbahn auch keine wollen", sagte die Schwarze. „Du wirst nie ein Mann."

Ich hatte Angst, dort Mutter zu treffen.

*

Am nächsten Morgen fehlten Wastl, Til und Murat und eine Scheibe in der Cafeteria war eingeschlagen.

„Du weißt seit gestern, dass Murat fort ist", klagte Hubrath, der unser Erzieher war. „Du hättest etwas sagen müssen." Er war richtig beleidigt.

„Ich habe geschlafen. Er wollte mit Til und Wastl Skat spielen." Das taten wir öfter. Manchmal bis vier Uhr in der Früh und im Unterricht fielen uns allen die Augen zu. Einmal hatte Hubrath uns erwischt, weil Wastl laut gejubelt hatte. Til hatte Superkarten, fing mit dem ersten Stich an und Wastl brüllte: „Verloren!", weil Til in der Aufregung vergessen hatte zu drücken.

Hubrath spielte mit seinem Schlüsselbund. Alle Erzieher hatten einen dicken Schlüsselbund und den trugen sie immer in der Hand, wenn sie über die Gänge gingen. Wenn du im Heim einen Erwachsenen ohne Schlüsselbund siehst, ist es ein Besucher.

„Wieso warst du nicht dabei? Sonst spielst du doch immer mit?" Hubrath gab nicht auf. Er hatte eine Praktikantin mit dem VW Bus losgeschickt, aber die drei konnten schon Gott weiß wo sein und er wusste das.

„Ich war müde", antwortete ich. Das war die dämlichste Ausrede, die mir einfiel.

„So, du warst müde. Sonst bist du nie zu müde zum Skatspielen. Nicht mal um vier Uhr morgens."

„Aber gestern war ich müde. Ich hatte Kopfschmerzen! Ich wollte nur noch ins Bett und bin sofort eingeschlafen."

„Und auch am Morgen ist dir nicht aufgefallen, dass Murat und die anderen fehlten?"

Dann hörten wir den VW Bus. Hubrath stürzte aus dem Zimmer. Manchmal tat er mir leid. Til und Murat stiegen aus dem Bus. Sehr weit waren sie wohl nicht gekommen. Wastl war nicht im Bus. Die beiden verschwanden mit Hubrath im Haus und ich ging in die Klasse.

Mike und Dirk spielten Schiffe versenken.

„Wo sind die anderen?", fragte Mike.

„Die Lehrer streiken", vermutete Dirk.

Ich setzte mich.

„Hey, redest du Arsch nicht mehr mit uns?", wollte Mike wissen. Er geriet leicht in Rage. Dirk linste auf Mikes

Flottenaufbau. Er landete einen Treffer auf dessen Flugzeugträger.

„Murat und Til kommen noch. Sie waren mit Wastl fort", sagte ich. „Sie sitzen beim Direktor und der wäscht ihnen den Kopf."

„Und streicht ihnen für zwei Wochen den Ausgang", seufzte Mike. Dirk hatte einen weiteren Treffer auf dem Flugzeugträger platziert.

Als Dirk Mikes letztes U-Boot versenkt hatte, waren Til und Murat immer noch nicht in der Klasse. Mike und Dirk begannen ein neues Spiel.

„Der streicht ihnen den Ausgang für die nächsten sechs Monate", vermutete Dirk und landete einen Treffer im Wasser. Mike achtete diesmal darauf, dass Dirk nichts sehen konnte.

Schließlich kam Hubrath ins Zimmer. Er hatte keinen Schlüsselbund in der Hand und schaute mich bös an.

„Warum bist du nicht zu mir gekommen?", fragte er mich. „Dann wäre das alles nicht passiert."

„Was wäre nicht passiert?", wollte Mike wissen.

Hubrath setzte sich auf den Platz, auf dem normalerweise Wastl saß. „Wladimir ist tot", verkündete er, als hätte Gott ihm das Jüngste Gericht persönlich mitgeteilt und er wäre unser Pflichtverteidiger.

Ich spürte nichts. Keinen Schock, keine Trauer. Nur ein leeres Loch, das größer wurde.

Wenn ich mitgekommen wäre, hätte ich es vielleicht verhindern können.

„Hörst du mir überhaupt zu?", fragte Hubrath.

„Wastl ist tot", antwortete ich mechanisch.

„Wladimir ist verblutet, verdammt noch mal, und das wäre nicht passiert, wenn du gestern Abend zu mir gekommen wärst!", stellte Hubrath fest. „Verdammt, warum könnt ihr mir nicht einmal vertrauen?"

*

„Woher hätten wir das ahnen sollen?", verteidigte sich Til. „Wenn du verblutest, spritzt das Blut aus der Ader, dachte ich immer."

„Er hat es selbst nicht gemerkt", unterstützte ihn Murat. „Er ist nur immer ruhiger geworden. Wir dachten, er ist dicht und eingeschlafen. Wir waren selber dicht."

„Warum seid ihr nicht gefahren?", wollte ich wissen.

„Gefahren was?"

„Nach Hamburg, verdammt noch mal! Ihr wolltet zur Reeperbahn, hast du das vergessen?"

„So spät fuhr kein Zug mehr."

„Wärt ihr nicht in die Kneipe, hättet ihr einen Zug gekriegt."

„Ach nee, Mister Klugscheißer, du hattest so viel Schiss, dass du nicht mal zur Haustür raus bist, aber du weißt, was wir hätten tun sollen."

„Wastl ist tot!"

„Wir haben ihn nicht umgebracht!", schrie Til. „Wir waren in der Kneipe und als die zumachte, sind wir zurück, weil wir Hunger hatten. Vor allem Wastl hatte Hunger. Da sind wir zurück und haben uns was geholt."

„Und Wastl hat die Scheibe eingeschlagen und das Fenster geöffnet. Dabei hat er sich geschnitten. Es hat nicht schlimm geblutet", fügte Murat hinzu.

„Ihr wart zu besoffen, um es zu merken."

„Halt's Maul, du Wichser. Du hast leicht reden, du warst nicht dabei." Murat schaute mich bös an.

„Wir haben ihn nicht umgebracht", heulte Til plötzlich los, „wir wollten das doch nicht!"

„Ihr ..."

„Sei endlich still!", fuhr mich Murat an. „Wastl wollte, dass du mitkommst, aber du warst zu feige. Wärst du mit, hättest du was machen können, aber so redest du nur, redest, redest, redest. Aber verdammt und verfickt, Wastl wird dadurch nicht wieder lebendig!"

Murat hatte recht. Alles Reden machte Wastl nicht wieder lebendig. Wenn ich mitgekommen wäre, hätten wir den Zug noch erreicht und wären nicht in der Kneipe gelandet. Oder mir wär aufgefallen, dass Wastl immer stiller wurde. Oder sonst was.

Nur Reden half gar nichts. Reden war scheiße. Wastl war tot und alle Worte dieser Welt konnten ihn nicht wieder lebendig machen. Worte sind machtlos, Schall und Rauch, nichts als heiße Luft.

Dann kam die Polizei. Eine Kommissarin hat alle vernommen, einzeln, wollte wissen, warum Wastl nicht unten im Café geblieben war, wo er sich verletzt hatte, sondern mit den anderen in den Ort gegangen war, warum die anderen ihn einfach auf der Bank im Wald hatten liegen lassen, als er nicht mehr weiterkonnte, und mich fragte sie:

„Ihr habt vorher gestritten?"

„Nicht wirklich."

„Nicht wirklich? Ihr habt euch angeschrien."

„War nicht so wild."

„Und es ging um deine Mutter! Du hast doch schon mal was mit dem Messer drehen wollen!" Offenbar glaubte sie, ich hätte Wastl auf dem Gewissen, und dann hätte sie einen Mord aufgeklärt. Und das war alles, was sie wollte: mir einen Mord anhängen. Ich antwortete ihr nicht mehr. Sie würde mir sowieso nicht glauben. Ich war der Messerkiller und sie wollte mich als Mörder anklagen.

Danach ging ich in mein Zimmer, packte meine Tasche und wartete, bis es dunkel wurde. Dann öffnete ich das Fenster. Unter mir lag der Anbau und dort war die Cafeteria, in die sie gestern Nacht eingebrochen waren. Sie hatten dann in der Kneipe gebechert und waren schließlich hungrig und deshalb waren sie zurückgekommen. Wastl hatte die Scheibe eingeschlagen und in das Loch gegriffen, um das Fenster zu öffnen. Dabei hatte er sich verletzt. Weil die drei besoffen waren, merkte keiner, dass Wastl immer weiter blutete, und schließlich war er verblutet. Das war alles und mehr gab es dazu nicht zu sagen.

Ich sprang auf das Dach des Anbaus und von da auf den Rasen.

Die Scheibe war noch nicht repariert. Der Hausmeister hatte das Loch mit Plastik überklebt und die Blutspuren abgewischt. Ich berührte den Rand des Loches. Die spitzen Glasteile hatte er entfernt, als ob das noch was nützen würde.

Opa hätte gesagt, dass Wastl und ich uns im Jenseits wiedersehen würden. Er war katholisch gewesen, er hatte wirklich daran geglaubt. Ich glaubte es nicht, aber in diesem Moment hätte ich es gerne geglaubt. Dass Wastl nicht in einer Kiste lag, sondern in einer anderen Welt weiterlebte, auf seine eigene Art mit den Schultern zuckte und sagte: „Gibt viele Huren."

Das hätte ich wirklich gerne geglaubt. Aber mit dem Glauben ist es wie mit der Liebe. Du kannst dich nicht dazu zwingen. Auch dabei helfen Worte nicht.

Ich hatte die Hand immer noch auf dem Rand des Glases. Ich nahm sie weg und sagte: „Ciao." Ich kam mir albern vor. Ich hörte eine Stimme, die sagte: „Mach's besser!", aber das war Einbildung.

Die Tasche in der Hand, marschierte ich zum Bahnhof. Als ich ankam, war es elf und um sechs ging der erste Zug. Ich wusste einen Weg durch den Wald nach Freiburg und ging los.

Als wir noch unser Haus gehabt hatten und Mutter noch da gewesen war, waren wir öfter sonntags diesen Weg gegangen und mit dem Zug zurückgefahren.

Ich hatte keine Angst, ich mein', ich hatte wirklich keine Angst allein im Wald. Alle Angst war mit Wastl gestorben.

Ich wollte Mutter suchen.

„Sie ist eine Hure", sagte die Dunkle.

„Gibt viele Huren", hörte ich Wastl.

Die zweite Suche

Im Wald legte ich mich auf eine Bank. Ich wollte nicht in die Stadt laufen, solange es dunkel war. Ich schlief ein, wachte aber auf, sobald die Dämmerung anbrach. Der Weg durch die Stadt zum Bahnhof dauerte über eine Stunde. Ich hätte den Bus nehmen können, einer fuhr an mir vorbei, aber das wollte ich nicht. Die Uhr einer Bäckerei zeigte 5:48 an und 14 °C.

Kurz vor sieben war ich am Bahnhof. Die ganze Zeit im Wald hatte ich an Wastls Worte gedacht: „Wenn der Schaffner kommt, geh ihm entgegen und aufs Klo."

Wenn es nicht funktionierte, war ich in Schwierigkeiten. Ich hatte nur achtundzwanzig Mark achtzehn in der Tasche.

Vater hatte schon lange kein Taschengeld mehr gezahlt. Von dem Geld zum Einkaufen hatte ich immer was abgezweigt, aber das reichte nie lang. Spätestens am Monatsende, wenn Vater wieder blank war, war es mir zwischen den Fingern zerronnen. Nicht anders ging es mir mit dem Taschengeld aus dem Heim.

Eine Fahrkarte nach Karlsruhe könnte ich mir kaufen, überlegte ich. Das würde die Fahrt erleichtern. Ich musste mich nicht auf Wastls Rat verlassen. Aber würde das Geld auch für die Rückfahrt reichen oder in eine andere Stadt, wenn ich herausfand, wo Mutter lebte? Sicher nicht.

Ich beschloss, Wastl zu vertrauen, ließ zwei Regionalzüge nach Karlsruhe davonfahren und bestieg den ICE um 7:41 Uhr. Er war ziemlich voll. Ich fand einen Platz in der Mitte des Wagens neben einem schnarchenden Vollbart, der nur kurz die Augen öffnete, als ich mich setzte.

Ich zwang mich, ruhig sitzen zu bleiben, bis der Schaffner den Wagen betrat. „Noch zugestiegen?", murmelte er und kontrollierte die ersten Fahrgäste. Betont ruhig holte ich ein Federmäppchen aus der Reisetasche.

„Halte immer was in der Hand", lautete Wastls Rat, „das wirkt natürlicher."

Ich stand auf und ging auf den Schaffner zu, schaute ihn aber nicht an, sondern fixierte den Ausgang des Wagens. Der Schaffner trat zur Seite, als ich vorbeiging. Die Tür öffnete sich automatisch. Ich wollte ins Klo, aber das war besetzt, also ging ich in den nächsten Wagen und dort war das Klo frei. Ich blieb genau vier Minuten und dann kehrte ich zu meinem Platz zurück. Der Schaffner war nicht mehr zu sehen.

Kurz danach verkündete der Zugchef: „In wenigen Minuten erreichen wir Karlsruhe Hauptbahnhof."

Ich nahm meine Tasche und wartete in der Schlange vor dem Ausstieg. Die wenigen Minuten entpuppten sich als mindestens eine Viertelstunde, weil der Zug kurz vor dem Bahnsteig stehen blieb, als sei der Lok das Benzin ausgegangen. Vom Zug schaute ich in eine Straße hinunter, in der sich Autos stauten. Ich war glücklich, dass der Trick gelungen war.

„Das war reines Glück", sagte die Schwarze. „Das nächste Mal gelingt es nicht."

Auf dem Bahnsteig warf ich meine Tasche zweimal in die Luft und fing sie wieder auf. Beim zweiten Mal erwischte ich sie nur knapp, beinahe hätte sie eine elegante Dame erschlagen, die auf endlos hohen Stöckelschuhen vorbeitrippelte. Ich stammelte eine Entschuldigung. Sie schaute trotzdem böse, sagte aber nichts. Vermutlich schaute sie immer böse.

Auf der Treppe fiel mir ein, dass ich einen Fehler gemacht hatte. Als der Schaffner gekommen war, hatte er gefragt: „Noch zugestiegen?"

Ich hätte einfach sitzen bleiben sollen und so tun, als ob ich schliefe.

„Zum Klo musst du nur, wenn der Schaffner alle Fahrgäste kontrolliert", hatte Wastl mich belehrt. „Wenn der Zug neu eingesetzt wird oder das ICE-Team wechselt. Sonst kontrollieren sie nur die zugestiegenen Passagiere. Da reicht es, so zu tun, als säßest du seit Erfindung der Fahrkarte auf deinem Platz."

Wastl fehlte mir. Er hätte mir helfen können. Wenn ich mitgekommen wäre auf den Ausflug, hätte ich dafür gesorgt, dass wir nach Hamburg gefahren wären, nicht in die Kneipe. Dann wäre das alles nicht passiert. Ich wäre mit Wastl, Til und Murat über die Reeperbahn gebummelt und wir hätten die Frauen angeschaut. Wastl hätte gewusst, wie man sie nach meiner Mutter fragen müsste. Wastl hatte eine ganze Menge gewusst.

In der Bahnhofshalle schaute ich auf die Tafel mit den abfahrenden Zügen. In zwanzig Minuten fuhr ein ICE nach Hamburg. Kurz entschlossen änderte ich meinen Plan. Ich würde nicht ins Chez Nicole gehen, sondern nach Hamburg fahren. Auf die Reeperbahn.

Im Zug freute der Zugchef sich, uns fahren zu dürfen. Er erklärte außerdem, dass das ICE-Team in Karlsruhe gewechselt hätte. Als der Schaffner kam, ging ich unbehelligt an ihm vorbei. Danach blieb ich einfach sitzen und steckte meine Nase in ein Buch, sobald der Schaffner wieder auftauchte und fragte: „Noch zugestiegen?"

In Hannover erklärte der Zugchef, er und sein ICE-Team würden sich von uns verabschieden. Das fand ich sehr nett, jetzt wusste ich, dass beim nächsten Mal ein anderer Schaffner kommen würde und ich auf die Zugtoilette musste.

Dann erschien im Wagen eine massige Gestalt und verkündete: „Personalwechsel, die Fahrkarten bitte!"

Ich saß weit genug weg, um abzuwarten. Auf keinen Fall wollte ich den Eindruck erwecken, ich würde wegen seines Auftauchens aufstehen und zum Klo gehen. Als er eine Sitzreihe kontrollierte, griff ich mein Federmäppchen und stand auf. Auch dieser Schaffner ließ mich passieren, ohne mich mit der Frage nach meiner Fahrkarte zu belästigen.

In der Toilette hätte ich am liebsten wie mein Vater gesungen: „Seemannsbraut ist die See". Natürlich tat ich das nicht. Ich wartete vier Minuten und als ich den Wagen wieder betrat, kontrollierte der Schaffner die vorletzte Sitzreihe. Er schaute kurz auf. Ich erschrak und blieb stehen. Ich wollte auf der Stelle umkehren und zurück ins Klo flüchten.

„Das wäre noch viel auffälliger", sagte Xanger und er hatte recht. Ich fasste mir ein Herz und ging zu meinem Platz. Ich blickte nicht zum Schaffner, obwohl ich ihn am liebsten nicht aus den Augen gelassen hätte, und setzte mich auf meinen Platz. Als ich aufschaute, erwartete ich, er würde vor mir stehen und die Fahrkarte verlangen. Seine Augen würden sagen: Freundchen, du hast gedacht, ich vergess dich, aber ich hab dich nicht vergessen."

Aber der Schaffner sagte das nicht. Er sagte gar nichts. Er hatte den Wagen verlassen.

Ich wischte mir den Schweiß von der Stirn.

Später stellte ich mir die Reeperbahn vor, wie es dort aussah und was ich tun würde, wenn ich dort Mutter treffen würde. Was würde ich sagen? Und vor allem: Wie würde sie reagieren?

„Hau ab, wird sie sagen. Dir blase ich keinen", sagte die Dunkle.

Ich hatte nicht mitbekommen, dass der Schaffner zurückgekehrt war. Auf einmal stand er neben meinem Sitz und fragte: „Noch zugestiegen?"

Mein Kopf hat zwei Geschwindigkeiten. Meist denk ich langsam und deshalb fall ich oft rein. Aber irgendwo muss es auch einen Turbogang geben, der sich einschaltet, wenn es wichtig ist.

Ich dachte gar nicht nach, als der Schaffner seine Frage stellte. Ich schüttelte einfach den Kopf und schaute aus dem Fenster. Die riesige Person musterte mich zweifelnd, wie ich aus den Augenwinkeln sehen konnte.

Ich war gefangen. Der Mann stand im Gang, sodass ich unmöglich fliehen konnte. Ich konnte aus dem Fenster springen, aber dann würde ich verbluten wie Wastl. Oder der Aufprall auf den Schienen würde mich zum Krüppel machen. Dann konnte ich zusammen mit Vater durch die Welt humpeln und die Gesunden beneiden und hassen.

Das alles überlegte ich und suchte nach weiteren Fluchtmöglichkeiten.

Aber die riesige Gestalt ging weiter.

Er hat mir geglaubt, jubelte ich innerlich, ich habe ihn überzeugt! Er hat meine Lüge nicht erkannt! Ich hatte Nerven wie Stahlseile! Ich konnte jeder Gefahr ins Auge sehen!

Nichts konnte mich aus der Bahn werfen. Nicht mal ein Schaffner. Die Bundesbahn würde mich fahren, wohin ich wollte. Deutschland gehörte mir und ich würde Mutter finden.

In Hamburg Hauptbahnhof stieg ich aus. Als ich zum Ausgang kam, dröhnte mir eine tiefe Stimme entgegen, die mich zur Umkehr mahnte. Vor dem Eingang, aber noch unter dem Schutz des Daches stand ein Mann mit Vollbart, eine Bibel in der Hand. Jesus liebt uns, verkündete er und dass die Sünder Buße tun und umkehren sollten. Warum Umkehr und Buße, überlegte ich, Jesus liebt uns doch sowieso?

Auf einem Plan der U- und S-Bahnen gab es eine Station „Reeperbahn". Bloß gab es in der U-Bahn keinen Schaffner und keine Zugtoiletten. Ich wollte mein Glück nicht überstrapazieren, suchte weiter und fand einen Stadtplan. Ich schrieb mir den Straßennamen „Mönckebergstraße" und all die anderen in den Umschlag meines Buches. Dann marschierte ich los.

Die Reeperbahn war verlassen wie ein Skigebiet im Hochsommer. Überall geschlossene Türen mit der Aufschrift „Zutritt für Jugendliche unter achtzehn Jahren verboten".

Ich ging weiter. An einer Ecke setzte ich mich in einen Kebab. Ich bestellte mir einen Kaffee. Vater hatte mir immer verboten, Kaffee zu trinken. Ich zog mein Buch heraus und las.

Nach einiger Zeit setzte sich ein Mann an meinen Tisch, ohne ein Wort zu sagen oder mich auch nur anzusehen. Er hatte ein Kebab in einem Pidebrot auf seinem Teller. Er klappte das Brot auf, pickte zwei Zwiebelringe heraus, klappte das Brot wieder zu und aß sie. Er klappte das Brot erneut auf und pickte zwei Tomatenstücke heraus, klappte das Brot zu und aß auch diese. Ich schaute fasziniert zu, während er fortfuhr, Zwiebel- und Tomatenstücke herauszupicken. Als nur noch Fleisch in dem Brot war, nahm er es in die Hand und biss ab. Er verspeiste seinen Kebab, stand auf und verschwand.

Ich las weiter.

Dann war es dunkel und ich ging zurück auf die Reeperbahn.

Die Einfahrt zu einer Nebenstraße versperrten Mädchen, die eine Kette bildeten, als seien sie Polizistinnen, die etwas bewachten, einen Politiker zum Beispiel.

Als ich vorbeiging, flötete die Erste: „Na, Süßer?", die Zweite: „Komm doch mal her!"

Die Dritte war weniger zurückhaltend, sie marschierte auf mich zu, packte mich beim Arm, schaute mir in die Augen und fragte: „Gehen wir zusammen aufs Zimmer?"

Es klang wie ein Befehl. Ich wollte mich losreißen, aber sie hielt mich fest.

„Du bist ja ein ganz Süßer. Wir machen 'ne Menge geiler Sachen."

Ihr Akzent war hart. Ihre Augen weiteten sich. Sie lächelte, ihr Lächeln sollte süß und sexy sein, aber ich sah nur ein gemeines Grinsen und hörte in meinem Kopf die Schwarze: „Du hast noch nie ein Mädchen geküsst, Weichei. Du wirst im Bett versagen."

Die Frau zog mich näher zu sich. Sie trug einen Mini und Netzstrümpfe. Und sie war mindestens doppelt so alt wie ich.

Dieses Scheißweib, dachte ich, stieß sie vor die Brust, dass sie zurücktaumelte, riss mich los und stürmte über die Straße.

„Hast wohl Schiss, Bubi?", rief sie mir nach.

„Vorsicht, Frau", lachte eine andere.

Auf der anderen Straßenseite angekommen, drehte ich mich nicht um, sondern ging rasch weiter. Hier standen keine Frauen. Ein Schild verkündete: „Pornotauschbörse – aus Alt mach Neu!", dahinter eine Leuchtreklame „Love-Laufhaus", auf der eine Frau in Neonrot aufleuchtete, sich auszog und wieder erlosch. Zutritt für Jugendliche unter achtzehn Jahren war auch hier verboten.

Danach ein Kebab, dann ein Laden, der Striptease anbot. Ein Mann, schwarz gekleidet, löste sich aus dem Eingang und sprach mich an: „Junger Mann, schau'n Sie mal rein, kostet nichts, das Bier nur acht Mark."

Ich schüttelte den Kopf. Er griff nach meinem Arm. Warum waren sie hier alle Anfasser?

„Bleiben Sie doch mal stehen!", verlangte er. „Ansehen kostet nichts."

„Verpiss dich!"

„Na, na, so unhöflich, junger Mann?"

„Hau ab! Verstehst du nicht, du sollst abhauen!", schrie ich. Der Mann ließ meinen Arm los. Einige Passanten waren stehen geblieben. Ich war überzeugt, ohne Publikum hätte er sich auf mich gestürzt. Das stand in seinen Augen. Ich starrte ihn an und legte allen Hass in meinen Blick. Hinter mir kicherte jemand. Wir standen uns zehn Sekunden gegenüber, ohne uns zu bewegen.

„So sieht ein Idiot aus!", sagte ich dann, drehte mich um und ging.

Hinter mir hörte ich den Kerl irgendwas rufen, das ich nicht verstand.

Er blieb nicht der Einzige, der mich belästigte. Auf dieser Straßenseite standen keine Frauen, dafür aber unzählige Männer, die mich in Bars, Peepshows, Striptease und

Sextheater abschleppen wollten. Sie sprachen Männer an, die allein waren. Wer in Gruppen kam, war sicher.

Ich war es leid, angefasst zu werden. Die Fahrt nach Hamburg entpuppte sich als Fehlschlag, ich würde Mutter hier nicht finden.

Neben einem Theater war eine Disco, Jugendliche standen davor. Ich hatte mich schon gewundert, was die vielen gemischten Gruppen – Männer und Frauen zusammen – auf der Reeperbahn suchten.

Ich ging hinein, zahlte fünf Mark Eintritt, holte mir ein Bier und lehnte mich in der dunkelsten Ecke an die Wand. Niemand sollte mich sehen. Mit Wastl wäre es Fun gewesen, hier herumzustreifen. Wir hätten die Frauen gemustert und sie hätten sich nicht über mich lustig gemacht. Die Schlepper hätten uns nicht belästigt. Mit Wastl hätten sie sich das nicht getraut. Ich trauerte Wastl nach. Ich hielt mich an meinem Bier fest und als es leer war, holte ich mir ein neues. Ich hatte nie Bier getrunken und trank deshalb langsam.

Nach dem Dritten wurde mir schlecht und ich rannte aufs Klo. Ich erreichte es just in time. Am Waschbecken säuberte ich meinen Mund. Neben mir stand ein Typ mit Kreuz am Kettchen, der mich verächtlich anschaute.

„Verpiss dich!", empfahl ich ihm.

Er lachte.

„Landpomeranze, zum ersten Mal in Hamburg?", erkundigte er sich und ich rammte ihm den Kopf in den Magen. Er klatschte gegen die Wand und ich fühlte mich gut. Ich verließ das Klo durch einen Gang und öffnete die Tür. Hinter mir hörte ich einen Schrei, jemand riss mich zurück. Ich drehte mich um und wollte zuschlagen, aber der

Typ trat mir das Bein weg. Ich landete auf dem Fußboden. Die Biere rächten sich. Bald würde ich wie Vater sein.

Der Typ glotzte mich hämisch an, als ich vor ihm auf dem Boden lag. Was er sah, gefiel ihm offenbar. Ich wollte aufstehen und stützte mich auf meine linke Hand. Er trat drauf und ich schrie auf. Zwei Jungen kamen ins Klo.

„Was soll das?", fragte einer von ihnen.

„Halt dich raus", befahl Kreuzkettchen.

„Hey, mal langsam!", erwiderte der Junge, wich aber zurück. Wir versperrten den Gang. Ich stand auf. Kreuzkettchen griff in meine Haare, zerrte mich zu sich und rammte mir sein Knie gegen den Kopf. Ich konnte grad noch das Gesicht drehen, sodass meine Nase verschont blieb.

„Hört auf!", rief der andere Neuankömmling.

Kreuzkettchen hatte immer noch meine Haare gepackt. Ich rannte los, mein Kopf war bereits in der richtigen Höhe und traf seinen Magen. Er ließ meine Haare los und stolperte in den Toilettenraum. Ich stürzte an den beiden erschrockenen Bubis vorbei in die Disco, aus der ich sofort flüchtete.

Ich hatte nicht nach Mutter gesucht. Es wäre genauso vergeblich gewesen, wie nach Wastl zu suchen. „Tote soll man ruhen lassen", hätte er gesagt. Für uns wollte sie tot sein, warum stellte ich ihr nach?

Alles war sinnlos. Am Straßenrand setzte ich mich auf einen Poller und lehnte mich gegen den Baum, der direkt dahinter stand. Vor drei Jahren waren Jürgen und ich Freunde gewesen. Richtige Freunde. Die meiste Zeit hatten wir zusammen verbracht. Ich hatte bei ihm übernachtet, er bei mir.

„Was für Mädchen magst du?", hatte er mich eines Abends gefragt. Das Licht war aus. Ich zuckte mit den Schultern, natürlich konnte er das nicht sehen.

„Blond? Schwarz? Braun?", fragte er weiter.

„Weiß nicht", sagte ich. Darüber hatte ich mir nie den Kopf zerbrochen.

„Da sollte man sich früh festlegen!"

„Wieso?", war alles, was mir dazu einfiel.

Er beantwortete die Frage nicht. „Stell dir ein Mädchen vor, das du magst", sagte er stattdessen. „Magst du Lotta?"

Ich wusste nicht, was ich sagen sollte.

„Lotta ist blond", stellte ich schließlich fest.

„Also Susanne. Gefällt dir Susanne?"

„Na ja", antwortete ich. „Eher."

„Schwarze Haare. Du magst schwarze Haare", stellte Jürgen fest. Susanne war vierzehn und wohnte in der Parallelstraße. Mochte ich sie? Ich wusste es nicht.

„Klein oder groß?"

Jürgen hörte nicht auf zu fragen. Als ich einschlief, hatte er meine Traumfrau konstruiert. Mich wunderte das. Es war ihm wichtig, aber warum?

Ich fand es nie heraus.

Kurz darauf wurde das mit Mutter im Pius bekannt.

„Humanisten sind arrogant", sagte der Mathelehrer auf der Gesamt. Vermutlich hatte er recht. Vielleicht war jeder am Pius arrogant? Vielleicht gehörte das zum Ausbildungsziel?

Wahrscheinlich war ich auch arrogant. Oder wäre es geworden, wenn ich nicht zuerst das Gymnasium und dann die Gesamt hätte verlassen müssen.

War es Glück, dass meine Mutter mich nicht wollte?

„Du hast es nicht geschafft", sagte die Stimme.

Lange saß ich auf dem Poller, ließ meine Gedanken treiben und überlegte. Ich schaute den Leuten zu, die vorübergingen, ganze Familien, Ehemänner mit Frauen und Freundinnen, und einmal kam eine gemischte Gruppe, die von einem Mann mit einer roten Laterne geleitet wurde, der ein Schild trug: „Erleben Sie die sündigste Meile – Führung über die Reeperbahn". Sie gingen in einzelne Clubs, tauchten aber bald wieder daraus auf, um den nächsten Club und die nächste Sünde zu besichtigen.

Ich musterte die Huren, die am Bürgersteig einer Seitenstraße standen und einzelne Männer anmachten. Auf meinem Poller war ich sicher.

Schließlich stand ich auf. Ich wollte an die Elbe. Ich ging in eine Seitenstraße, die dorthin führen musste und in der keine Huren standen. Es war zwei Uhr nachts, aber auf der Reeperbahn flanierten immer noch die Touristen.

Die Straße führte nach kurzer Zeit bergab. Ich bog um eine Ecke. Ein Schiff lag im Fluss, schwarz und groß. Es lag in einem Trockendock und wirkte deshalb aus der Ferne riesig. Der Wind frischte auf, die Luft roch klar und kalt. Mir fiel auf, wie sehr es auf der Reeperbahn nach Urin gestunken hatte.

Ich lief an XXL-Kränen vorbei, an Baggern und Bauzäunen. Überall Baustellen, als wolle Hamburg eine neue Elbe bauen. Riesige Betonfinger ragten in den klaren Nachthimmel. Ein Schild warnte vor Überschwemmungen.

Endlich hörte die Straße auf. Aber Hamburg wollte die Elbe nicht gehen lassen, auch am Fußweg standen Häuser und sie sahen teuer aus. Das Ufer war ein Sandstrand, Rimini an der Elbe. Der Weg lief durch kleine Gärten oberhalb des Wassers. Ein Durchgang brachte mich an die

Elbe. Die Wellen klatschten gleichförmig ans Ufer. Das beruhigte mich.

Langsam wurde es hell. Ein flaches Schiff mit Schweizer Flagge fuhr vorbei in Richtung Nordsee. Wie kann ein Flussschiff im Meer fahren?

Gelbe Gummiringe waren um die Bäume gewickelt. Hier standen keine Häuser mehr. Große Betonringe lagen aufgestapelt neben dem Weg und ein Schild verkündete, hier werde die Kanalisation erneuert. Unter den Bäumen stand ein Igluzelt.

Als es außer Sicht war, legte ich mich auf eine Bank, auf die jemand mit gelber Farbe „Melissa, I love you" gesprüht hatte.

Ich schlief ein.

Ich wachte auf. Und alles tat weh, der ganze Körper, und ich konnte nicht mal genau sagen, wo, nur dass der Schmerz schlimmer war als damals, als ich mir beim Sturz vom Fahrrad die Hand aufgerissen hatte und mehrere Finger in absurden Winkeln abstanden.

„Folg mir", sagte eine Stimme. Die Schwarze. „Dann hast du keine Schmerzen mehr."

Und ich wusste, dass der Schmerz von ihr kam. Ich hatte alles versiebt. Wieder einmal.

Mutter hatte ich nicht gefunden.

„Komm mit mir!", sagte die Schwarze Dame und der Schmerz wuchs.

Die Szene im Café fiel mir ein, die zerschossene Golden Star, das Butterfly, dass ich auf der Deppenschule gelandet war und …

„Du bist fünfzehn", sagte Xanger. „Da hat jeder …"

„Wo kaufst du deine blöden Sprüche, Officer?", fragte ich. „Ich habe Mama verjagt." Am Morgen hatte ich sie angespuckt. Danach war sie verschwunden. Mit der Spucke ihres Sohnes auf der Backe. Der sie verachtete. Der Schmerz kroch mir durch den ganzen Körper, ich hätte ihn am liebsten fortgeworfen.

„Du ...", begann Xanger.

„Halten Sie die Klappe, Officer", sagte ich und strengte mich an, ihn aus meinem Kopf zu vertreiben.

„Komm mit mir!", sagte die Schwarze.

Sie hatte recht. Sie war die Wahrheit und das Leben und Xanger war ein Ingenieur aus dem dunklen Maschinenraum voller Träume. Ich musste ihn verjagen. „Weg, fort! Weg! Gehen Sie zurück ins Dunkle, Officer!", schrie ich. Und Xanger schwieg und verschwand.

Dieser Sprüchemacher hatte wie alle Erwachsenen nur einen Koffer voller blöder Sprüche. Und die packte er bei jeder Gelegenheit aus.

Mir tat alles weh, in der Brust eisige Kälte. Ich sollte der Schwarzen folgen. Keine Schmerzen mehr, keine Kälte, keine endlosen Gedankenkreisel im Kopf.

Ich holte mein Taschenmesser aus der Tasche und klappte es auf. Das Butterfly hatten sie mir abgenommen. Aber ein billiges Taschenmesser hatte ich bei BilligUndSo geklaut.

Würde das reichen? Ich ließ die Schneide über den Unterarm gleiten.

„Nicht quer schneiden, längs", sagte die Schwarze Dame.

Könnte ich mir ins Fleisch schneiden? Mich schauderte wie meinem Vater vor jeder Spritze. Und das Messer war gar nicht scharf. Besser die Kehle?

Ich fuhr mit der Schneide die Kehle entlang. Es kam kein Blut.

„Fester", sagte die Schwarze. „Viel fester!"

„Warte!" Die Stimme Xangers. „Morgen ist auch noch ein Tag."

Ich lachte. Morgen würde es sein wie heute. Schmerz und Kälte und Erinnerung.

Aber ich konnte mir nicht die Kehle durchschneiden.

Vom Elbuferweg tönte Gesang.

Dann hupte es, ich schreckte auf und wäre beinahe von der Bank gefallen. Ein riesiges Raumschiff trieb auf mich zu.

Nein, ein schwarzes Schiff, hoch mit braunen Containern beladen, fuhr auf der Elbe dicht an mir vorbei. „container.sea.cos" stand auf der Seite. Ein roter Schlepper mit weißem Aufbau zog es vorne. Er sah aus wie ein Spielzeugschiff.

Was, wenn ich mich vor ihn werfen würde?

Würde seine Schraube mich zerschreddern? Oder sollte ich mich besser vor das Riesenschiff werfen? Seine Schrauben waren sicher viel größer. Und es sah nicht aus, als ob es Scheibenbremsen hätte und auf der Stelle stehenbleiben könnte, um mich aus dem Wasser zu fischen.

Ich wollte mich aufraffen, aber konnte es nicht. Ich blieb einfach liegen. Das Riesenschiff zog vorbei. Hinter ihm fuhr noch ein Schlepper.

Die beiden taten mir leid. So klein und so ein großes Schiff schleppen.

Ich griff wieder zum Messer. Hielt es mir an die Kehle.

„Mit dem Messer findest du deine Mutter nicht", sagte Xanger.

Dann hörte ich wieder den Gesang. Jemand sang laut.

Goran, je te vis a Le ne de tschenkil gatsche …

Die Stimme kam näher.

Ein Radler bog um die Ecke des Elbuferwegs, immer noch sang er aus voller Kehle in einer Sprache, die ich nicht kannte. Er war rundlich, mit schwarzem Bart und Brille.

Somi, ta ger, ta ger

Wente di Komma Le

dondura di ma serine ta ma sera

Kurz vor meiner Bank stoppte er.

Was wollte dieser Verrückte?

„Ausgeschlafen?", fragte er. „Offenbar nicht!"

Nein, ich war nicht ausgeschlafen. Überhaupt nicht ausgeschlafen. Es war kalt und früh am Morgen. Warum sang er in fremder Sprache, wenn er Deutsch konnte? Und er hatte meine Versuche mit dem Messer unterbrochen. Ich ließ es in der Hosentasche verschwinden.

„Sing auch!", forderte er mich auf. „Singen befreit. Von Einsamkeit, Kummer und Klappmessern. Du hast viel Kummer, das sehe ich deiner Nase an."

Ich blieb stehen und schüttelte den Kopf.

„Einer, der dich ficken will", fauchte die Schwarze. „Lauf! Du bist allein und er ist stärker."

„Was bedeutet ‚serine'?", fragte ich.

Er lachte. „Woher soll ich das wissen?"

„Sie haben es gesungen. Sie kennen die Sprache."

„Kenne ich sie? Ich kenne nicht alle."

„Und warum singen Sie sie?"

„Weil es meine Sprache fürs Singen ist. Jeder benötigt eine eigene Sprache fürs Singen. Du musst sie auch finden."

„Was finden?"

„Die Sprache, in der du singen kannst. Aus voller Kehle, egal ob richtig oder falsch."

Ich starrte ihn an und schüttelte den Kopf. War der aus Emmendingen entsprungen? Oder dem Irrenhaus hier in Hamburg?

„Du hast sie noch nicht gefunden. Deshalb bist du auf der Suche und singst nicht und klappst dein Messer auf."

Mit zwei Fingern tippte er an seine Kappe und fuhr weiter.

Dann drehte er sich nochmal um und rief mir zu: „Vergiss nicht: Du musst deine Sprache finden und aus vollem Herzen singen. Singen, dafür lohnt es sich zu leben."

„Und was ist mit Geschichten?", fragte ich.

„Dafür erst recht", antwortete er.

Dann stieg er erneut auf und fuhr weiter. Ich hörte noch lange seinen Gesang. In seiner Sprache, die ich nicht verstand.

Ich ging zurück zu meiner Bank und packte meine Sachen. Xanger begann zu singen:

Ta Go Ta goe fa
Ta Go Ta goe fa.

Ich summte ein wenig mit.

„Du bist verrückt", sagte die Schwarze. „Statt mir zu folgen, bleibst du in einer Welt, die dich schmerzt."

Xanger sang weiter Unverständliches. Aber ich verstummte.

*

Keine Menschenseele war zu sehen. Und der blöde Officer in meinem Kopf sang aus voller Kehle.

Dase matschicka de
Daro misune de
Daro te ma solenge da vi ame

Ich summte mit. Schließlich konnte mich am frühen Morgen allein am Elbufer keiner hören. Und Xanger? Der existierte nur in meinem Kopf.

„Du weißt schon, Emmendingen?", sagte die Schwarze. „Hör besser auf."

Ich verstummte. „Und jetzt verjag den Officer, den es gar nicht gibt", verlangte sie.

„Geh!", bat ich Xanger. „Gib meinen Kopf frei."

Xanger gehorchte. Die Schmerzen kamen zurück. Ich griff in die Hosentasche, nach meinem Messer.

Ein Mädchen mit einem Spaniel, der eifrig links und rechts schnüffelte, kam mir entgegen. Sie nickte grüßend. Ich nickte nicht und schaute schnell weg.

Mädchen wecken schwarze Gedanken. Vor allem, wenn sie freundlich lächeln. Warum durften sie einfach frei herumlaufen, ihr Gesicht zeigen, ihre Haare, ihre Augen, ihre Beine? Und damit bei mir Wünsche wecken, Schmerzen und Angst. Wünsche sind wie Träume.

Und deshalb schaute ich immer weg, wenn mich eine ansah. Die Muslime machen es richtig. Alle Mädchen, alle Frauen voll verschleiert, in Säcke gepackt, und man kann in Ruhe über die Straßen gehen, ohne dass sich Wünsche melden. Oder Träume. Und muss nicht kämpfen, um sie zu vertreiben, weil man weiß, dass sie unerfüllbar sind.

Noch immer wuchsen die Schmerzen.

Mein Herz in der Brust vereiste, dafür wurde die Erinnerung an all den Mist, den ich gebaut hatte, mit jedem Schritt größer. Früher, als ich noch an Gott geglaubt hatte, hätte ich beichten können und alle Schuld wäre im Beichtstuhl geblieben.

Ich zog das Messer heraus. Nirgendwo gab es eine Bank, um mich hinzusetzen. Und Xanger fing wieder an zu singen.

Vielleicht half es ja. Zumindest bis ich eine Bank gefunden hatte.

Und tatsächlich: Die Schmerzen wurden blass und blasser. Lag das wirklich am Singen? Vielleicht lag es auch daran, dass ich alles andere vergaß?

Ich sah eine Bank an einem Pfad, der vom Elbuferweg wegführte. Und wollte dorthin, das Messer in der Hand, und stoppte den albernen Gesang.

„So findest du deine Mutter nicht", sagte Xanger. Ich blieb stehen. Hatte er nicht recht? Aber was wollte ich? Die Schmerzen wurden wieder schlimmer. Eisige Kälte im Herzen.

Xanger sang weiter.

Und ich sang mit Xanger weiter, aus voller Kehle, schmetterte die Töne hinaus, mir wurde wieder warm ums Herz und wir gingen zurück zum Elbuferweg. Mein Herz schlug wieder. Bald tauchten die ersten Häuser auf. Villen, hoch oben über der Elbe. Spaziergänger begegneten uns. Sie blieben stehen und schauten mich an.

Wir kamen zu einer Eisbude. Ich hatte kein Geld mehr. Die Menschen vor der Eisbude schleckten Eis. Und sahen mich an.

„Ihr fallt auf!", empörte sich die Schwarze Dame. „Alle schauen schon!"

Eine ältere Dame zückte ihre Geldbörse, steckte mir zwei Zweimarkstücke zu und lächelte. „Schön, dass Sie vergnügt sind an so einem trüben Tag", sagte sie.

Mir war es noch gar nicht aufgefallen. Trübe Wolken hingen am Himmel, nicht schwarz, nicht weiß, einfach nur grau. Aber beim Singen hatte ich sie gar nicht bemerkt. Und ein heller Fleck wurde im Grau sichtbar, vermutlich wartete dahinter die Sonne.

„Bald rufen sie die Männer in den weißen Kitteln!", prophezeite die Schwarze.

„Dann kommen Sie mit in die Psychiatrie!", sagte Xanger.

„Und wegen Ihnen komme ich in die Gummizelle", sagte ich und wir sangen weiter.

Jetzt besaß ich vier Mark. Ich kaufte mir ein Eis mit zwei Kugeln.

„Bald bist du pleite!", erklärte die Schwarze. „Und lebst auf der Straße."

„Nein", sagte ich. „Ich werde Müllkutscher."

„Halt die Klappe! Oder wir singen weiter", sagte Xanger zu der Schwarzen.

Sie lachte. „Ihr Loser wollt die Wahrheit nicht sehen!"

Ich schaute hoch und sah das Mädchen mit dem Spaniel am Eisstand. Sie lachte. Lachte sie mich aus? Machte sie sich über mich lustig? Sie hatte kurze dunkle Haare. Alle Mädchen färbten sich die Haare blond, aber dieses nicht. Vorhin hatte ich gar nicht wahrgenommen, wie sie aussah, so schnell hatte ich weggesehen. Sie blickte mir direkt in die Augen und diesmal schaute ich nicht weg.

„Äh", sagte ich.

„Äh?", fragte sie und lachte.

Ich wurde rot.

„Bis später", sagte das Mädchen. „Wenn du weißt, was du sagen willst." Und damit ging sie weiter. Ihr Spaniel drehte sich noch einmal um und sah mich an.

Ich hatte es wieder verbockt. War eingefroren stehen geblieben und „Äh" war alles, was mir eingefallen war.

Ein kleines Mädchen mit Schulranzen sprang von Bordsteinplatte zu Bordsteinplatte und vermied sorgfältig, auf die Ränder zu treten.

Als ich so alt gewesen war, hatten meine Eltern ein Haus und ich hatte Freunde gehabt. In der ersten Klasse hatte ich eine Freundin gehabt. Als ich sie fragte, ob sie mich heiraten würde, wenn ich groß wäre, hatte sie genickt. Plötzlich musste ich weinen. Ich wischte die Tränen weg und tat, als wäre mir was ins Auge geflogen.

Die vierte Geschichte

Das kleine Mädchen mit Schulranzen sah auf mein Eis. Hatte ich nicht noch zwei Mark, die mir die Dame geschenkt hatte? Ich fragte das Mädchen: „Was sind deine Lieblingssorten?"

Sie schaute mich mit großen Augen an und sagte nichts.

„Du kannst es mir ruhig sagen."

„Schoko und Erdbeer."

Ich ging zu dem Eisverkäufer und kaufte ein Eis mit Schoko und Erdbeere. Dann gab ich es ihr. Sie schüttelte den Kopf.

„Du darfst es ruhig nehmen", sagte ich. Sie schaute gierig auf das Eis, nahm es aber nicht.

„Du musst nicht mit mir in den Wald. Wir bleiben hier und du kannst es essen." Aber sie nahm es immer noch nicht.

„Ich steeeerbe", sang ich. „Mein Ei-ei-eis schmilzt dahin! Bye, bye, du böööööse Welt!" Ich sank in die Knie und griff mir ans Herz.

Jetzt lachte sie. Ich gab ihr das Eis und diesmal nahm sie es an. Der Verkäufer beobachtete uns misstrauisch.

Wir setzten uns auf ein Mäuerchen und schleckten Eis.

„Als Nächstes muss ich eine Bank ausrauben", sagte ich. „Wie Willie Holiday."

„Du erzählst Quatsch."

„Tu ich nicht! Willie Holiday war die berühmteste Bankräuberin Amerikas."

„Gibt keine Bankräuberinnen. Nur Jungen werden Bankräuber."

„Oh, doch, es gibt Bankräuberinnen! Die berühmteste hieß Willie Holiday und wollte von klein auf Bankräuberin werden. Aber ihre Eltern hatten es ihr verboten. Ihre Eltern waren beide Ärzte und sie wollten, dass auch ihre Tochter Ärztin werden sollte.

Aber Willie wollte keine Ärztin, sondern Bankräuberin werden, und zwar die beste Bankräuberin, die es je gegeben hat.

Da ist sie in den großen Ferien von zu Hause ausgerissen und deshalb nannten sie alle Willie Holiday. ‚Holiday‘ ist nämlich amerikanisch und heißt ‚Ferien‘.“

Ich war so überrascht von meiner Geschichte, dass ich in mein Eis biss. Prompt tat mein Schneidezahn weh und ich hielt mir die Lippe.

„Wenn du ins Eis beißt, tut es weh“, erklärte die Kleine neben mir.

Ich nickte.

„Was war dann mit Willie Holiday?“, fragte sie.

„Dann hatte niemand in Amerika mehr Geld.“

„Weil Willie alles geraubt hatte?“

„Nein. Das war in der Wirtschaftskrise. Niemand hatte Geld und die Banken hatten auch keins. Wenn ein Bankräuber eine Bank überfiel, konnte er froh sein, wenn er im Tresor zehn Penny fand.

Die Bankräuber mussten Hunger leiden, weil sie in ihrem Beruf nichts mehr verdienten. Einer nach dem anderen hat seinen Beruf aufgegeben. Da gab es welche, die wurden Tankwarte, andere wurden Farmer. Ganz Mutige wurden Lehrer und einige sogar Eisverkäufer.“

Der Eisverkäufer schaute jetzt wirklich böse.

„Nur Willie Holiday hat nicht aufgegeben. Natürlich hätte sie zurück zu ihren Eltern gehen können, aber die hätten verlangt, dass sie Ärztin wird. Sie hatte nur noch eine Kugel in ihrem Revolver und kein Geld, um neue zu kaufen. Sie hatte nichts mehr zu essen und furchtbaren Hunger. Aber sie hatte geschworen, nie ihren Beruf aufzugeben. Sie ist mit der Eisenbahn durch Amerika gefahren."

„Aber sie hatte doch gar kein Geld mehr!", sagte das Mädchen.

„Ja, sie hatte kein Geld mehr. Sie ist schwarzgefahren. Immer, wenn der Schaffner kam, ist sie schnell in einen anderen Waggon gegangen. Einmal stand sie am Speisewagen und roch den köstlichen Duft frisch gebratener Hamburger, konnte sich aber keinen kaufen. Natürlich hätte sie einen rauben können, aber ein richtiger Bankräuber raubt nur Banken aus. Und Willie Holiday hätte nie etwas getan, was sich für einen Bankräuber nicht gehört. Sie liebte nämlich ihren Beruf.

Im Zug war ein anderer Bankräuber, Billie the Kid, und der war noch ganz jung. Deshalb wusste er nicht, dass ein richtiger Bankräuber nie, nie, nie Essen raubt. Billie the Kid roch auch den Duft frisch gebratener Hamburger, zog seinen Revolver und stürzte in den Speisewagen. ‚Hamburger oder Leben!', brüllte er den Kellner an und schnappte sich einen der saftigen, fetttriefenden Hamburger, die dick mit Tomatenketchup bestrichen waren.

Willie Holiday rief: ‚Lass sofort Hamburger und Revolver fallen oder ich schieße!'

Aber Billie the Kid hörte nicht auf sie. Er war ein sehr ungezogener Bankräuber und wollte den ganzen Hamburger auf einmal in seinen Mund stopfen. Willie Holiday schoss und es war ihre letzte Kugel. Mit einer einzigen Kugel schoss sie Billie the Kid den Revolver aus der rechten und den Hamburger aus der linken Hand. Der Ketchup spritzte im ganzen Speisewagen umher und alle Fenster waren auf einmal rot.

Im Wagen saß auch ein Sheriff, der zog seine Pistole. Bloß hatte er nie richtig schießen gelernt und wie er Billie the Kid erschießen wollte, weil der den Hamburger geraubt hatte, traf er stattdessen Willie Holiday mitten ins Herz und da war sie tot.

Der Schaffner zog sofort die Notbremse. Sie haben Willie Holiday dort begraben und der Sheriff hat geweint und Billie the Kid hat geweint und der Schaffner und alle anderen Fahrgäste auch. Sie haben einen Grabstein auf ihr Grab gesetzt mit der Inschrift: ‚Die größte Bankräuberin Amerikas hört nie auf zu rauben.' Der steht heute noch dort."

„Erzählst du immer so viel Quatsch?", wollte das Mädchen wissen.

„Sonst erzähl ich noch viel mehr. Aber heute habe ich meinen schlechten Tag. Da fällt mir nichts ein."

Das Mädchen lachte. „Gehst du hier zur Schule?", wollte sie wissen.

„Nein, ich bin nicht von hier."

„Wo gehst du zur Schule?"

„Ich geh gar nicht mehr zur Schule, ich suche meine Mutter."

„Ist die weg? Und dein Vater?"

„Bei dem wohne ich. Aber das ist nicht in Hamburg."

„Und wie bist du nach Hamburg gekommen?"

„Ich fahr schwarz, wie Willie Holiday."

„Du erzählst schon wieder Quatsch."

Sie nahm ihren Schulranzen. „Ich muss nach Hause", sagte sie. „Danke für das Eis."

Dann hüpfte sie von Bordsteinplatte zu Bordsteinplatte und achtete darauf, nicht auf die Kanten zu treten. Plötzlich drehte sie sich um und rief mir zu: „Mein Papa ist auch weg! Mama sagt, das wär gut so, aber das glaube ich nicht."

Dann war sie weg.

„Du kannst doch reden", sagte Xanger. „Vergiss das nie!"

Und ich fühlte mich befreit. Kein eisiges Herz. Keine Schmerzen. Na ja, wenigstens kaum noch.

Die Schwarze sagte nichts.

Der Eisverkäufer beobachtete mich immer noch. Vermutlich war er einer der Bankräuber, die ihren Beruf hatten wechseln müssen.

*

Ich wanderte den Elbuferweg wieder nach Hamburg hinein. Mit zwei Gestalten in meinem Kopf und ich wusste nicht, was ich von denen halten sollte. Und ohne einen Pfennig.

„Für die zwei Mark hättest du dir eine Tüte Pommes kaufen können, stattdessen hast du sie verschenkt", sagte die Schwarze. „Wenn du heute Morgen ernst gemacht hättest, hättest du nie mehr Hunger oder Sorgen gehabt."

„Aber hättest keine Geschichte erzählt, Käpt'n!", sagte Xanger.

Viele Spaziergänger begegneten mir. Meist Familien – Vater, Mutter, Kinder.

Nur ich lief allein, und ich lief und lief und wusste nicht, wohin.

„Warum sagt ihr nichts?", fragte ich die Schwarze und Xanger. Aber keiner antwortete.

Ein Wegweiser sagte: „Reeperbahn" und zeigte nach links. Ich folgte ihm. Und stand bald wieder auf der Reeperbahn, einer völlig leeren Straße, nur der Müll verriet, wie viele Touris gestern Nacht hier flaniert waren. In einer Ecke hockte eine Katze mit halbem Ohr, ich kniete mich nieder und hielt ihr die Hand hin und maunzte. Das missfiel ihr. Sie machte einen Buckel und fauchte mich an. Ich sang leise ein Lied mit meiner Sprache. Sie sprang auf und rannte fort. Es stank nach Urin. Aber vielleicht lohnte es sich tatsächlich, für Geschichten zu leben?

Aus einem Haus kam eine Frau mit einem Bullterrier. Sie ging an mir vorbei, der Terrier wollte mich beschnüffeln, aber sie riss ihn zurück und sagte: „Heute habe ich frei."

„Was soll ich tun?", fragte ich laut. Aber weder die Frau noch der Hund antworteten. Und auch keiner in meinem Kopf. Niemand wollte mich abschleppen oder in ein Lokal locken. Gestern wäre ich froh darum gewesen. Heute fehlte es mir.

Sollte ich auf den Abend warten und nach Mutter forschen? Ich bekam Hunger. Ein Schild wies mich zum Rathaus. Ich folgte ihm.

Hier gab es jede Menge Menschen. Und ich stellte mich hin. Und sang.

Besser gesagt, ich wollte singen.

Nur konnte ich es nicht. Ich wollte singen, damit mir Leute Geld gaben. Doch mir fehlte der Drive. Aus voller Kehle die Töne hinausschmettern wie ein Opernsänger, irgendwie gelang mir das nicht. Und mir fielen auch keine Worte ein. Ich stammelte. Verlor den Rhythmus.

„Du kannst nicht singen", sagte die Schwarze. „Und es wird dich nicht retten."

Zwei Uwes blieben stehen, in Uwes Alter, genauso groß. Genauso selbstbewusst, sie wussten, was richtig war und wie sich normale Menschen benehmen. Jeder der beiden Uwes hatte ein Mädchen im Arm, ich hasste sie. Wenn sie stürben, würden die Mädchen an ihrem Grab stehen und sicher auch die Eltern.

„Schau mal, der Behinderte", lachte Uwe eins. Das Mädchen in seinem Arm kicherte pflichtbewusst.

„Der ist doch nicht normal", sagte Uwe zwei.

Ich beneidete sie. Hätte sofort mit ihnen getauscht. Natürlich erzählte ich mir, dass das Angeber seien, dass sie Idioten seien.

Aber ich konnte nicht, was sie konnten. Mich entsprechend bewegen im Tennisclub, flirten, bei Erwachsenen einen guten Eindruck hinterlassen. Ich fühlte mich wie ein Alien in Hamburg. Ein Alien, der nicht dazugehörte. Der nie der erfolgreiche Anwalt, der Arzt, der wichtige Politiker werden würde. Und der stumm in der Ecke stand, davon träumte, dass sich das ändern würde. Dass ich derjenige wäre, dem alle Türen offenstanden. Und der es den Uwes dieser Welt zeigen könnte.

Ich würde der Alien bleiben. Der Versager. Der die Uwes hasste und davon träumte, dass er nicht so werden wollte wie sie. Dabei wusste er: Wenn er das könnte, würde er sofort diese Chance ergreifen. Und ich wusste noch mehr: Die Schwarze stand neben mir und gab mir die Gedanken vor.

„Du kannst erzählen", sagte Xanger.

„Damit hat man keinen Erfolg", sagte die Schwarze.

„Jetzt singt er nicht mehr." Das war Uwe eins.

„Meine Oma singt auch immer", Uwe Zwei. „Die ist schon alt."

„Warum singst du", fragte das Mädchen im Arm von Uwe zwei, „und hörst dann auf?"

Ich zuckte die Schultern. Ich wollte nicht erzählen, dass ich Hunger hatte. Und kein Geld. Und dass ich noch vor zwei Stunden vier Mark fürs Singen bekommen hatte und das für Eis verschwendet hatte. Für ein kleines Mädchen, das seinen Vater vermisste. Und ich es nicht geschafft hatte, die Welt von mir zu befreien.

„Der ist taub", sagte Uwe eins.

„Hör mal", sagte Uwe zwei. „Du hast doch ein Problem. Drogen?"

„Jetzt lass ihn doch!" Eins der Mädchen. Und dann fragte sie: „Du bist nicht von hier?" Sie hatte lustige Augen und eine Stupsnase und war größer als ich.

„Die verachten dich. Lassen dich fühlen, wie durchgeknallt du bist", sagte die Schwarze.

„Käpt'n, die sieht nur schwarz." Xanger.

Das zweite Mädchen kramte in ihrer Tasche. Dann gab sie mir einen Fünfer. „Wo willst du hin?", fragte sie.

„Wo ist der Bahnhof?"

Uwe eins deutete auf einen Schilderwald. „Ein Kilometer", sagte er. „Ist gut ausgeschildert."

„Viel Glück", wünschte Uwe zwei. Und die vier gingen weiter.

Ich marschierte zum Bahnhof. Und dachte wieder an Jürgen, daran, dass ich Mama angespuckt hatte, und an alles andere, das mir die Schwarze immer in den Kopf spuckte.

Aber nicht mehr daran, dass ich eine Geschichte erzählt hatte.

Das zehnte Unglück

Ich stand auf dem Bahnsteig, wartete auf den ICE nach Freiburg und verspeiste den zweiten Hamburger. Ich hasste Freiburg und Freiburg hasste mich. So viel zur Heimat. Ich würde Vater wiedersehen und ihn wieder die Treppe hochschaffen. Denn Mama hatte ich nicht gefunden. Und sie war davongelaufen, weil ihr Sohn sie verjagt, angespuckt hatte.

Mein Hemd war zerknittert. Mein Pullover stank nach Rauch und Schweiß. Jeder konnte riechen, dass ich mich seit Tagen nicht mehr gewaschen und die Kleidung nicht gewechselt hatte.

Die Reeperbahn war ein Fehlschlag gewesen. Ich wusste immer noch nicht, wo Mutter lebte. Ich wusste, wie die Huren auf der Reeperbahn aussehen, wie sie Freier ansprechen und wie es ist, an einer langen Reihe von Frauen vorbeizugehen, die dich mustern, ansprechen und anmachen.

„Du verführst kleine Mädchen", sagte die Schwarze.

„Und dir fallen Geschichten ein", ergänzte Xanger.

„Erst wenn die richtigen Frauen fort sind", lachte die Schwarze.

Der ICE hielt und ich stieg ein, wartete auf den Schaffner und ging an ihm vorbei zur Toilette. Dort zog ich mich aus und wusch mich. Das ist nicht einfach in der engen Toilette, aber es geht. Ich verbrauchte tausend Papiertücher, mit denen ich mich wusch, und weitere zweitausend, um mich abzutrocknen. Sie kratzten.

Dann kehrte ich zurück in den Wagen und setzte mich, der Schaffner war schon weitergegangen.

In Hannover hatte der Zug bereits über zwanzig Minuten Verspätung: Der Zugchef bat um Verständnis und bedankte sich artig, bevor jemand es ihm verweigern konnte. Dann wiederholte er alles auf Englisch. Er schloss seinen Text mit dem Satz: „Please observe the Lautsprecherdurchsagen on the platform."

Der Mann auf dem Sitz vor mir lachte und sagte: „Heutzutage musst du alles auf Englisch wiederholen, wegen der Globalisierung. In ein paar Jahren werden sie Deutsch abschaffen und durch Englisch ersetzen. Das wird die Wettbewerbsfähigkeit Deutschlands enorm erhöhen. Und alle Landkarten müssen sie neu drucken und ‚Deutschland' durch ‚Englishland' ersetzen. Alle in Englishland müssen dann Englisch reden."

„Nö", sagte sein Nachbar, „Sie werden Java statt Deutsch einführen wegen der Computer.

if on_the_platform

then get_new_information

‚Javaland' klingt viel besser als ‚Englishland'. Das bringt mehr Wettbewerbsvorteile. Bloß werden die anderen auch Java einführen, und was dann? Dann gibt es hundertfünfzig javanische Kanzler und keine Wettbewerbsvorteile mehr. Der Einzige, der nicht javanischer Kanzler wäre, wäre dann der französische Präsident. Die schaffen Französisch nämlich nie ab, egal welche Wettbewerbsvorteile das brächte."

„Die spinnen, die Gallier", sagte ich. Die beiden drehten sich um und lachten. So überhörte ich, dass der Schaffner wieder den Wagen betreten hatte.

Auf einmal stand er neben meinem Sitz und fragte: „Noch zugestiegen?"

Ich schüttelte einfach den Kopf und schaute aus dem Fenster. Die riesige Person sah mich zweifelnd an.

Ich war gefangen. Sie stand im Gang, sodass ich unmöglich fliehen konnte.

Das alles überlegte ich und suchte nach weiteren Fluchtmöglichkeiten.

Aber der Schaffner ging weiter.

Er hat mir geglaubt, jubelte ich im Stillen, ich habe ihn überzeugt!

Ich hatte Nerven wie Stahlseile! Ich konnte jeder Gefahr ins Auge sehen!

Nichts konnte mich aus der Bahn werfen. Nicht mal ein Schaffner. Die Bundesbahn würde mich fahren, wohin ich wollte. Deutschland gehörte mir und ich würde Mutter finden.

In Freiburg stieg ich aus.

Zu Hause saß Vater am Küchentisch, den unvermeidlichen Kaffee vor sich, und starrte mich an.

„Sie suchen nach dir. Wo warst du?"

„Weg."

„Du solltest zurückgehen. Sie werden dich in Welkenraedt wieder aufnehmen. Du sollst dir keine Sorgen machen."

„Ich mach mir keine Sorgen."

Ich machte mir aber doch Sorgen.

„War die Polizei da?", fragte ich.

Vater sprang auf: „Was hast du ausgefressen?"

„Nichts", sagte ich und ging ins Bad.

Ich duschte, danach stopfte ich die schmutzige Wäsche in die Waschmaschine und suchte mir ein Hemd, das nicht aussah, als wolle es den deutschen Knitterwettbewerb gewinnen.

In der Küche saß Vater vor seinem Kaffee und starrte in die Tasse, als sähe er dort meine oder seine Zukunft.

„Ich bin kein guter Vater", flüsterte er, ohne aufzusehen. „Ich sollte aufhören zu trinken."

Dazu sagte ich lieber nichts. Ich setzte mich zu ihm an den Küchentisch. Nach langen Schweigeminuten fuhr er fort: „Geh zurück ins Heim. Das ist das Beste für dich."

Ich schüttelte den Kopf.

„Sie sagen, ich soll anrufen, wenn du wieder hier auftauchst. Sie wollen, dass du zurückkommst."

„Wirst du anrufen?"

Er hob den Blick. Früher hatte er starke, ruhige Augen gehabt. Sie hatten mir Sicherheit gegeben, würden mich immer beschützen, zumindest hatte ich das geglaubt. Da wusste ich noch nichts vom „Bären" und von Vaters Unfall. Da wusste ich nichts von Huren und wie schnell Menschen sich ändern und weglaufen. Und nicht, dass es Schwarze Damen gibt, die Köpfe beherrschen.

Vater griff nach meiner Hand und drückte sie. „Ich werde nicht anrufen. Aber es wäre besser, du würdest zurückgehen."

Plötzlich waren seine Augen wie früher.

Dann starrte er wieder in seine Tasse und schwieg.

„Ich sollte nicht trinken", murmelte er schließlich, stand auf, griff seinen Stock und verließ die Wohnung.

Ich blieb allein am Küchentisch zurück. Ich wollte nicht ins Heim, ich wollte Mutter finden. Bloß wie?

Vorgestern hatte ich Hoffnung gehabt und heute nicht mehr. Vater saß am Tisch und trank Kaffee. Alles war wie immer.

Ich überlegte, ob ich nicht doch ins Heim sollte, hatte aber nicht die geringste Lust dazu. Stattdessen ging ich in die Stadt und lief ziellos durch die Straßen. Am Kaiserplatz saßen zwei aus dem Pius. Sie grüßten mich höhnisch. Ich beachtete sie nicht.

Im MediaMarkt klaute ich eine CD. Im Rombach ließ ich drei Science-Fiction mitgehen. Richtig freuen tat es mich nicht. Irgendwann würde mich einer erwischen. Dann käme ich wieder ins Heim und würde wieder ausbrechen.

„Du wirst in den Knast einfahren", hörte ich Xanger.

That's life, dachte ich.

Nachmittags ging ich in den A+C Markt. Ich schaute mir die Preise der Sektflaschen an und nahm die teuerste. Steckte sie ein und bezahlte an der Kasse ein Mars. Kein Detektiv sprang mir nach. Auf der Straße öffnete ich die Flasche und nahm einen Schluck. Es schmeckte widerlich. Ich trank trotzdem weiter.

Die Golden Star trieb als Wrack durchs All. Sie war tot und verloren.

*

Bremsen quietschten. Ich trieb nicht im Weltraum, ich stand auf einem Fußgängerüberweg, wenige Zentimeter vor der Schnauze eines BMW. Der Fahrer ließ das Fenster runter.

„Hast du keine Augen im Kopf, du Dödel?"

„Das ist ein Zebrastreifen!"

„Du bist mir ins Auto gelaufen!"

Ich schaute auf die Sektflasche, schaute auf den Fahrer und schleuderte die Flasche gegen sein Fenster. Sie traf den Türholm, klatschte auf den Asphalt und zersplitterte.

Ich rannte los.

„Du Wichser!", brüllte der Fahrer, startete mit quietschenden Reifen, aber verfehlte mich knapp. Er wendete, andere Autos hupten und er bog hinter mir in die Fußgängerzone ein. Ich sprang in die Gravensteiner Passage, dorthin konnte er mir nicht folgen. Eine Autotür schlug zu. Ich wetzte um eine Ecke und bog in einen Hinterhof ein. Er hatte einen weiteren Ausgang zur Belfortstraße. Ich hatte meinen Verfolger abgehängt und rannte trotzdem weiter, bis ich zu Hause war.

Ich schloss die Wohnungstür auf, ging an Vater vorbei in mein Zimmer und beantwortete seine Frage „Was ist los?" nicht. Ich war schweißnass, zog mir Hemd und Unterhemd aus und warf mich aufs Bett. Bald würde es an der Tür klingeln und die Polizei davorstehen.

Aber niemand klingelte.

Auch am nächsten Tag nicht.

Nachts träumte ich von einem Mann, der sah wie Jürgen aus, der früher mein Freund war.

„Schlangen können nur Ziele sehen und angreifen", sagte er, „die sich bewegen. Wenn du dich nicht bewegst, können sie dich nicht beißen." Der Mann schaute mich an und lächelte.

Ich blieb starr liegen. Die Schlange lag neben dem Kopfkissen. Sie bewegte sich nicht, nur ihr Kopf pendelte dreißig Zentimeter vor meinem ruhelos hin und her. Schweißtropfen liefen meine Stirn hinab.

Die Schwarze sagte: „Kobras sind extrem giftig."

Plötzlich dachte ich: Ich kann nicht die ganze Nacht hier liegen, ohne mich zu bewegen. Irgendwann werde ich die Beherrschung verlieren und dann stößt sie zu.

Ich spannte meine Hände und griff, so schnell ich konnte, zu. Ich packte sie hinter dem Kopf. Aber ich war nicht schnell genug. Sie biss mich ins Handgelenk. Sie nährte sich von meinem Blut und wurde dicker und dicker. Ich konnte sie immer schwerer halten. Ihr langer Körper peitschte hin und her und dann versuchte sie, mich zu umklammern und zu erdrücken.

Ich hörte die Schwarze lachen, sie stand am Fußende des Bettes.

Schweißgebadet wachte ich auf. Ich wagte nicht, mich zu rühren, ich war überzeugt, die Schlange kroch langsam an meinem Bein hoch. Ich konnte sie spüren. Dann warf ich die Decke von mir, sprang auf, schüttelte meine Hose und zog sie aus.

*

„Warum fliegst du nicht nach Orada zurück?"

Das Schweigen war lang wie eine Riesenschlange. Mir tat es schon leid, die Frage gestellt zu haben. Ich hab ihn vertrieben, dachte ich. Dann sagte er: „Orada ist weit. Ich müsste erst zum Schwalbenschwanz, dann von dort zurück zum Zentrum. Ein Jahr flöge ich mindestens. Wenn die Verbindungen sich nicht verschlechtert haben. Manchmal sind Röhren zu."

„Aber deine Kinder?"

„Ich darf mich ihnen nicht mal nähern. Gerichtsbeschluss. Was soll ich da auf Orada?"

„Gerichtsbeschlüsse lassen sich ändern."

„Kincha lässt das nie zu."

„Menschen ändern sich. Manchmal ändern sie sogar ihre Meinung."

Xanger lachte. Ich hätte mir in die Zunge beißen können. Jetzt kaufte ich auch schon im Sprücheladen für Erwachsene ein.

Später blätterte ich in der Zeitung.

Zeugen gesucht, dahinter die Telefonnummer des zuständigen Polizeireviers, das erwartete ich zu lesen, fand aber nichts. Ich traute mich nicht, die Wohnung zu verlassen. Die Milch war alle und ich aß Müsli mit Wasser. Es schmeckte widerlich.

Vater schaute mich nachdenklich an, dann fragte er.

„Was ist los?"

„Was soll los sein?"

„Du stürzt dich jeden Morgen auf die Zeitung, als gehe es um dein Leben. Du gehst nicht aus dem Haus, nicht mal zum Einkaufen. Du isst keine Brötchen, weil du keine Brötchen kaufst, und auch kein Brot. Stattdessen isst du Müsli mit Wasser, weil keine Milch mehr im Kühlschrank ist. Da frag ich mich: Was ist los?"

„Kein Geld zum Einkaufen."

Er holte einen Zwanziger hervor und legte ihn vor mich hin. Das Ganze musste ihn wirklich beunruhigen.

„Nun?"

„Was nun?"

„Gehst du einkaufen?"

Ich nahm den Zwanziger und steckte ihn ein. Missmutig stand ich auf. An der Tür zog ich mir den Anorak über.

„Die Sonne scheint", bemerkte Vater.

„Wer kennt schon die Zukunft?", antwortete ich und verließ die Wohnung mit Wackelpudding in den Knien.

Als ich aus dem Haus trat, zog ich den Reißverschluss des Anoraks zu und schlug den Kragen hoch, um wenigstens die Mundpartie zu verbergen. Die Leute sahen mich komisch an.

„Sind Sie krank?", fragte die Kassiererin im Supermarkt.

Ich nuschelte Unverständliches und floh.

Zu Hause warf ich das Wassermüsli weg und strich mir ein Brötchen. Vater hörte nicht auf, mich zu mustern.

„Was hast du ausgefressen?", wollte er wissen.

„Müsli mit Wasser."

„Hör auf, Witze zu machen!", brüllte er. „Du gehst noch heute zurück ins Heim!"

„Ich will nicht ins Heim."

Das Telefon klingelte. Vater nahm ab. Ich riss ihm den Hörer aus der Hand und feuerte ihn auf die Gabel. Vater schaute mich an.

„Daniel", sagte er schließlich, „geh zurück. Bitte! Gib mir das Telefon. Ich ruf sie an. Ich kann dir nicht mehr helfen."

Ich nahm den Briefkastenschlüssel und holte die Post. Zwei Reklamesendungen.

Vater redete leise in der Küche. Ich sprang auf, schnappte den Brief und ging zu ihm. Gerade legte er den Hörer wieder auf.

„Du hast im Heim angerufen?"

„Ja."

Ich könnte ihn umbringen. Ich würde das große Messer aus dem Messerblock holen und es ihm in die Brust stoßen. Die Küche würde in Blut schwimmen. Meine Geschichte würde ich ans Fernsehen verkaufen. Für jedes Interview tausend Mark verlangen. Würde berühmt als der Vaterschlächter von Freiburg.

Dann schnappte ich mir meinen Anorak und lief aus der Wohnung.

Die dritte Suche

Ich hatte nicht mal mehr zwei Mark. Wo konnte ich Geld auftreiben? Mein Versteck im Schrank, in dem ich das Wechselgeld aus den Einkäufen aufbewahrte, war leer. Ich hatte es geplündert, bevor ich nach Hamburg gefahren war.

In Vaters Zimmer fand ich nichts.

Wir hatten Monatsanfang und Vater musste Geld haben. Ich stieg die Treppe runter in den „Bären", hoffte, dass Vater in guter Stimmung war und noch nicht viel getrunken hatte. Ich hatte Glück. Er gab mir einen Zwanziger.

„Mach dir einen schönen Abend", sagte er. „Überleg es dir mit dem Heim. Das wäre das Beste für dich."

Warum konnte es nicht immer so sein? Mit Vater normal reden. Dass ihm ein, zwei Bier am Abend genügten, von mir aus auch ein Korn. Und dass er dann zurück ins Haus kam und Mutter begrüßte und am nächsten Morgen saßen wir alle am Frühstückstisch.

„Du wolltest, dass sie sich verpisst", sagte die Schwarze Dame.

Fiel ihr nie was Neues ein?

Um Mitternacht würde ein besoffener Mann die Treppe hinauftorkeln. Der mein Vater gewesen war. Und am Morgen würde keine Mutter das Frühstück machen. Ich würde Brötchen holen müssen. Und Mutter nie wiedersehen. Dafür in einem Erziehungsheim enden. Als Idiot unter Idioten.

„Und wenn du es doch versuchst?", fragte Xanger.

„Was denn?"

„Deine Mutter zu finden."

Ich lachte, aber ohne Freude. Wie stellte er sich das vor. Einer, der nicht mal mehr Mathe konnte, der nicht das Mathebuch lesen konnte, ohne sofort alles zu vergessen, soll seine Mutter unter 80 Millionen finden? Ich konnte nichts tun. Das und eine Schwarze Dame in meinen Gedanken war meine Zukunft.

„Manche Dinge kannst du nicht ändern", hatte Mutter immer gesagt, wenn ich wütend gewesen war. Sie hasste meine Wutanfälle und Streit. Wenn ich es recht überlegte, hasste sie 'ne Menge Sachen.

„Warum suchst du sie dann?", fragte Xanger in meinem Kopf.

„Tu ich gar nicht mehr. Ich mach mich nicht länger lächerlich", sagte ich. Obwohl …

Ja, es war lächerlich. Und hoffnungslos. Und doch gab es irgendwo in mir, an einer Stelle, die die Schwarze nicht besetzt hatte, eine kleine Flamme, die noch glomm.

Mir fiel ein, dass Xanger seine Frau geschlagen und sie deshalb verloren hatte. Verdammt, ich war nicht der liebe, kleine Daniel, der die Welt anlächelte, so sehr die Welt sich das auch wünschte.

„Versager wünschen, Männer handeln", der Spruch stammte von meinem Vater. Ich wünschte mir gar nichts mehr, außer, dass alles vorbei wäre. Vater handelte auch nicht mehr. Und was wünschte er sich? Außer im „Bären" zu sitzen und sich volllaufen zu lassen?

Dass ich ein Versager war, das ging mir immer im Kopf rum. Abends im Bett, wenn ich nicht schlafen konnte, morgens, wenn ich nicht aufstehen konnte. Und immer stand dann die Schwarze Dame in der Ecke. Heute weiß ich, dass sie Wünsche schluckt wie andere Pralinen. Und wenn du keine Wünsche mehr hast, ist sie glücklich.

Irgendwann würde man mich ins Heim bringen. Mit der Schwarzen Dame. Und ohne Vater und ohne Mutter.

Ich blieb im Bett liegen, bis in den späten Abend. Dann ging ich runter.

Kalle kam mit Vater aus dem „Bären". Der stützte ihn mit dem rechten Arm.

„Hilf mir", sagte er. Und ich griff zu. Vater legte mir den Arm um den Hals. Und zusammen mit Kalle schleifte ich ihn die ächzenden Holzstiegen hoch und wir legten ihn auf sein Bett. Ich nahm die Decke und deckte ihn zu.

Was würde er machen, wenn ich nicht da wäre? Was hatte er gemacht, als ich in Hamburg gewesen war? Hatte Kalle ihn immer allein hochgeschafft? Oder konnte Vater nach oben steigen, wenn ihm niemand half? Trotz Suff?

„Hast du was von deiner Mutter gehört?", fragte Kalle. „Ein Brief?"

Ich schüttelte den Kopf und biss mir auf die Zunge. Vom Chez Nicole wollte ich nichts erzählen, von der lächerlichen Reeperbahnaktion erst recht nicht. Er würde mich auslachen.

Das ist ein Trick der Schwarzen Dame: Sie jagt dir Angst ein. Alle werden dich auslachen. Also besser den Mund halten.

„Da konntest du plötzlich reden, in Hamburg, Käpt'n", sagte Xanger. „Vergiss das nicht."

„Du warst weg", sagte Kalle. „Hast du sie gesucht?"

Ich schüttelte den Kopf.

Aber Xanger saß noch in meinem Kopf. Dort, in dem Teil, den die Schwarze nicht besetzt hatte. Und dort drehte sich ein Gedanke: Wo ist Mutter?

Sofort tauchte ein anderer schwarzer Gedanke auf, „Finde dich ab, du kannst nichts", und hüllte mich ein.

Füllte meinen Kopf mit schwarzem, kaltem Wasser. Die Kälte tropfte in alle meine Knochen. Und ließ nur einen Gedanken übrig: Du wirst sie nicht finden. Hoffentlich ist dein albernes Leben bald vorbei.

Die nächsten Tage schlief ich lang. Vater versuchte nicht, mich zu wecken. Nicht mal die Stadtbücherei suchte ich auf und lieh mir Bücher aus. Wenn ich ausging, würde man mich erkennen und wegbringen.

Da würde ich im geschlossenen Heim landen. Im Erziehungsknast. Nur einmal am Tag auf den Hof gehen. Wieder ein Schwarzer-Dame-Gedanke.

„Es gibt keinen Erziehungsknast, Käpt'n", sagte Xanger.

Xanger säte Träume in meine Gedanken. Wünsche. Ich musste ihn abschalten, er sah die Wirklichkeit rosarot. Natürlich gab es einen Erziehungsknast.

„Halten Sie die Klappe, Officer", sagte ich. „Das ist ein Befehl!"

Nicht mal „Aye, aye, Sir", sagte er. Sondern verschwand einfach. War fort.

Die Schwarze Dame konnte ich nicht abschalten. Sie hatte meinen ganzen Kopf mit Beschlag belegt. Ich konnte nur denken, was sie mir vorgab. Tun, was sie zuließ. Zur Toilette durfte ich gehen, daran hinderte sie mich nicht. Vermutlich wollte sie nicht im Nassen liegen.

Sie war die Herrin in meinem Kopf und alles hörte auf ihr Kommando.

Nachts rief Kalle an und ich ging runter und wir schafften Vater die Treppen hoch. So vergingen Tage.

Bis eines Abends Kalle seine Inquisition fortsetzte: „Wo hast du sie gesucht?"

Ich zuckte mit den Schultern.

„Is' ja nichts, für das du dich schämen musst. Selbst wenn du an den falschen Stellen gesucht hast."

Ich antwortete nicht. Lächerlich machen wollte ich mich nicht. Ich brachte Vater ins Bett, deckte ihn zu und Kalle saß am Tisch.

„Was hast du gemacht, als du ausgebüxt bist?", fragte er. Und ich schüttelte den Kopf, ging in mein Zimmer und kroch unter die Decke.

An Niederlagen sollte man sich nicht erinnern. Wenn ich es zugäbe, verlöre ich Achtung und Respekt vor mir selbst.

Dabei dachte ich die ganze Nacht an die verrückte Aktion mit der Reeperbahn und an Jürgen, den ich verprügelt hatte, und wünschte, ich könnte beides rückgängig machen und alles andere auch und weiterschlafen. Richtig schlafen. Nur lässt die Schwarze einen nicht schlafen, sondern sendet dir einen Gedankenkreisel in den Kopf, der dich wachhält, obwohl es immer derselbe ist. Mutter angespuckt, Jürgen verprügelt, Messer gezogen und ... ach ja, das mit Uwe war keine gute Idee und die Reeperbahn ...

Am nächsten Morgen schlief ich dennoch kurz ein. Als ich aufwachte, starrte ich die Decke an. Sie war gelblich-grau. Die Wohnung war heruntergekommen.

Alles tat mir weh. Ich blieb liegen. Die Schwarze ließ mich nicht aufstehen. Die Zimmerdecke wurde immer grauer. Alles im Zimmer ergraute. Selbst die Science-Fiction auf dem Bücherbord verloren alle Farbe.

Am Abend wollte ich Vater aus dem „Bären" holen. Auch er war grauer geworden.

„Du musst ihn heute allein hochschaffen"; sagte Kalle. „Das ist nicht meine Aufgabe."

„Und wenn ich es nicht schaffe?"

„Dann leg ihn auf die Straße. Hier in der Kneipe ist jetzt Schluss. Ich bin nicht die Heilsarmee."

Ich führte Vater zur Treppe. Mit dem Fuß suchte er die Treppenstufe, trat aber daneben. Er riss mich fast um, zum Glück konnte ich mich an der Mauer abstützen.

„Eine Stufe", sagte ich.

Und, oh Wunder, er setzte den Fuß auf die erste Stufe. Unsicher schwankte er, ich musste ihn halten, sonst wäre er gestürzt.

„Den anderen auch", verlangte ich. Er schaute mich hilflos an.

„Anderen Fuß auf die Treppe!"

Gehorsam setzte er den nächsten Fuß auf die Treppenstufe.

„Und noch eine Stufe."

Wieder gehorchte er, brav wie ein Lämmchen.

Langsam schafften wir die Treppe. Oben steuerte ich ihn ins Bett. Warf ihm die Decke zu, aber deckte ihn nicht zu. Doch das schaffte er, oh Wunder, allein.

Stolz war ich. Er hatte gehorcht. Ich war wieder der Käpt'n. Nicht von der Golden Star, aber von meinem Vater.

„Officer", sagte ich, „wir haben es geschafft!"

„Gut gemacht", sagte Xanger.

Wie hatte er sich an der Schwarzen vorbeigeschlichen? Die hatte doch mein Hirn ganz unter ihrem Kommando?

*

Am nächsten Morgen sagte Xanger: „Du hast nichts mehr zu lesen." Und ich stand auf und ging in die Stadtbibliothek.

Ich lieh mir ein Buch namens „Fanny Hill – die Geschichte eines Freudenmädchens" aus.

Auf dem Rückweg fiel mir ein, dass sie meinen Bibliotheksausweis in den Computer eingelesen hatten. Sie wussten, dass ich wieder in Freiburg war.

Wär ich zu Hause geblieben und hätte nicht auf Xanger gehört, wäre das nicht passiert. Stattdessen las ich jetzt Pornos. Die Polizei würde schon vor der Haustür warten, denn jetzt wusste sie, dass ich zurück war. Auf die Schwarze hätte ich hören sollen. Nicht auf Xanger.

Ich ging nicht nach Hause, sondern zum Bahnhof. Dort setzte ich mich auf eine Bank und las. Und es war so, als hätte der Autor Mama gekannt. Ein behütetes Mädchen, die Eltern starben, das Geld ging aus, sie zog nach London, verdingte sich als Hure, weil sie sonst nichts konnte, wurde gerettet von einem Adligen, doch der war plötzlich fort. Und der Autor schrieb endlos über lange, dicke Schwänze.

Eigentlich war es Porno pur. Unten im Schritt meldete sich etwas. Warum gab es dafür keinen On/Off-Schalter?

Ich legte das Buch weg, nahm ein anderes und legte es in meinen Schoß. Mein Ständer wollte nicht weggehen. Jetzt musste ich eine Viertelstunde sitzen bleiben.

In Karlsruhe, in der Grootebucht-Straße, sitzen die Weiber halb nackt hinter Glas und machen dich an, hatte Uwe erzählt.

Ich stieg in den nächsten Zug nach Karlsruhe.

*

Ich fand einen Platz in der Wagenmitte und holte das Buch heraus. Neben mich setzte sich ein drahtiger Mann mit Dreitagebart. Er trug schwarze Jeans, ein schwarzes Sakko und ein schwarzes Hemd. Die Krawatte war silbern und hatte ein kleinkariertes Muster. Mir imponiert es, wenn sich jemand stilvoll kleidet. Der Drahtige öffnete seine Aktentasche und holte die „Zeit" heraus. Ich schaute auf das Buch, das ich in den Händen hielt. Eigentlich las ich nicht, ich wartete auf den Schaffner.

Mein Nachbar faltete seine Zeitung auf und sagte: „Für Zugreisen ist das Zeitungsformat nicht gedacht. Aber der Artikel interessiert mich."

Verdammt, ein Redner, der mich zutexten wird, dachte ich.

Aber er las nur einen Artikel über die Klimakonferenz 1995 und raschelte ab und zu mit der Zeitung.

Ich schlug „Fanny Hill" nicht auf, es lag auf meinem Schoß, die Rückseite natürlich nach oben. Ich konnte es nicht lesen, ich musste nach dem Schaffner Ausschau halten.

Das ist das Nervige am Fahren ohne Fahrschein:
Das Warten auf den Schaffner und die Angst, plötzlich steht er vor dir und fragt nach dem Fahrschein, den du nicht hast.

Hinter mir ertönte eine Stimme. „Die Fahrscheine bitte!" Der Schaffner.

„Ich muss mal raus", sagte ich zu dem Drahtigen, stand auf und legte Fanny Hill mit der Rückseite nach oben auf den Sitz.

Der Drahtige faltete seine Zeitung zusammen und ließ mich vorbei. Ich setzte mein „Ich muss mal"-Gesicht auf und ging dem Schaffner entgegen. Er machte mir Platz und ich marschierte auf die Toilette.

Dort setzte ich mich auf die Klobrille. Hatte ja alles gut geklappt. Vor Langeweile verdrehte ich die Finger, wollte schon wieder hinausgehen, aber Xanger sagte: „Noch zwei Minuten."

Also blieb ich sitzen.

Nach zwei Minuten sagte Xanger: „Jetzt!" Und ich stand auf, öffnete die Tür und linste auf den Gang. Der Schaffner verließ gerade den Wagen. Erleichtert ging ich hinaus.

Der Drahtige schob die Beine in den Gang, um mich durchzulassen, seine Zeitung hielt er nicht mehr in der Hand. Vermutlich hatte er sie in seine Aktentasche gesteckt.

„Fanny Hill" lag mit der Vorderseite nach oben auf meinem Sitz. Dabei war ich mir sicher, dass ich es mit der Rückseite nach oben hingelegt hatte. Ich packte es, drehte es um und legte es mir in den Schoß.

Fanny Hills Eltern waren tot, sie hatte kein Geld und arbeitete als Hure. Und ein reicher Kunde nahm sie zu sich und rettete sie aus dem Elend. Weiter war ich noch nicht gekommen.

„Glaubst du, man muss was wegen dem Klima tun?", fragte mich der Drahtige plötzlich.

Also doch ein Redner. Ich zuckte die Schultern.

„Jetzt haben sie eigene Weltkonferenzen dafür. Ich bin ja gespannt, was man über das Thema in dreißig Jahren sagen wird, so um 2025. Vermutlich ist es da längst vergessen", fuhr er fort, ohne auf eine Antwort zu warten.

„Du liest interessante Bücher", sagte er dann. Aha, er hatte das Buch umgedreht.

„Zweihundert Jahre alt, aber nicht so schwülstig wie deutsche Dichter vor zweihundert Jahren. Goethe labert dagegen endlos."

Sollte sich ein Deutschlehrer neben mir niedergelassen haben, der mir eine Vorlesung über Stil und Wortwahl vor zweihundert Jahren halten wollte?

„Dickens wird dagegen weit überschätzt", sagte er. „Kennst du sein Weihnachtsmärchen?"

Ich nickte.

„Das ist die Geschichte eines Geizhalses, der sich nichts gönnt und anderen erst recht nichts. Stell dir vor, er arbeitet sogar Weihnachten. Er hat natürlich kein Hobby, keine Familie und nichts, was ihm Spaß macht. Schon gar keinen Sex, dafür redet er ständig von Liebe. Natürlich gibt es so einen Menschen nicht in Wirklichkeit."

Der Drahtige drehte sich im Wagen um und machte eine Geste, die die anderen Passagiere mit einschloss. „Siehst du einen? Einen Einzigen, der nie seine Arbeit liegen lässt, für den alles außer Geldverdienen Quatsch ist? Der nicht wenigstens ab und zu mal Sex hat? Der, wenn er keine Freundin hat, weil er zu alt oder zu hässlich ist, sich kein Mädchen kauft? Reich genug ist dieser Scrooge, so heißt er nämlich, reich genug ist er, dass er jeden Tag mit zehn Models ins Bett steigen könnte, aber nein, er gönnt sich nicht mal Weihnachten eine.

Dann erscheint unserem Geizhals Scrooge der Geist seines toten Geschäftsfreundes und beschwört ihn, sein Leben zu ändern. Was sagt er ihm? Dass er auch mal an sich denken, Spaß haben soll? Dass er sein Geld auch mal ausgeben soll, statt es zu horten wie Onkel Dagobert? Mitnichten! Der Geizhals soll bleiben, wie er ist, nur soll er statt an Arbeit auch an andere denken und Gutes tun.

Albern, nicht?"

Beifall heischend sah er mich an.

„Dann lässt Dickens drei andere Geister erscheinen, die dem armen Scrooge einheizen, dass er vor Schreck und Angst beschließt, fortan Gutes zu tun. Er kauft seinem Angestellten Kohlen, spendet für das Armenhaus und besucht seinen Neffen. Für sich selbst tut er immer noch nichts, klar, niemand ändert sich über Nacht. Das Ganze spielt nämlich in einer Nacht. Weißt du, was Dickens nicht erzählt?"

Die Antwort wartete er nicht ab. Erwachsene haben selten Zeit, die Antworten auf ihre Fragen abzuwarten.

„Dickens erzählt nicht, dass Scrooge sich doch was kauft. Für die Kohlen, die er seinem Angestellten spendet, wird er in dessen Familie eingeladen. Das Geld für die Armen verschafft ihm Ansehen. Lauter solche Sachen. Geld macht nicht glücklich, bah! Das ist der blödeste Spruch der Weltgeschichte."

Plötzlich interessierte mich, was der Drahtige erzählte. Offenbar noch einer, der den Produkten des Sprücheladens für Erwachsene nichts abgewinnen konnte.

„Dickens hat ihn erfunden und wollte, dass seine Leser ihm diese Person glauben. Aber seine Geschichte sagt was anderes. Du kannst dir mit Geld alles kaufen. Nicht nur Dinge, auch Gefühle. Gib jemandem tausend Mark und er ist dir dankbar, gib ihm hunderttausend und er wird dich lieben, versprich ihm eine Million, wenn du stirbst, und du hast einen Freund fürs Leben gefunden."

Das ist sicher kein Deutschlehrer, dachte ich. Er sah auch nicht so aus. Bloß auf was wollte der raus? Irgendwas führte er im Schilde.

„Schon die Schimpansen kaufen sich Glück. Wenn ein Schimpanse ein Weibchen möchte und das will nicht, ködert er sie mit einem Stück Fleisch. Dann lässt sie ihn ran und macht Sex mit ihm."

„Sie will das Fleisch", warf ich ein.

„Richtig, sie will das Fleisch." Er strahlte, mein Einwurf hatte ihn glücklich gemacht. „Aber was ist da der Unterschied? Der Schimpanse kriegt sein Weibchen und das ist es, was er wollte. Das Weibchen kriegt das Fleisch und das ist es, was sie wollte.

Ein griechischer Philosoph wurde gefragt, warum er mit einer stadtbekannten Hetäre zusammenlebe, sie liebe ihn doch nicht?

‚Das Hühnchen, das ich esse, liebt mich auch nicht, trotzdem schmeckt es mir', antwortete er.

Wenn du Geld hast, bist du nie allein", schloss der Drahtige seinen Vortrag.

Kurzes Schweigen.

„Ich heiße Stefan", fuhr er fort und er reichte mir seine Hand, die ich überrascht nahm. „Du kannst ‚du' zu mir sagen."

Er wartete, dass ich ihm meinen Namen nennen würde, aber da konnte er lange warten.

„Wohin fährst du?", fragte er übergangslos.

„Karlsruhe", antwortete ich, so überrascht, dass ich mein Ziel angab.

„Da steig ich auch aus", erklärte er.

Dann erzählte er mir, dass er in Karlsruhe wohne und von einem wichtigen Kunden komme, er sei freier Softwareberater, und wenn man seinem Vortrag glauben konnte, hatte er ganz sicher die EDV samt allen Apps erfunden.

Er stieg mit mir aus, ging neben mir die Treppe hinunter in die Bahnhofsunterführung. Ich hatte keine Ahnung, wie ich ihn loswerden konnte. Er wollte mir einen Kaffee spendieren. Ich sagte, ich hätte keine Zeit, und war froh, weil ich glaubte, ich sei ihn los.

Aber er verlor das Interesse an Kaffee. Stattdessen legte er mir die Hand auf die Schulter und fragte mich, ob ich wüsste, wie gut ich aussähe. Ich schüttelte die Hand ab.

„Schwänze können schön sein", sagte er. „Das steht in deinem Buch. Deiner ist sicher auch schön."

Er griff in seine Manteltasche und hielt mir einen zusammengefalteten Blauen unter die Nase.

„Für dich. Wenn du mit aufs Zimmer kommst."

Ich wurde rot. Dann schnappte ich mir den Blauen, hieb „Ich bin Stefan" die Faust in die Eier und rannte los. Im Rennen steckte ich den Schein in die Tasche. Auf dem Bahnhofsvorplatz sah ich ein Café. Ich rannte hinein und ging ganz ruhig um einige Touristengruppen herum zu einem Nebenausgang. Und schon war ich wieder draußen.

Ich war mit dem Teufel im Bunde.

„Quatsch!", hörte ich Xangers Stimme. „Du hättest zweihundert verlangen können."

„Aber hattest nicht den Mumm dafür", sagte die Schwarze.

Irgendwie erleichterte mich das.

*

Die Frauen saßen hinter Glas. Einige in knappem Bikini, dass ihre Busen fast herausquollen. Eine Dunkelhäutige trug ein kurzes rotes Kleid, halb durchsichtig. Sie öffnete das Fenster und winkte mich heran. Sie streichelte meine Wange und fragte: „Magst du reinkommen? Fünfzig Mark, Ficken, Blasen, alles?"

Ich hatte keine fünfzig Mark. Ich schluckte. Sie streichelte weiter meine Wange. Ich wäre gerne zu ihr reingegangen. Ich schüttelte den Kopf, sagte nichts, ging einfach weiter. Ich schämte mich. Im Pius hatte es Jungen gegeben, die hätten fünfhundert Mark hinlegen können.

Ich stellte mir vor, wie das gewesen wäre, wenn ich fünfzig Mark gehabt hätte. Dann hätte ich mit einer Frau geschlafen. Ich wüsste, wie das wäre, könnte mitreden, wenn andere davon erzählten.

Ich marschierte die Grootebucht-Straße entlang, nicht zu dicht an den Fenstern, denn die Frauen machten mir Angst. Ich warf immer nur kurze Blicke zu den Fenstern. Sie sollten nicht sehen, dass ich hinschaute. Einige winkten mir zu. Eine lüftete ihr Oberteil, spielte mit ihrem Nippel und lächelte mir zu. Ich schaute schnell weg und vergrößerte den Abstand.

Wenn ich Geld hätte ...

Aber ich hatte keins. Vielleicht war das gut so. Sonst wäre ich zu ihr gegangen und sie hätte gemerkt, dass ich noch nie eine Frau geküsst, geschweige denn mit einer geschlafen hatte. Sie hätte die fünfzig Mark genommen, mich ausgelacht und ich hätte keinen hochgekriegt.

Am Ende der Straße kehrte ich um und ging langsam zurück. Wenn ich Geld hätte, welche würde ich wählen? Das war ein verrücktes Gefühl, all die Frauen hinter Glas, die mir zulächelten.

Würde jemals eine Frau mit mir schlafen wollen, ohne dass ich dafür zahlte? Wenn ich gut in der Schule wäre, könnte ich studieren und viel Geld verdienen und dann wäre das alles kein Problem mehr. Aber die Zeiten waren längst vorbei.

Und plötzlich fiel mir ein: Ich hatte ja Geld. Dank Stefan! Dank Stefan würde ich heute erstmals mit einer Frau schlafen. Welche sollte ich wählen? Ich griff in die Hosentasche, der Schein fühlte sich neu an, knisterte. Heute weiß ich, wie schnell man so etwas verdrängen kann. Mit fünfzehn. Und mit einer Schwarzen Dame.

Die mit den Nippeln sah scharf aus. Bald kam ich wieder an ihrem Fenster vorbei. Blieb stehen. „Feigling", sagte die Schwarze Dame. „Feigling!"

Die Frau hinter dem Fenster zeigte wieder ihre Nippel. Sie lächelte. Ich fand sie nett und versuchte, auch zu lächeln. Mit Lächeln tue ich mich schwer. Ich bin kein Lächler, irgendwie habe ich immer das Gefühl, ich täusche etwas vor, wenn ich lächle. Tue so, als ob es keine Schwarze Dame in meinem Kopf gäbe, die nie lächelt.

Sie winkte mir zu.

Plötzlich sah ich Mama in dem Fenster, wie sie ihren Bademantel öffnete. „Blasen, Ficken, alles für nur fünfzig Mark", flüsterte sie. Oder war das die Schwarze Dame, die mir das zuflüsterte?

Ich ging schnell weiter. Hörte Gelächter hinter mir. Dann rief eine: „Bist wohl aus dem Osten und willst nur gucken?"

„Sie lachen dich aus", sagte die Schwarze Dame in meinem Kopf. „Hab ich es dir nicht gesagt?"

Schließlich war ich wieder dort angekommen, wo ich in die Grootebucht-Straße eingebogen war. Die Schwarze dort im Fenster quatschte mich wieder an.

„Sag mal, Junge, was suchst du hier eigentlich? Offenbar keinen Fick, oder?"

Mir fiel Mutter ein.

„Ich such 'ne Frau", sagte ich.

„Frauen gibt's hier jede Menge."

Sollte ich es ihr sagen?

Ich dachte an Hamburg und die vier Mark, die mir eine Dame gegeben hatte.

Die Huren hier würden mir keine vier Mark geben. Und erst recht keinen kostenlosen Fick. Wieder ein Gedanke der Schwarzen.

„Also, was suchst du?", fragte die Dunkelhäutige.

Ich druckste und stammelte: „Ich suche meine Mutter. Sie ist Hure. Vielleicht ist sie hier." Jetzt würde sie in Gelächter ausbrechen. Laut den anderen Huren zurufen: „Schaut mal alle her, hier ist ein Verrückter, der seine Mama sucht."

Aber sie lachte nicht. Sie fragte: „In welchem Haus war sie denn?"

„Haus?"

„Na, hinter welchem Fenster hat sie auf Freier gewartet?"

„Sie war im Chez Nicole, aber da ist sie nicht mehr. Ich dachte, vielleicht ist sie hier."

Sie lachte und musste husten.

Sie lachte mich aus. Die Schwarze hatte mich zu Recht gewarnt.

Die Frau im Fenster sagte: „Weißt du, wie viele Huren es in Deutschland gibt? Warum soll sie grade hier sein?"

Ich wurde rot und zuckte mit den Schultern. Zu meiner Überraschung begann sie, mit abgesoffener Bluesstimme leise zu singen:

„Weißt du, wie viel Huren stehen,
an der Straßen langem Rand?
Gott der Herr hat sie gezählet,
dass ihm auch nicht eine fehlet,
aus der großen, großen Zahl.
Aus der großen, großen Zahl.

Die Zahl kennt wirklich nur der liebe Gott. Und das Finanzamt. Mein Großvater hatte noch Pferd und Ziegen. Das Pferd ist weg und die Ziegen auch. Den Schuhmacher und den Stellmacher, den Schmied und alle anderen Berufe, die es früher gab, haben sie wegrationalisiert.

Nur die Huren sind geblieben. Selbst die Spione gibt's nicht mehr, die Arbeit tun heute Spionagesatelliten und Hacker."

Sie schüttelte den Kopf, als sei das das größte Wunder des zwanzigsten Jahrhunderts.

„Wo kommen Sie her?", fragte ich sie. Dabei war mir klar, so dunkel, wie sie war, kam sie aus Afrika.

„Aus der Pfalz. Dort hat mein Großvater sich verliebt. In meine Großmutter, er war GI und sie Witwe und hatte einen Hof und drei kleine Kinder. Die Nachbarn haben Amis gehasst und schwarze Amis ganz besonders. ‚Amiflittchen' haben sie sie gerufen und ‚Negerhure'. Und ihn ... Ach, das willst du gar nicht wissen.

Wo hast du deine Mutter sonst noch gesucht?", fragte sie.

„In der Nachtbar, in der sie gearbeitet hat."

„Warum suchst du sie dann hier? Wenn dein Vater Pilot wär, würdest du ihn auch nicht in Fernfahrerkneipen suchen." Sie schaute mich fragend an.

„Der Türsteher sagt, sie sei nicht mehr aufgetaucht."

„Hatte deine Mutter Freundinnen?"

„Sicher hatte sie. Im Tennisclub ..."

„Das sind keine Freundinnen."

Was redete sie da? Mama liebte den Tennisclub, hatte dort ihre ganze Freizeit verbracht.

„Tennisclub sind keine Freundinnen. Nicht wirklich. Ich mein eine, mit der sie sich immer mal traf oder schrieb. Schulfreundin oder so."

„Sie ist lang schon fortgezogen. Mutter hat aber immer noch mit ihr telefoniert. Aber ich weiß nicht, wo sie hingezogen ist. Ich kenn ihre Adresse nicht."

„Du warst noch nie in einem Internetcafé? Dort wirst du fündig."

Sie hatte recht. Ich hatte Glück, dass der Name nicht häufig sein würde. Wie viele Gabi Cienfueras würde es in Deutschland geben?

„Na also, da hast du genügend Arbeit für die nächste Zeit. Vorausgesetzt, du suchst wirklich deine Mutter und es ist kein Vorwand. Ist es ein Vorwand?"

Ich bedankte mich und ging schnell weg. Nach Mutter zu suchen, war ein Vorwand geworden. So viele halb nackte Frauen, die mich anmachten.

„Sie wollen dein Geld anmachen, Käpt'n", sagte die Schwarze Dame in meinem Kopf.

Das war natürlich richtig. Trotzdem, die Schwarze im Fenster war nett gewesen.

„Netter als die in deinem Kopf", sagte Xanger.

Warum hörte ich auf die Schwarze in meinem Kopf, nicht auf die im Fenster?

Das elfte Unglück

Am Bahnhof hatte ich ein Internetcafé gesehen. Ich marschierte hin und zahlte eine Mark. Eine Bohnenstange mit langem, dickem Pferdeschwanz, dessen Länge wohl Kreativität beweisen sollte, deutete auf die vielen verwaisten Maschinen.

„Such dir eine aus."

Ich stellte meine Tasche neben die nächstgelegene Konsole.

„Wissen Sie, wo ich Telefonnummern …?"

„Telefonbuch.de", murmelte die Bohnenstange schlecht gelaunt, als wäre ich schuld, dass ich der einzige Kunde war.

Ich fand eine Gabi Cienfueras und zwei G. Cienfueras und notierte alle drei.

„Kann ich hier telefonieren?", fragte ich die Bohnenstange.

Die wies auf eine enge Zelle. Ich stürzte ans Telefon. Unter der ersten Nummer meldete sich niemand. Die zweite Nummer sagte etwas, was wie „Ola" klang.

„Ich würde gern Frau Gabi Cienfueras sprechen", sagte ich in meinem besten Ich-bin-ein-braver-Junge-Ton.

„Hablas español?"

„Nö, Spanisch is' nicht."

„Nix Deutsch", und das war's.

Ich hatte die Cienfueras nie gesehen oder gehört. Hatte Mutter mit ihr Spanisch gesprochen? Quatsch, die waren in der gleichen Klasse gewesen, also musste die Frau Deutsch können.

Der dritte Anschluss führte zu einem Anrufbeantworter.

„Guten Tag, hier ist das Allianz-Büro für ausländische Mitbürger in Hamburg. Germano Cienfueras ist im Moment nicht erreichbar. Wenn Sie eine Nachricht hinterlassen wollen, sprechen Sie nach dem Pfeifton."

Dann folgte ein Schwall von Worten, die vermutlich das Gleiche auf Spanisch wiederholten. Ich legte auf und trottete nach Hause.

Solch einen Idioten wie dich gibt es nur einmal, sagte ich zu mir. Geld ausgeben für nichts und wieder nichts. Sich vor den Huren auf der Reeperbahn und in Karlsruhe lächerlich machen. Die eigene Mutter verjagen!

Meine Selbstvorwürfe trieben mir das Blut ins Gesicht.

„Lässt du dir von der Schwarzen vorschreiben, was du zu denken hast?", fragte Xanger.

*

Abends versuchte ich die erste Nummer noch mal. Diesmal meldete sich eine junge Frauenstimme. Ich wollte wissen, ob sie in Freiburg zur Schule gegangen war. Eine ganze Weile hörte ich nichts. Ich dachte, sie hätte aufgelegt, und fragte: „Hallo, sind Sie noch dran?"

„Warum wollen Sie das wissen?", antwortete sie.

„Weil ich die Freundin meiner Mutter suche und die Adresse nicht habe."

Sie lachte. Ihr Lachen klang sehr jung. Danach war sie sicher nicht Mutters Freundin.

„Ich bin in Hannover zur Schule gegangen. Das ist zwei Jahre her, also kann ich wohl kaum die Schulfreundin deiner Mutter sein."

Sie lachte wieder. Dann fragte sie: „Wie alt bist du?"

Ich schluckte. Hielt sie mich für zwölf?

„Achtzehn", antwortete ich und versuchte, meine Stimme so tief klingen zu lassen wie möglich.

„Und warum suchst du die Freundin deiner Mutter?" Ihre Stimme klang verspielt. „Kann deine Mutter nicht selbst?"

„Was geht dich das an?", fauchte ich. Das Fauchen kam automatisch. Offenbar konnte ich die Lieber-Junge-Stimme nur kurz beibehalten. Sie würde auflegen.

Sie legte aber nicht auf.

„Hab ich dich verletzt?", wollte sie wissen.

„Du hast mich nicht verletzt."

Natürlich stimmte das nicht.

„Weißt du, ich bin am Telefon schon manches gefragt worden", kicherte sie, „aber ob ich die Freundin seiner Mutter bin, hat mich noch keiner gefragt."

Sie schwieg plötzlich, als sei ihr peinlich, was sie gesagt hatte. Das machte mir Mut. Komisch, dass es einem Mut macht, wenn ein Mädchen auch verlegen ist.

„Wie alt bist du?", wollte ich wissen.

„Du wirst neugierig." Pause. Dann sagte sie: „Zwanzig."

Ich wusste nichts mehr zu sagen.

„Na gut", sagte sie, „dann also tschüss."

Sie legte auf. Das bedauerte ich.

Hatte die Cienfueras einen neuen Namen? Hatte sie geheiratet? Mir fiel ein, dass Mutter einmal von einer Hochzeit geredet hatte.

„Gabi hat ihren Namen beibehalten", hatte sie erzählt.

Vielleicht hatte sie sich scheiden lassen, wieder geheiratet und den Namen geändert? Ach, Quatsch, überlegte ich, die Telefonnummer ist vermutlich unter dem Namen ihres Mannes eingetragen.

Den wusste ich nicht. Konnte ich ihn rauskriegen?

Und wo?, fragte ich mich. Die Cienfueras wissen nichts! Schon vergessen, du Dödel?

Ich suche morgen trotzdem, beschloss ich.

Und ich ließ den Tag an mir vorbeigleiten, aber anders als sonst fielen mir nicht wieder all die Dinge ein, die ich falsch gemacht hatte. Nein, es war gut gelaufen. Ich hatte etwas herausgefunden!

Und mit der Erinnerung an das Gespräch und den Tipp der singenden Schwarzen schlief ich friedlich ein, ohne dass mich Gedanken der Schwarzen Dame jagten. Zum ersten Mal seit langem.

Mitten in der Nacht wachte ich auf. Vater riss brummend die Tür auf. Er hatte es die Treppe ohne meine Hilfe hochgeschafft.

*

Ich saß in meinem Zimmer. Auf meinem Schreibtisch lagen die Telefonnummern der drei deutschen Cienfueras. Die Hamburger Nummer war der Versicherungsvertreter, die Hannoveraner das Mädchen, in Wiesbaden lebte die Spanierin, die kein Deutsch konnte. Ich nahm das Blatt und starrte es an. Das Mädchen in Hannover hatte eine nette Stimme gehabt. Wohnte sie allein? Hatte sie einen Freund?

Plötzlich setzte ich mich auf. Sie hieß Cienfueras. Dann hieß ihre Mutter auch Cienfueras! Und ihr Vater und ihre Tante und ...

Ich stürzte zum Telefon und wählte ihre Nummer. Niemand hob ab. Ich ließ es lange klingeln, irgendwann wurde die Verbindung getrennt und nur noch das Besetztzeichen war zu hören.

Beim ersten Versuch hatte ich sie abends erreicht. Ich musste warten.

Abends versuchte ich es erneut. Wieder hörte ich ihre Stimme. Ihre Mutter hieße Lenzen, sie habe sich von ihrem Vater getrennt und einen Deutschen geheiratet.

„Ich habe den Namen behalten. Komisch ist das, wenn alle in deiner Familie anders heißen."

„Und dein Vater?"

„Lebt in Spanien, glaub ich zumindest. Hab schon lange nichts mehr von ihm gehört." Ihre Stimme klang abweisend. Sie müsse Schluss machen, sagte sie. Mir könne sie nicht weiterhelfen.

Niemand konnte mir helfen. Ich starrte auf das Blatt mit den Nummern. Vor kurzem war ich noch sicher gewesen, eine neue Spur gefunden zu haben. Aber das war nur ein Traum. Das Leben ist manchmal ganz schön beschissen.

Ich kehrte in mein Zimmer zurück, schnappte mir „Fanny Hill" und legte mich aufs Bett. Aber das befriedigte mich auch nicht.

Schließlich warf ich das Buch auf den Boden. Ich nahm das Blatt mit den Telefonnummern und zerriss es. Die Fetzen warf ich in den Papierkorb.

Ich legte mich zurück aufs Bett und starrte die Decke an. Das Internet war ein Fehlschlag und das Chez Nicole auch.

Ich wusste nicht, wie ich Mutter finden konnte. Ich hatte meinen einzigen Freund zusammengeschlagen. War wegen Messerstechereien verhaftet worden. Ich war am Ende. Ich sehnte mich nach Xangers Stimme, auch wenn das hieß, dass ich verrückt war. Wer sich mit einem Mann unterhält, den er erfunden hat und der nur in seiner Fantasie existiert, der ist verrückt. Das ist mal sicher.

Und Xanger meldete sich nicht. Scheiße!

Später schlief ich ein. Ich träumte von einem riesigen weißen Raum, durch den ich trieb. Er war überall weiß, sonst gar nichts. Keine Ecken, keine Kanten, keine Struktur, nur Weiß um mich herum. Ich musste eine Stadt finden, aber wie konnte ich das in einem Raum, der nichts als Weiß zu bieten hatte?

Ich wachte auf und der weiße Raum war fort. Stattdessen war alles grau. Der Wecker zeigte 6:32 Uhr. Die Ziffern sahen aus wie riesige, rote Augen.

„Du musst ihr nicht alles glauben", sagte plötzlich Xanger.

„Was muss ich nicht …?"

„Du glaubst der Schwarzen alles und redest ihr alles nach."

„Ich habe alles vermasselt."

„Die Vergangenheit ist vergangen. Die Vergangenheit kannst du nicht ändern. Aber das Heute schon." Wieder ein Spruch aus dem Sprücheladen für Erwachsene.

Trotzdem sprang ich auf und durchwühlte den Papierkorb. Ich fand die Papierschnipsel mit den Nummern und die Telefonnummer der Spanierin, die kein Deutsch sprach.

Vater klopfte an die Tür und rief: „Aufstehen!"

Ich schloss die Tür auf, sauste an ihm vorbei zum Telefon und wählte die Nummer.

„Was ist los?", wollte Vater wissen.

„Cienfueras", meldete sich eine Stimme.

„Sie sind in Freiburg zur Schule gegangen?", fragte ich.

Lachen. „Ja. Warum?"

Dann: „Wer ist dort? Was wollen Sie überhaupt?"

„Sie kennen Silja Walters?"

Schweigen. Lange. Mir sank das Herz in die Hose. Dann fragte sie: „Sie sind Ihr Ex-Mann?" Die Stimme klang feindlich.

„Ich bin ihr Sohn. Bitte, wo …"

„Ich weiß nicht, wo sie lebt. Sie hat sich drei Jahre lang nicht mehr bei mir gemeldet. Tut mir leid, Daniel."

Sie erinnerte sich an meinen Namen!

„Können Sie mir nicht …"

„Gar nichts kann ich", unterbrach sie mich. „Ich weiß nicht, wo Silja lebt. Hörst du mir nicht zu?"

„Doch. Können Sie mir vielleicht …"

„Nein. Ich kann dir nichts sagen, weil ich nichts weiß. Du rufst sehr früh am Morgen an. Tschüss!"

Sie legte auf.

Ich saß neben dem Telefon und starrte den Hörer an. Er war rot und hatte einen kleinen Kratzer. Ich saß lange da. Die Cienfueras hatte ich gefunden. Nur half mir das nichts. Sie wusste so wenig wie ich, wo Mutter lebte. Wieder ein Reinfall.

Vater starrte mich an. Dann ging er zur Kaffeemaschine. Während des ganzen Frühstücks sprach er kein Wort und schaute mir nicht in die Augen. Er starrte in seine Kaffeetasse.

Ich ging in mein Zimmer, setzte mich hin. Wieder kam die Erinnerung an all das, was ich versemmelt hatte. Wie in einem Karussell kreisten die Ereignisse in meinem Kopf. Ich hatte mich und meine Welt zerstört, ich war gescheitert.

Auch der Schmerz kam zurück. Der Schmerz im ganzen Körper, der kam, wenn ich mich erinnerte. Die Schwarze! Sie stand wieder in der Ecke. Ich wollte aufstehen, blieb aber sitzen. Und starrte die Wand an.

„Du siehst die Welt mit den Augen der Schwarzen", sagte Xanger. „Weiß die Cienfueras wirklich nichts über deine Mutter?"

„Wenn sie's doch sagt", brummte ich. Trotzdem war ich froh, seine Stimme zu hören.

„Mit wem redet deine Mutter?", fragte Xanger.

„Du nervst!"

„Mit wem redet deine Mutter, wenn nicht mit ihrer Freundin?"

Hatte Xanger recht? Wusste die Cienfueras doch, wo Mutter lebte?

Ich sprang auf und verließ die Wohnung. Mir fiel der Bibliotheksausweis ein. Wegen meiner Buchausleihe mit dem Ausweis wussten die vom Jugendamt, wo sie mich fangen konnten. Warum kamen sie nicht? Vielleicht hatte Vater doch recht und ich sollte ins Erziehungsheim?

Aber dann fiel mir Gabi Cienfueras ein. Ich rannte zum nächsten Internetcafé. Und tatsächlich, dort fand sich nicht nur die Telefonnummer, sondern auch die Adresse. In Wiesbaden.

Weiter ging's zum Bahnhof und ich stürzte zum Schalter. Lange stand ich an, dann erfuhr ich, dass ich nach Wiesbaden über Frankfurt fahren musste. Der IC nach Frankfurt war vor fünf Minuten weggefahren, aber in einer Stunde fuhr der nächste. Ob ich eine Karte wolle? Entsetzt schüttelte ich den Kopf und lief weg. In der Bahnhofshalle suchte ich mir einen Platz. Fünf Minuten blieb ich dort sitzen, dann hielt ich es nicht mehr aus. Unruhig lief ich in der Bahnhofshalle auf und ab.

*

In Wiesbaden suchte ich einen Stadtplan. Mit einem Handy konnte man sich in den Neunzigern nicht durch die Stadt führen lassen. Ich entdeckte einen Plan vor dem Bahnhof, fand auch die Wilhelmstraße und schrieb mir den Weg auf den Handrücken. Wahrscheinlich, dachte ich, führt mich die Schwarze sonst in die Irre wie bei der Mathearbeit. Mit einer Schwarzen Dame im Kopf oder in der Ecke kannst du nichts Vernünftiges zustande bringen.

Umso erstaunlicher, dass die Schwarze mir keine schwarzen Gedanken eingab. Mich nicht so verwirrte, dass ich die Straße nicht fand.

Nach einer Viertelstunde bog ich in die Wilhelmstraße ein.

Zwar war die Schwarze fort, aber Xanger meldete sich.

„Geschafft", sagte er. „Du hast es geschafft!"

„Das war doch leicht", antwortete ich.

„Ohne Schwarze Dame ist das Leben leichter", sagte er. „Aber siehst du sie jetzt irgendwo? Oder spürst du sie?"

Nein, tat ich nicht. Sollte es daran liegen, dass ich etwas getan hatte? Dass ich aktiv geworden war? Nicht im Bett, in der Wohnung geblieben war?

„Ja", sagte Xanger. „Und jetzt klingeln!"

Wenn wir verreisten, hatte ich immer die Landkarte auf dem Schoß und lotste meinen Vater. Immer wusste ich, wie wir fahren mussten, rechnete Kilometer zusammen, fand kürzere Strecken.

Nur Vater glaubte mir nie, hielt an, sah selbst auf die Karte, obwohl er mit Karten nicht so geschickt war. Dann fuhr er oft eine andere Strecke, die übliche, und ich rechnete ihm später vor, wie viel länger sie gewesen war.

„Aber da konnte ich schneller fahren und wir hätten bei deiner länger gebraucht."

„Aber weniger verbraucht", sagte ich dann. Ich kannte alle Automarken und deren Verbrauch. Und ein Jaguar soff.

Einmal konnte ich ihn im Schwarzwald zu einer Strecke überreden, nicht auf einer roten Bundesstraße, sondern auf einer gelben Nebenstraße.

„Was für eine Kurverei!", schimpfte er, als wir die Hälfte hinter uns hatten; die Straße ging durch den Schwarzwald und hatte so gut wie keinen Verkehr.

„Ist aber schön hier", meinte Mama. Vater sagte nichts mehr.

Der Papagei kreischte. Er saß auf einer Stange, wechselte von einem Fuß auf den anderen und schaute mich neugierig an. Ich starrte zurück. Ich war in Wiesbaden, stand vor einem Vogelkäfig und eigentlich wollte ich mit Gabi sprechen. Sie würde mir nichts sagen. Oder über Mutter herziehen. Weil sie Hure geworden war.

Gabi war aber nicht da.

Neben mir stand die Frau, die mich in die Wohnung gebeten hatte.

„Ich bin Daniel. Ist Gabi da?", hatte ich sie gefragt, als sie mir die Tür öffnete.

Sie fasste meine Hand und schüttelte sie.

„Come in, come in!", forderte sie mich auf. Offenbar waren das alle englischen Worte, die sie kannte.

„Estas el hijo?", fragte sie. „Un poco tiempo, Gabi", und sie zeigte auf ihrer Armbanduhr, dass Gabi in einer Viertelstunde da sein werde.

Sie schaute den Papagei an, spitzte den Mund und machte Kussgeräusche. Der Papagei verdrehte den Kopf.

„Mia cara", krächzte er und die Frau holte eine Erdnuss aus ihrer Kitteltasche. Der Hals des Papageis wurde länger. Er riss ihr die Erdnuss aus den Fingern.

Die Frau war klein und hatte ganz kurze, graue Haare. Sie ging zum Tisch, zeigte auf einen Stuhl und sagte: „Momentito". Dann verschwand sie in der Küche und kam mit einer Schale voller Pralinen zurück, die sie vor mir abstellte. Sie lächelte. Erst lehnte ich ab, beim Besuch tue man das, sagte Mutter immer. Aber die Frau lachte und deutete auf die Schale. Schließlich nahm ich doch eine.

Ich erinnerte mich an die Mäuse. Einmal hatten wir vier ganz junge Mäuse gefunden, die gerade das erste Fell bekamen und noch blind waren. Wir legten sie auf eine Untertasse und brachten sie nach Hause. Sie schnupperten, versuchten aber nicht, vom Teller zu krabbeln.

„Was tun wir damit?", fragte Jürgen und hielt dem größten Tierbaby den kleinen Finger hin. Das Mäusekind öffnete sein Mäulchen und versuchte zu saugen, aber fand keine Mäusezitze. Jürgens Finger war als Ersatz viel zu groß.

„Wir müssen ihnen Milch geben, sonst sterben sie", sagte ich.

Wir brachten sie zu uns nach Hause. Ich stellte die Untertasse mit ihrer lebenden Besatzung auf das Küchenbord, neben die Schale mit dem Salat. Meine Mutter schrie auf.

„Bringt das da sofort weg! Seid ihr völlig durchgeknallt?"

„Sie brauchen Milch", sagte ich, „wir haben sie gefunden."

„Bringt sie dorthin zurück, wo ihr sie gefunden habt!"

„Wir wollen sie aufziehen", unterstützte mich Jürgen.

„Mäuse kommen mir nicht ins Haus!"

„Aber ..."

„Nichts aber! Das ist mein letztes Wort. Raus mit den Viechern!"

Wir zogen ab. Draußen schauten wir uns an. Wir waren zehn Jahre alt und wussten nicht, was wir tun sollten. Weg damit, hatte Mutter gesagt. Wir beschlossen, sie zu ertränken. Jürgen wollte es nicht tun, aber ich hatte keine Probleme damit und warf die kleinen Nager in den Teich am Ende der Straße.

Was ich nicht wusste, war, dass auch ganz junge Mäuse schwimmen können. Sie paddelten im Wasser und wollten nicht ertrinken. Ich warf Steine nach ihnen.

Sie zu ertränken, hatte ich keine Probleme. Aber ich wollte sie nicht quälen. Das Bild, wie sie im Teich paddelten, mit hohen Stimmen fiepten und dem Tode geweiht waren, verfolgte mich. Oft erinnere ich mich daran. An die kleinen Geschöpfe und ich war schuld an ihren Qualen. Noch etwas, das ich falsch gemacht hatte. Die Liste war lang.

Die Tür wurde aufgeschlossen. Gabi war eine große Frau, hatte hellbraune, halblange Haare und trug einen grünen Pullover. Die alte Frau überfiel sie mit einem Wortschwall und zeigte immer wieder auf mich. Gabi wirkte nicht erfreut. Ich stand auf und gab ihr die Hand. Sie nahm sie nur widerwillig.

„Meine Tante", sagte sie und nickte zu der alten Frau hin. „Sie ist zu Besuch. Sie spricht kein Deutsch."

Das war nicht gerade neu.

Gabi setzte sich.

„Was willst du?", fragte sie. Sie nahm zwei Pralinen, schob beide in den Mund, kaute kurz und schluckte sie runter.

„Silja", hörte ich aus dem Wortschwall der Tante heraus, die einfach nicht aufhören wollte zu reden.

Gabi schien das peinlich zu sein.

„Sie kennen meine Mutter? Silja Walters?"

Das Gesicht der Tante strahlte. „Si! Ja!", und dann folgte wieder ein Schwall spanischer Worte.

Gabi schaute mich an. Die Tante redete auf sie ein. Gabi hob die Hand und antwortete harsch auf Spanisch. Die Tante schüttelte den Kopf und setzte sich. Sie sagte nichts mehr. Der Papagei flötete: „Mia cara."

„Warum ist sie Hure? Warum ist sie weg?", wollte ich wissen.

„Sie hätte viel früher gehen sollen", antwortete Gabi.

Ich starrte sie an, konnte nicht glauben, was ich hörte. Bevor ich was sagen konnte, fuhr sie fort: „Sie hat getanzt, um die Familie zu retten. Und dein Vater trank und wollte damit nicht aufhören. Und ..."

„Erst seit sie fort ist! Weil wir umziehen mussten. Weil wir dann über einer Kneipe wohnten." Ich musste weinen und konnte es unterdrücken. Nicht eine Träne rann mir die Wangen hinab. Darauf war ich stolz.

Gabi verzog das Gesicht. Sie stieß einen Laut aus, der deutlich zeigte, was sie von dem hielt, was ich gesagt hatte. Die Tante brach wieder in spanische Worte aus, die ich nicht verstand. Gabi sagte erst nichts.

Dann fuhr sie fort: „Er trank schon lange und seit dem Unfall immer mehr. Morgens schon einen teuren Cognac, jedenfalls solange er es sich noch leisten konnte. Zwei Bier zum Mittagessen. Und abends, na ja, da ging das weiter. Du hast es nur nicht mitgekriegt, Daniel. Silja hat immer gehofft, er fängt sich wieder. Sie hat ihn verteidigt. Versucht zu vertuschen, wie viel er trinkt. Hat Geld angeschafft, um die Zinsen der Kredite zu zahlen. Irgendwann wuchs ihr alles über den Kopf. Als es zum Skandal kam, ist sie endlich gegangen."

„Das stimmt nicht!", brüllte ich und musste heulen.

Das konnte nicht wahr sein. Gabi log, sie war eine Schlampe, sie verriet ihre beste Freundin.

Die Tante schaute erst Gabi, dann mich an. Schließlich kam sie zu mir und umarmte mich. Der Papagei flötete: „Mia cara."

Gabi seufzte. Die Tante redete auf sie ein und gab mir ein Taschentuch. Ich kam mir bescheuert vor. War ich noch ein Kind?

Verdammt, du bist kein Kind mehr, sagte ich mir. In zwei Jahren machst du den Führerschein. „Und wer zahlt ihn dir?", fragte die Schwarze.

„Warum ist sie Hure?", heulte ich auf. „Warum ist sie fort? Deshalb säuft Vater!"

„Nach dem Unfall wurde es richtig schlimm mit dem Trinken. Und du wolltest sie loswerden. Du hast ihr gesagt, sie solle sich verpissen."

„Das ist eine Lüge!"

Die Tante drückte mich. Ich schüttelte sie ab. Sie spuckte spanische Worte in Gabis Richtung. „Te quiero", erklärte der Papagei.

Dann fiel mir ein, warum Gabis Worte eine Lüge sein mussten. „Sie können es gar nicht wissen!"

„Wieso kann ich …"

„Sie wissen nicht, wo sie ist. Sie haben gar nicht mit ihr gesprochen. Sie haben sich das alles ausgedacht!" Der Gedanke erleichterte mich. Obwohl es bedeutete, dass ich Mutters Adresse hier nicht erfahren würde.

Gabi starrte mich an. Im Zimmer war es völlig ruhig. Die Tante sagte nichts. Der Papagei war still.

Dann sagte Gabi endlich: „Ich habe heute Morgen mit deiner Mutter telefoniert. Sie wird dir einen Brief schicken."

„Klasse! Ich krieg einen Brief! Ich kann's nicht glauben."

Ich schnäuzte meine Nase und nahm mir eine Praline. Sie war mit Likör gefüllt. Voller Ekel spuckte ich sie in meine Hand. Ich würde nie Alkohol trinken.

„Wo ist das Klo?", fragte ich.

Dort warf ich die eklige schwarze Masse in die Kloschüssel, drückte die Spülung und wusch mir eine halbe Stunde lang die Hände. Tränen tropften in das Waschbecken. Ich ging erst wieder zurück, als ich nicht mehr weinte. Weinen durfte ich nur, wenn niemand zusah. Auf dem Klo, wo man seine Scheiße loswurde.

Ein Telefon lag vor Gabi. Ich setzte mich und sah einen Zettel vor mir auf dem Tisch. „Bismarckstr. 54" stand darauf. „Direkt hier um die Ecke rechts", sagte Gabi.

Ich nahm den Zettel und steckte ihn in meine Hemdtasche.

„Silja sagt, du sollst vorbeikommen." Gabi lächelte nicht.

Die Tante griff meine Hand und drückte sie. Ich sprang auf und warf dabei den Stuhl um.

Jetzt musste ich nur noch die Bismarckstraße finden. Auch das schaffte ich. Und stand vor einem alten, vierstöckigen Gebäude, das lange nicht gestrichen worden war. Kein Vorgarten, in der Straße ein paar traurige Bäume. Kein Vergleich mit unserem alten Haus.

Auf einer Klingel stand „S. Walters". Ich wollte sie drücken.

Und trat einen Schritt zurück. Sie wird dich auslachen! Sie wird in Nuttenkleidung vor dir stehen! Sie wird dich wieder wegjagen, redete mein Kopf.

Kein Zweifel, die Schwarze war wieder da.

„Vorwärts!", verlangte Xanger. „Sonst gewinnt sie."

Zurückgehen, nach Freiburg, sagte mein Kopf. Zu Vater, der braucht dich. Was willst du in Wiesbaden? Du wirst hier scheitern und unglücklich werden.

Als ob ich in Freiburg glücklich wäre.

Tief holte ich Luft und drückte die Klingel.

Die Verriegelung der Haustür sprang auf. Und ich trat ein. Vor mir eine lange Treppe, vier Stockwerke hoch! Und nur, damit Mutter mich oben auslachen und nuttig gekleidet wie die Huren auf der Reeperbahn auf mich warten würde.

Die erste Stufe. Alles tat mir weh. War ich wie Vater, dass mir die Treppe so schwerfiel? Die zweite Stufe. Ich hatte doch nichts getrunken!

„Dafür aber eine Schwarze Dame im Kopf", sagte Xanger. „Schlimmer als Alk. Nächste Stufe!", und ich setzte meinen Fuß auf die nächste Stufe. Jede Stufe war schwerer als die vorige. Und ohne Xanger wäre ich umgekehrt. Hinunter und fort nach Freiburg, zu Vater, der sicher betrunken war und nur mühsam eine Treppe schaffte ohne meine Hilfe.

Der erste Stock kam in Sicht. Davor eine Biegung. Und alles in mir schrie: Nein, lass es, es ist vergeblich!

Nur Xanger sagte immer: „Die nächste Stufe."

Und ich stellte meinen Fuß auf die nächste Stufe. Nahm eine nach der anderen. Im ersten Stock schnaufte ich, als hätte ich den Mont Blanc erstiegen. Warum war die Treppe zu Mutter so schwierig zu erklimmen? Als ob ich Vater wäre, den Bauch voller Bier und schwankend wie ein Boot im Sturm.

„Weiter!", trieb mich Xanger an, der Mann, den ich erfunden hatte, der Mann in meinem Kopf. Und ich nahm die erste Stufe zum zweiten Stock. Und die zweite. Und landete im zweiten Stock. War es etwas leichter gegangen?

„Weiter", drängte Xanger. „Weiter!"

Der dritte Stock. Tatsächlich schien es, als ob ich leichter geworden wäre, meine Beine beweglicher. Obwohl alles in mir kreischte: „Zurück! Zurück! Du machst dich nur unglücklich."

Und das Erziehungsheim schien plötzlich so gut, ich hätte mich damit abfinden sollen, das war mein Schicksal.

Und dann der vierte Stock, die Tür stand offen. Mutter hörte meine Schritte, trat hinaus und sah, wie ich die letzte Stufe erklomm, und ein Gedanke füllte meinen Kopf: „Sie wird dich wegjagen."

Ich wusste, von wem der Gedanke stammte.

*

„Tag", sagte ich, einfach nur „Tag", als wären alle anderen Worte vom Winde verweht worden. Als hätte ich ihr nie gesagt, sie solle sich verpissen. Als hätte ich sie nie angespuckt. Sie starrte mich an. Ich stand mit hängenden Armen vor der Tür und konnte ihr nicht ins Gesicht sehen. Sie trug einen roten Pullover aus flauschiger Wolle, einen von der Sorte, die sie sehr liebte.

In dem Raum hinter der Tür standen ein Herd und ein kleines Tischchen mit zwei Stühlen.

Auf dem Tisch zwei kleine Tassen und eine Teekanne mit Blumenmuster.

Plötzlich trat sie einen Schritt vor und umarmte mich. Ich wollte weinen. Alle Wut der Welt wollte ich rausheulen. Sie klopfte mir beruhigend auf den Rücken, zog mich in die Wohnung und schloss die Tür.

Doch es half alles nichts. Ich konnte nicht weinen. Mutter zog ein Tempo aus ihrer weiten, schwarzen Hose und gab es mir. Ich schüttelte den Kopf.

Und fühlte, wie die Schwarze Dame sich anschlich. Sie wurde groß und größer. Spuckte diesmal kein Feuer, entfaltete auch keine Flügel. Doch sie verlor ein Kleidungsstück nach dem anderen. Erst den Schleier. Das Halstuch. Das lange Kleid sprang auf und sank zu Boden. Die Knöpfe ihrer Bluse sprangen ab. Darunter trug sie einen BH mit feiner Spitze. Und der war fast durchsichtig. Sie löste ihn und er fiel zu Boden. Ich sah ihre Nippel. Und als Letztes löste sie ihren Slip.

Ich blickte hoch. Jetzt trug sie Mutters Gesicht. Und flüsterte: „Blasen, Ficken, alles nur fünfzig Mark."

„Warum bist du Hure?", brüllte ich entsetzt.

Schlagartig verschwand die Nackte. Vor mir stand nur noch meine Mutter, ganz starr. Ich konnte mich nicht erinnern, sie je so gesehen zu haben.

Dann riss sie die Wohnungstür auf.

„Raus!", sagte sie ruhig.

Ich stolperte aus der Wohnung. Sie schlug die Tür zu.

Ich hämmerte mit den Fäusten dagegen und heulte: „Lass mich rein!"

„Hau ab!", hörte ich von drinnen. „Bitte geh!"

*

„Sie hat mich rausgeschmissen."

Gabi sagte nichts, aber sie ließ mich in ihre Wohnung. Die Tante war nicht da. Gabi rauchte.

„Setz dich", sagte sie.

„Ich hab sie gefragt, warum sie Hure ist, und sie hat mich rausgeschmissen!"

Ich wollte nicht weinen.

Gabi sah mich nur an. Dann sagte sie: „Den Job im Chez Nicole habe ich ihr verschafft."

„Warum?"

„Weil ich die Besitzerin kannte. Weil ich dort arbeitete. Weil Silja den Job wollte."

Ich blickte auf den Teppich. Jetzt wusste ich, wer Mutter zur Hure gemacht hatte: ihre beste Freundin.

„Ich weiß nicht, wie ich dir das erklären soll", sagte Gabi. Sie hatte eine große Nase. Auf ihrer Stirn hatte sich eine Falte gebildet, die direkt auf diese Nase zulief.

„Ich weiß Bescheid!", brüllte ich. „Sie müssen mir nichts erklären, ich weiß, was Blasen ist und was eine Nutte macht! Sie müssen mich nicht aufklären, das ist nicht mehr wie früher!"

Wurde sie rot? Nein, sie lachte.

„Zu meiner Zeit wurden wir auch schon aufgeklärt. Aber das zu erklären, ist schwieriger."

„Ich will es gar nicht wissen, ich will nicht wissen, wie meine Mutter einem Schmerbauch einen Hunni abnimmt und ihm dafür einen bläst. Oder peitscht sie ihn aus?"

Ich riss die Tischdecke vom Tisch. „So egal ist das!", und ich schmiss sie in die Ecke.

Gabi blieb unbeeindruckt, blies den Rauch der Zigarette an die Zimmerdecke und erklärte: „Weißt du, was du bist? Ein Arschloch!"

Das klang, als wäre sie die Schwarze.

Ich rannte aus der Wohnung, unten im Flur begegnete mir ein Mann.

„Ich bin ein Arschloch!", brüllte ich und stürzte aus der Haustür.

Das zwölfte Unglück

Ich stand auf der Straße und hatte nichts erreicht, sondern alles vergeigt. Die ganze Suche war sinnlos gewesen, das hatte mir die Schwarze Dame immer versichert. Und wer hatte recht behalten? Sie! Und nicht dieser Xanger, den ich erfunden hatte.

Die Schwarze breitete ihre Flügel aus. Flügel, dunkel wie ein Theatervorhang und schwer ruhten sie auf mir. Ich fühlte nichts mehr. Normale Menschen hatten Gefühle, bei mir gab es nur ein schwarzes Loch aus Verzweiflung. Von ferne hörte ich Xangers Stimme, aber konnte sie nicht verstehen, die Flügel schirmten alles ab. Die Welt um mich herum musste ich nicht mehr wahrnehmen, für mich gab es kein Leben, nur eine Rückkehr zu Vater und in das Erziehungsheim.

Und ich ging zum Bahnhof, wartete auf den IC und stieg ein.

Ein dunkelhäutiger Mann betrat den Wagen und zog eine Minibar hinter sich her.

„Kaffee? Tee?", fragte er. Der Wagen rollte an meinem Platz vorbei.

Hinter mir hörte ich die Stimme weiter Kaffee und Tee anbieten. Sie entfernte sich. Dann hörte ich eine Frauenstimme.

„Personalwechsel, die Fahrkarten bitte!"

Ich griff mein Federmäppchen und wartete kurze Zeit.

Dann stand ich auf und ging der Schaffnerin entgegen. Die Minibar stand am Ende des Wagens. Der Mann schenkte Kaffee ein. Die Schaffnerin stand vor der Minibar und kontrollierte Fahrkarten. Ich ging auf sie zu, konnte aber nicht an ihr vorbei, denn die Minibar versperrte den Weg. Die Schaffnerin machte keinen Platz, sondern sagte: „Ihre Fahrkarte bitte!"

Ich rannte los. Zurück durch den ganzen Wagen, an meinem Platz vorbei. Zerrte an der Tür, die in den Vorraum führte. Langsam öffnete sie sich.

„Bleiben Sie stehen!", rief hinter mir die Schaffnerin.

Schritte folgten mir. Ich quetschte mich in den Vorraum. Riss am Griff der Tür zum nächsten Wagen. Sprang in den Durchgang, versuchte, die Tür hinter mir zu schließen, aber das gelang nicht. Der Minibarmann rannte mir nach.

„Bleib stehen, Junge!" Der Minibarmann konnte durch Türen rennen, die bereits offen waren. Seine Hand griff meinen Arm. Ich riss mich los.

„Hilfe!", brüllte ich. Gesichter drehten sich mir zu.

„Halten Sie ihn auf!", schrie der Minibarmann.

Ein Mann stand auf. Ich rannte direkt in seine Arme.

„Was ist los?", wollte er wissen.

„Schwarzfahrer", keuchte der Minibarmann.

„Lassen Sie mich los!", brüllte ich. Die Schaffnerin kam in den Waggon. Sie redete mit ihrem Funkgerät.

„Lassen Sie mich los!", verlangte ich und trat dem Mann gegen das Schienbein.

„Verdammt!", heulte der auf und ließ mich los.

Aber der Minibarmann hatte mich am Schlafittchen. Ich trat nach hinten, erwischte seinen Fuß. Er boxte mir in den Rücken. Ein weiterer Mann stand auf. Er trug einen teuren Anzug.

„Beruhig dich, Junge", sagte er. Ich trat ihm gegen das Schienbein und boxte ihn in den Magen. Er heulte auf. Ohrfeigte mich. Der Minibarmann erwischte meinen Arm.

Hielt ihn fest. Der Mann im Anzug legte ihm die Hand auf die Schulter.

„Beruhig dich, Ernst", sagte er.

„Der ist durchgeknallt!", schrie Ernst, der Minibarmann.

„Wir erreichen in Kürze Mannheim Hauptbahnhof", prophezeite der Zugchef.

Die Schaffnerin brabbelte in ihr Funkgerät. Der Zug fuhr langsamer.

Die vordere Tür zum Großraumwagen wurde aufgerissen. Ein Schaffner stürzte auf uns zu.

„Bitte benutzen Sie den anderen Ausgang", erklärte er den Reisenden. Sie gehorchten, aber starrten uns an, als wären wir Außerirdische.

„Mutti, was hat der Junge?", fragte ein Kind.

„Lasst mich los!", brüllte ich.

„Halt dein Maul!", empfahl ein dicker Mann.

„Du gehörst nach Emmendingen", sagte Ernst.

„Ins Gefängnis gehört er!", sagte eine Frau im kurzen Mini.

Ich wollte mich losreißen, aber die beiden Männer hielten mich fest. Ich trat nach ihnen. Sie wichen aus. Der Zug hielt. Zwei Polizisten betraten den Wagen.

Ich gab den Widerstand auf. Sie packten meine Arme und ich ging mit. Sie würden mich ins Heim bringen. Ich würde wieder vor Gericht stehen. Diesmal gibt's Gefängnis, dachte ich.

Wir stiegen aus.

Der Zug fuhr an. Leute beobachteten mich. Ich hatte mehr Aufmerksamkeit als in den ganzen letzten Jahren zusammen.

„Wie heißt du?", fragte der erste Polizist.

„Hab ich vergessen."

Der Zweite verdrehte mir den Arm. Der Erste fischte mein Portemonnaie aus meiner Hosentasche. „Daniel Walters. Ohne H", sagte er in sein Funkgerät.

„Lassen Sie mich los!", forderte ich. Genauso gut hätte ich sie bitten können, mir die nächsten Lottogewinnzahlen zu verraten.

In mir explodierte etwas. Die Scheißschüler auf der Gesamt fielen mir ein, die Arroganzlinge auf dem Pius, der Richter, der vom Rotlichtmilieu sprach, und dass ich meine Mutter gefunden und wieder verloren hatte.

Ich sprang einfach nach vorne. Sie fassten mich wieder und warfen mich auf den Boden, als wär ich ein nasser Sack. Ich trat nach ihnen, erwischte sie nicht. Sie drehten mir die Hände auf den Rücken und legten mir Handschellen an.

„Scheißbullen!", rief ich. Das kümmerte sie nicht. Der Erste redete wieder mit dem Funkgerät. Dann hörte er ihm zu.

„Er hat eine Einweisung nach Welkenraedt", erklärte er schließlich.

Ich war wütend, konnte mich nicht bewegen. Ich haute meinen Kopf auf die Steine. Das tat weh, aber war alles, was ich tun konnte.

„Der spinnt", sagte der zweite Polizist. Der Erste zog seine Uniformjacke aus und legte sie mir unter den Kopf.

„Hör auf, das bringt doch nichts", sagte er.

Dann redete er wieder mit dem Funkgerät. Der Zweite kniete auf meinen Beinen und hielt mich fest.

Ein Martinshorn heulte auf. Jetzt komme ich ins Gefängnis, dachte ich, da kann ich gar nichts machen. Doch es sollte schlimmer kommen.

Sie kamen mit einer rollenden Tragbahre, legten mich darauf und schnallten mich an. Ich sagte nichts. Ich konnte nichts sagen. Ich konnte es nicht glauben. Ich kam nach Emmendingen.

Ich wachte auf und starrte weiße Wände an. Die Tür hatte keine Klinke. Der Kopf tat mir weh, ich fuhr mit der Hand über meine Stirn, fühlte einen Verband und erinnerte mich daran, wo ich war.

Neben mir baumelte ein roter Knopf und den drückte ich.

„Wann komme ich raus?", fragte ich den Wärter, der kurz darauf erschien.

„Wenn dich ein Erziehungsberechtigter abholt."

„Ich bin nicht verrückt!"

„Aber du tust so, als ob du's wärst", antwortete er. „Hast du Schmerzen?"

„Nein", log ich.

„Ich kann dir eine Tablette geben."

Ich drehte mich von ihm weg, schaute aus dem Fenster und zählte die Gitter.

„Na gut. In einer Viertelstunde gibt's Frühstück."

Der Wärter ging und die Tür fiel ins Schloss.

Ich schob die Brotkrumen vom Frühstück auf dem Teller hin und her und stellte mir vor, es seien Raumkreuzer. Ich versammelte meine Schiffe an einem strategisch wichtigen Punkt, damit ich dort vielfache Feuerkraft hatte, sprengte die feindlichen Linien und griff dann den kleineren Teil der feindlichen Flotte von hinten an.

Als ich gerade zum entscheidenden Schlag ausholen wollte, öffnete sich die Tür. Birgert vom Jugendamt und Vater kamen herein.

„Hallo", sagte Vater.

„Zieh dich an", sagte Birgert. Die Höflichkeit, draußen zu warten, während ich mich anzog, besaß er nicht. Ich hatte es auch nicht erwartet.

Wir fuhren aber nicht fort, sondern setzten uns in die Cafeteria und Birgert fragte mich, was ich trinken wolle.

Ich wollte gar nichts.

„Du kannst dir ruhig etwas bestellen", sagte Vater.

Ich zuckte mit den Schultern.

Birgert holte sich eine Cola und brachte Vater einen Kaffee mit.

„Weißt du", sagte er, „wir verstehen dich."

Prima, alle verstehen mich, dachte ich. Nur ich versteh mich nicht.

„Sie wickeln dich ein", dachte mein Kopf und sicher hatte die Schwarze den Gedanken initiiert.

„Niemand macht dir einen Vorwurf, weil du weg bist, weißt du?", sagte Birgert.

Ich dachte an die Ladenkette für Erwachsenensprüche.

„Du hast ein schönes Zimmer und einen neuen Zimmergenossen. Er heißt Bernd."

Ich musste an Wastl denken. Ich schaute den Sozialarbeiter an und lächelte. Vermutlich kriegte ich eine betreute Gruppe. Vermutlich sollte ich dort weinen lernen. In den Lehrbüchern für Sozialarbeit stand sicher auch, wie viele Tränen man vergießen müsste. Das würde ich in dieser Gruppe lernen.

Ich sah Wastl vor mir, er lächelte, zuckte mit den Schultern und sagte: „Gibt viele Sozialarbeiter."

Ja, dachte ich, und alle wollen mich nach ihrem Bilde formen.

Wenn ich gedacht hatte, die Zeit der Sprüche wäre vorbei, nachdem wir die Cafeteria verlassen hatten, war das ein Irrtum.

„Niemand macht dir einen Vorwurf", fuhr der Sozialarbeiter fort, während er den Micra in Richtung Heim steuerte. „Selbst die Polizisten haben die Anzeige zurückgezogen, als sie hörten, was passiert ist."

„Welche Anzeige?"

Er lachte, während er einen Mercedes überholte und dabei knapp einen entgegenkommenden Lkw verfehlte.

„,Ihr Hurensöhne' ist eine Beleidigung und ,Scheißbullen' auch. Ganz zu schweigen von deinem Widerstand. Sie wussten nicht, was sie mit dir tun sollten, sie hatten Angst, du tust dir etwas an. Deshalb haben sie die Wärter gerufen."

„Ich bin nicht verrückt."

„Niemand hat das gesagt. Aber du hast Probleme und daran musst du arbeiten."

Aha, dachte ich, ich hab Probleme und daran muss ich arbeiten. Wo, bitte, geht's zur nächsten betreuten Gruppe?

„Im Heim haben sie eine Gruppe dafür. Wo du lernst, mit deinen Gefühlen besser umzugehen. Das heißt natürlich nicht", beeilte er sich zu versichern, „dass du verrückt bist. Nur, dass du lernen musst, mit deiner Wut umzugehen."

Der Micra schoss mit quietschenden Reifen nach vorn, weil die Ampel auf grün schaltete. Würde ich in der Gruppe lernen, so mit meinen Gefühlen umzugehen, wie Birgert mit seinem Micra?

Gott gründete am sechsten Tag eine Gruppe, damit sie die Menschen nach seinem Bilde schuf.

„Das Fenster ist unsere einzige Chance. Du wirst mir noch mal dankbar sein. Und jetzt geh schlafen."

„Ich kann bei offenem Fenster nicht schlafen", jammerte Bernd. Aber er legte sich gehorsam hin.

Ein einziges wabbeliges Stück Fett. Wastl hätte ich nicht so behandeln dürfen. Aber Wastl hätte auch nicht das Zimmer vollgestunken. Ich nahm meine Tasche, öffnete den Schrank und packte meine Sachen.

„Sarong bevan te Gore don", sang ich dabei, „evasno de Mate?"

„Was für eine verdammte Sprache ist das?", fragte Bernd. „Bist du einer der Scheißrumänen?"

Ich lachte.

Und plötzlich lachte er auch. „Das ist Auld Lang Syne, Should auld acquaintance be forgot", sagte er.

Und ich war so überrascht, dass ich mit Singen stoppte und ihn erstaunt ansah.

„Und das ist keine Sprache", fuhr er fort.

„Das ist meine Sprache. Du solltest auch in deiner Sprache singen."

„Jbot le Deng de songeron, de iven moi me gar", fing er unsicher an. Das mit der Sprache klappte noch nicht richtig, aber er hatte eine klare, volle Stimme.

„Du singst gut."

„Ich singe im Chor", sagte er stolz. „Die haben hier einen Chor. Aber mir ist kalt."

„Gleich kannst du das Fenster zumachen. Keine Sorge, die Insektoiden gibt es nur als Stimme in meinem Kopf. Du bist sicher. Aber ich muss gehen."

Ich nahm die Tasche, setzte sie aufs Fensterbrett und ließ mich auf das Dach des Anbaus runter.

Bernd kam zum Fenster, steckte den Kopf raus und vergaß, dass er fror. „Willst du wirklich fort?", fragte er.

„Ja, weil ich eine Schwarze Dame erziehen muss. Eine, die meinen Kopf regieren will, und das darf sie nicht."

„Eine Schwarze Dame im Kopf? Und was tut sie da?"

„Sie rechnet mir vor, was für ein furchtbarer Mensch ich bin. Und dass mich keiner mag." Das war neu, dass ich plötzlich die Schwarze erwähnen konnte. Und ich ahnte, dass ihr das gar nicht recht war.

„Manchmal habe ich auch so eine Schwarze Dame im Kopf", sagte Bernd. „Vor allem wegen dem, na du weißt schon."

„Ja, ich weiß."

„Sie glaubt nicht an die Drüsenstörung. Und sagt mir, dass mich deswegen keiner mag."

„Schwarze Damen haben manchmal nicht ganz unrecht. Aber richtig recht haben sie auch nie", gab ich zum Besten. Hatte ich diesen Spruch auch aus dem Sprücheladen?

„Bleib hier!", bat er und wurde rot. „Du darfst auch das Fenster offen lassen."

Ich zeigte ihm den hochgereckten Daumen. „Ich kann nicht. Ich muss zu meiner Mutter."

Auf dem Dach stand die Schwarze und schaute böse.

„Auch wenn ich gerne geblieben wäre."

Ich griff nach meiner Tasche und ging die Dachschräge runter. Die Tasche warf ich auf den Rasen und sprang ihr nach. Ich winkte Bernd zu. Er winkte zurück.

„Ich verrat dich nicht", sagte er.

Dann schloss er das Fenster.

Ich hängte mir die Griffe der Tasche um die Schultern, als wäre sie ein Rucksack, und marschierte los. Wenn ich die Scheinwerfer eines Autos sah, versteckte ich mich. Aber das geschah nur zweimal auf dem ganzen Weg.

Am Bahnhof angekommen, legte ich mich auf eine Bank. Durch den Wald nach Freiburg zu laufen, dazu war ich viel zu müde.

Die Morgendämmerung weckte mich. Ich schreckte auf, aber es war noch nicht sechs. Erst dann würde ein Zug fahren. Am Automaten löste ich eine Fahrkarte nach Freiburg. Ich hatte noch etwas Geld von Stefan.

Der Trick mit dem Schaffner funktioniert nur im Intercity, hatte Wastl erklärt. Wastl fehlte mir, er hätte mir eine Menge mehr erzählen können. Aber das ging nun nicht mehr.

Punkt sechs kam der Triebwagen. Außer mir war nur der Schaffner drin.

„Wo willst du denn hin?", fragte er erstaunt.

„Ich besuch meine Mutter", erzählte ich, „meine Eltern sind geschieden. Heut ist Muttertag."

Er sah mich komisch an, aber an der nächsten Station stiegen zwei Männer zu, die er kannte, und er vergaß mich.

*

Zu Hause saß Vater am Küchentisch und trank Kaffee. Seine Augen leuchteten auf, als er mich sah. Er umarmte mich sogar. Und gab mir einen Brief, den ich einsteckte.

„Ich bleib nur kurz", erklärte ich. Ich duschte, warf, was ich angehabt hatte, in den Korb mit schmutziger Wäsche und holte aus meinem Schrank eine einfache Jeans und ein T-Shirt. Ich wollte nicht auffallen.

Ich hatte die langweiligsten Klamotten an, die ich je getragen hatte.

Das Telefon klingelte.

„Geh nicht ran!", bat ich Vater. Er blieb vor seinem Kaffee sitzen. Die ganze Zeit hatte er ihn nicht angerührt.

„Ich muss weg", sagte ich und verließ die Wohnung. Vater stand oben in der Tür und schaute mir nach. Plötzlich sagte er: „Geh ins Heim! Bitte!"

Ich antwortete nicht.

Auf der Straße schaute ich mir den Brief an. Ein Brief mit meinem Namen. In Mutters Schrift.

Dann öffnete ich den Umschlag. Er enthielt eine Fahrkarte nach Wiesbaden und einen Brief. Sie bat mich, dass ich kommen solle. Es täte ihr leid, dass sie mich rausgeschmissen hatte.

Was sollte ich tun? Zurück zu Vater wollte ich nicht. Also ging ich zum Bahnhof und gab Mutters Fahrkarte am Infopoint zurück. Damals ging das noch. Ich kriegte achtunddreißig Mark zurück, fünfzehn Euro zogen sie mir als Gebühr für die Rückgabe ab.

*

Im Zug ging ich den Gang entlang und suchte mir einen Platz, eigentlich zwei. Soweit möglich, vermied ich es, einen Nachbarn zu haben. Vielleicht würde er mich fragen, was ich hier allein mache, wohin ich fahre, oder blöd schauen, wenn der Schaffner „Noch jemand zugestiegen?" fragte.

Würde ihn sogar herwinken: „Hier, hier ist einer, der will seine Karte nicht zeigen, hat vermutlich gar keine, tut so, als säße er seit Stunden hier, aber das stimmt nicht, er ist gerade erst eingestiegen!" Oder er würde sagen: „Ich heiße Stefan. Du kannst ‚du' zu mir sagen."

Erwachsenen ist alles zuzutrauen. Eher kannst du dich auf eine Wetterfahne verlassen.

Dann sah ich zwei freie Plätze und drängte mich vor. Ich ließ meine Tasche auf den Fensterplatz fallen und setzte mich auf den anderen.

Hinter mir fragte eine Stimme: „Ist der Platz noch frei?"

Als ich mich umdrehte, erkannte ich das Mädchen aus dem Al Capone.

„Hallo!", sagte ich lahm.

Warum fällt mir nichts Besseres ein?, verfluchte ich mich. In Filmen sagen die Männer immer was Witziges, das Mädchen lacht und schon ist das Eis gebrochen. Mit „Hallo" brichst du kein Eis, nicht mal ganz dünnes, und hier gab's dickstes Packeis, denn sie erkannte mich sofort.

Vor Schreck setzte ich mich auf den Fensterplatz direkt auf meine Tasche.

„Warum hast du das mit dem Kaffee getan?", fragte sie und starrte mich an. Ich starrte zurück. All die Wut kochte wieder hoch. Dieser arrogante Schnösel Uwe, wie er herablassend grinste, als wäre er James Bond persönlich. Und nach Mutter fragte. Ob sie gerade jemandem einen blies.

Doch nachdem ich ihm den Cappuccino ins Gesicht geschüttet hatte, schaute Uwe nicht mehr arrogant.

Das wollte ich der Schwarzhaarigen sagen, herausbrüllen wollte ich es, alle sollten es wissen. Aber ich blieb stumm. Und ich wusste ja auch, dass es die Schwarze Dame gewesen war, die das Feuer in mir angefacht hatte.

Hinter dem Mädchen standen zwei andere Fahrgäste, der vordere räusperte sich ungeduldig. Sie setzte sich, hielt aber ihre helle Rohledertasche fest umklammert, als solle sie ihr Schutz bieten.

„Uwe ist ein Arschloch", stellte sie fest. „Aber ihm Kaffee ins Gesicht zu schütten, ist auch nicht besser."

„Das arrogante Schwein hat sich über mich lustig gemacht", brach es aus mir heraus. „Und der Kaffee war schon kalt!"

Köpfe drehten sich um.

„Schrei nicht so!", sagte das Mädchen, schaute geradeaus und umklammerte ihre Tasche.

Ich sah zum Fenster raus. Na prima, das hatte ich auch verpatzt. Das Schicksal spielte mir einen Glückstreffer zu und ich konnte ihn nicht verwandeln. Ich war einer, der frei vor dem Tor stand und danebenschoss.

Vorsichtig, ohne den Kopf zu bewegen, äugte ich zu ihr rüber. Die Augen blieben an ihrer Jeans hängen, blau, Wrangler mit Schlag, vermutete ich. Wie würde sie im Mini aussehen? Ich fügte schwarze Stiefel, kniehoch, hinzu. Mein Blick wanderte derweil über unverdächtige Bäume, Teiche, Feldwege, die draußen vorbeiflogen.

Dann verlangte die Realität ihr Recht.

„Personalwechsel, die Fahrscheine bitte!" Der Schaffner war schon eine Bankreihe hinter uns. Ich stand rasch auf, das Mädchen schaute mich erschreckt an, umklammerte ihre Tasche fester, schwenkte die Beine in den Gang und ließ mich raus.

Bingo, erwischt, dachte ich, als ich dem Schaffner gegenüberstand.

Ich nickte ihm freundlich zu, während ich alle Verwünschungen, die mir einfielen, auf sein Haupt niederprasseln ließ und mich an ihm vorbeidrückte. Völlig unerwartet verlangte er meinen Fahrschein nicht.

Mit zitternden Knien ging ich den Gang hinunter zur Toilette, öffnete die Tür und setzte mich erleichtert auf den Deckel der Kloschüssel.

Verdammte Tagträume, warum hatte ich nicht aufgepasst? Ich hätte ihn hören müssen, als er den Wagen betrat, stattdessen hatte ich in Stiefeln und Mini geschwelgt, die ich nie zu Gesicht bekommen würde.

Ich ging wieder zu meinem Platz, der Schaffner war fort. Das Mädchen auch. Erst wollte ich sie suchen, dann setzte ich mich und brütete vor mich hin, bis der Zugführer ankündigte: „In wenigen Minuten erreichen wir Wiesbaden Hauptbahnhof."

Auf dem Bahnsteig rannten wir fast ineinander.

Ich lächelte das Mädchen an und wollte was Freundliches, Nettes, Witziges sagen.

Stattdessen fauchte ich sie an: „Wo warst du?"

Eben noch hatte sie mich offen angeschaut. Jetzt nicht mehr. „Hau ab!", sagte sie, drehte sich um und strebte der Treppe zu.

Plötzlich stand ich in der Hölle und der Bahnhof in Flammen, alles war rot, der abfahrende Zug, der Bahnsteig, die Treppe, und ich wollte ihr nach, sie herumreißen, ihr ins Gesicht spucken, sie auf den Boden werfen und ihr in die Rippen treten. Das würde die Schwarze vertreiben und ich würde mich einen Tag lang gut fühlen. Und ja, die Schwarze Dame hing feuerspuckend unter dem Bahnhofsdach. Ihre Flammen wollten mich befreien, wie sie mich bei Jürgen, bei Uwe, bei Martin befreit hatte.

Dann sah ich Xanger. Ich mein, es war nicht wie sonst, ich hörte keine Stimme, ich sah ihn einfach, ich wusste, er war nicht da, nur das Bild von Xanger, das in meinem Kopf lebte, das stand plötzlich vor mir, mitten in der Hölle stand es vor mir. Und die Flammen der Schwarzen wurden kleiner und erloschen. Ich strich ihr über die Schnauze, sagte: „Kein Grund zur Aufregung" und sie leckte mir mit der Zunge über die Hand. Die Zunge war warm, nicht heiß, und ganz sanft.

Ich eilte dem Mädchen nach, sagte: „Tut mir leid". Mein Gesicht glühte.

Sie lächelte, sie winkte mir sogar zu, aber dann drehte sie sich urplötzlich um und verschwand.

Ich winkte ihr nach, hatte aber nicht den Mut, ihr nachzulaufen.

Würde ich je ein richtiger Mann werden?, fragte ich mich. Normal, ein richtiger Junge?

„Was soll's", sagte Xanger, „niemand wird je ein richtiger Mann, so wenig wie jemand ein richtiger Heiliger wird. Das sind Bilder, sie hängen an der Wand, aber sie leben nicht."

Und immerhin hatte ich eine feuerspeiende Schwarze Dame gezähmt.

Gefunden

Die Bismarckstraße hatte ich auf Anhieb wiedergefunden. Darauf war ich sehr stolz. Und auch die Treppen würde ich hochsteigen, alle vier Stockwerke, und Xanger musste mich diesmal nicht auffordern. Davon war ich überzeugt.

Leider helfen Überzeugungen gegen Schwarze Damen gar nichts. Die erste halbe Treppe bis zum ersten Absatz schaffte ich. Mühsam zwar, mit schweren Beinen, aber es ging.

Doch dann fiel mir ein: Ich musste aufpassen, was ich sagen würde. Nichts über Huren, sonst würde sie mich wieder rausschmeißen. Und erst recht keine Frage: „Warum bist du weggelaufen?"

Denn die Antwort wusste ich: Ich war daran schuld.

Außerdem, was, wenn diese Gabi dabei wäre? Zwei gegen einen!

Und ich machte auf dem Absatz kehrt. Erst mal könnte ich ein Eis essen. Um die Ecke gab es einen Eissalon. War zwar nicht das Al Capone, aber notfalls würde das auch gehen. Und ich könnte mich gedanklich vorbereiten.

„Du denkst die Gedanken der Schwarzen Dame", sagte Xanger.

„Und hat sie nicht recht?"

„Vielleicht. Vielleicht aber auch nicht. Du bist dreieinhalb Treppen vom Ziel entfernt. Wenn du umkehrst, wirst du es nicht erreichen und dich immer fragen, was gewesen wäre, wenn du es angesteuert hättest."

„Und wenn sie mich rausschmeißt?"

„Dann weißt du, dass du die Suche aufgeben kannst."

Wer sich in Gefahr begibt, kommt darin um, schoss es mir durch den Kopf und ich wusste, woher dieser Gedanke stammte. Kälte zog in meinen Bauch ein.

Aber was hatte ich zu verlieren?

Ich drehte mich wieder um und stieg weiter die Treppe hoch. Mit schweren Gliedern und Grummeln im Bauch.

Oben öffnete Mutter die Tür. „Willkommen", sagte sie und umarmte mich. Ich trat einen Schritt zurück.

Ich schnaufte, ich wollte nicht weinen und wusste nicht, was mich erwarten würde. Auf dem kleinen Tisch standen Teetassen und Plätzchen.

Außerdem stand diese Gabi neben dem Tisch.

„Jetzt werden sie Tee einschenken und dir erzählen, dass alles easy ist", flüsterte die Schwarze. Sie hatte wieder recht gehabt!

Ich wollte mich umdrehen und gehen. Aber Gabi sagte: „Ich beiße nicht. Und gehen kannst du jederzeit. Also setz dich erst mal."

Mir wurde kein Tee eingeschenkt.

Ich setzte mich. Am liebsten wäre ich gleich wieder aufgesprungen. Was würde das werden? Ruhig sitzen bleiben kannst du, wenn dich die Schwarze mit ihren Flügeln umfasst. Dann kannst du nichts anderes tun. Schon gar nicht mit anderen reden.

Der Tisch war klein, er reichte gerade für drei Personen und deren Teetassen. Mutter schaute mich an, als ob sie gleich in Tränen ausbrechen würde.

Und ich wollte mich beherrschen. Nichts über Huren sagen.

Doch das nützte nichts.

Als ob die Schwarze in meinem Kopf mächtiger war als ich selbst, stieß ich wieder hervor: „Warum bist du Hure?"

Am liebsten hätte ich mir auf die Zunge gebissen.

Die Schwarze Dame breitete ihre Flügel aus und hüllte mich ein. Weit weg von der Welt. Ich konnte nichts dagegen tun. Von ferne hörte ich Mutter und Gabi, verstand nicht, was sie sagten. Und irgendwo redete auch Xanger. Alles egal. Ich hatte mich danebenbenommen. Gesagt, was ich nicht sagen sollte, worüber ich schweigen musste. Jetzt blieben nur noch die Mauern der schwarzen Flügel, die mich schützten, die niemand an mich heranließen. Wie gut, dass es die Schwarze gab.

„Du kannst …", hörte ich Xanger ganz weit weg und undeutlich.

Nichts konnte ich. Nichts wollte ich.

Plötzlich hörte ich Gesang.

Und ich fing an zu singen, wie an der Elbe. In meiner Sprache.

La dira demde
La dira demde
La dira damda que tu ve

Die Umarmung der Schwarzen löste sich. Durch einen Spalt sah ich den Tisch und Mama, die mich erschreckt ansah. Ich warf den ganzen verdammten Umhang ab, der mich schützen sollte, mich aber nur von Menschen fernhielt.

„Warum bist du Hure?", fragte ich wieder. Keine Schwarze hinderte mich. Und Mutter warf mich nicht raus. Sie sah wieder aus, als würde sie gleich weinen.

Nur weinte sie nicht.

Stattdessen sagte sie voll Wut: „Ich will nicht mehr lügen. Verdammt, ich hab lang genug für eine Lüge gelebt! Für ein Haus, das, glaubte ich, meine Ehe retten würde, für ein Leben, das wir nach Rolfs Unfall nicht mehr führen konnten, dafür, Rolfs Alkoholkonsum zu kaschieren, für eine Ehrbarkeit, die uns ruiniert hat."

„Und deshalb bist du fort?", fragte ich. „Und hast mich zurückgelassen?"

„Wärst du mitgekommen, wenn ich gefragt hätte?"

Nein, wäre ich nicht. Ich wollte das Haus nicht verlassen. Also doch meine Schuld?

„Wie geht es Rolf?", fragte Mutter.

Gabi verzog das Gesicht.

„Er kommt nur schwer die Treppe hoch", sagte ich, als ob das das Wichtigste wäre. Aber sagen: „Er kommt abends nicht die Treppe hoch, weil er in seiner Lieblingskneipe war, die ihm mehr bedeutet als ich", das konnte ich nicht. Ich konnte es nicht mal denken. Das war so peinlich, so etwas durfte man nicht über den eigenen Vater sagen.

„Trinkt er noch viel?", fragte Mama.

Ich schüttelte den Kopf. „Nur manchmal", log ich.

Und plötzlich überkam mich eine tiefe Verzweiflung, dass ich nicht erzählen konnte, was passiert war, ich konnte es nicht. So vieles hatte ich nicht sagen können, hatte tun und sagen müssen, was nicht ich wollte, sondern was die Schwarze vorgab. Als ob die Wahrheiten nicht durch ihre Flügel dringen konnten, wenn die Schwarze meine Zunge an die Kandare nahm.

Alles Falsche ist dann leicht zu sagen und die Worte, die falschen Worte konnte ich nur so heraussprudeln.

Dabei wollte ich sie nicht hören, meine eigenen, falschen Worte. Doch die schwarzen Flügel umhüllten mich.

„Vielleicht Zeit dafür, die schützenden Flügel zu verlassen?", sagte Xanger.

Plötzlich liefen mir Tränen die Wangen runter, ich wischte sie mit dem Ärmel weg. Aber es kamen immer neue. Als ob sich im Kopf ein riesiger Tränensack aufgestaut hätte, der jetzt geplatzt war. Ich wollte die Tränen stoppen, das war mir so peinlich, aber ich konnte sie nicht stoppen. Und offenbar schaffte das auch die Schwarze Dame nicht, obwohl sie sagte: „Heul weiter, du Memme!"

Gabi schob mir eine Packung Tempotaschentücher zu. Ich zog eins heraus und schnäuzte mich. Dann schluckte ich. Und unterdrückte die Tränen. Was mir nicht ganz gelang. Seltsam, früher hatte ich nie vor anderen weinen können. Zum Beispiel nicht an Opas Grab. Nur in dem kleinen Besucherklo später.

Und jetzt heulte ich in der Öffentlichkeit!

„Hier darfst du heulen", sagte Gabi. Sie nickte Mutter zu.

Die schluckte, dann sagte sie: „Also ... Also ..."

Gabi nickte ihr wieder zu.

„Also danke, dass du gekommen bist", sagte Mutter stockend. Hatte sie auch etwas, das ihr die Zunge band, das ihr nur erlaubte, die harmlosen Dinge zu sagen?

„Das finde ich sehr mutig", fuhr sie fort.

Mutig? Ich und mutig?

„Ja", sagte Xanger. „Dreimal Anlauf für die Suche genommen, dreimal gescheitert und es wieder versucht."

„Ich hätte auch so mutig sein müssen", sagte Mutter. Jetzt weinte sie. „Ich hab mich geschämt, dich anzurufen. Rolf meinte auch, es sei besser für dich. Ich hab mich nicht mehr getraut, irgendjemand in die Augen zu schauen. Und das Chez Nicole hat das Haus auch nicht gerettet. Ich hätte dich fragen sollen. Hätte dich mitnehmen sollen, statt dich einem Alkoholiker zu überlassen."

Ich verschluckte mich an dem Keks, den ich mir in den Mund geschoben hatte, musste husten und spuckte ihn in meine Hand.

„Hat er dir nichts davon erzählt?", fragte Gabi. „Davon, was er gesagt hat, dein lieber Vater?"

Ich schüttelte den Kopf.

„Er hat gesagt, du wolltest nicht mit mir sprechen", sagte Mutter.

Hatte ich so was zu ihm gesagt? Oder ihm einfach zugestimmt, dass ich Mutter vergessen würde, weil sie weg war? Verdammt, hatte Vater mich überhaupt gefragt?

Wollte er, dass ich Mutter vergessen sollte? Verschütteter Milch trauere man nicht nach. Auch so ein dämlicher Spruch aus dem verfickten Sprücheladen für Erwachsene, um Kinder ruhig zu halten.

„Du konntest es nicht", sagte Gabi zu Mutter. Und zu mir: „Du bist nicht schuld!"

In mir kochte rote Lava hoch.

Ich hätte Mutter erstechen können; sie war fortgelaufen und hatte Vater geglaubt, dass ich nicht mit ihr sprechen wolle. Sie hatte Vater mehr geglaubt als mir!

Ich sprang auf und rannte zum Fenster. Doch obwohl ich rausschaute, konnte ich draußen nichts sehen. Ich drehte mich um und fasste in meine Hosentasche. Da war das billige Taschenmesser. Ich hatte es immer noch, sie hatten es mir nicht weggenommen. Ich zog es raus und klappte es auf. Morgen würde ich in der Zeitung stehen. Es gäbe einen neuen Prozess, aber mehr als einsperren könnten sie mich nicht und in der Erziehungsanstalt war ich sowieso eingesperrt.

Gabi und Mutter sprangen auf. Ich ließ das Messer los und nahm die Vase vom Fensterbrett in die Hand. Schleuderte den Inhalt auf Mutter, das Wasser rann ihren Pullover hinab und die Blütenblätter blieben kleben. Vor ihr auf dem Fußboden eine große Lache Wasser. Ich drehte mich um und wollte die Vase ins Fenster schleudern. Mein Zeigefinger war blutig, ich musste mich geschnitten haben, als ich das Messer aufklappte.

„Das ist …", sagte Xanger.

„Dani!", schrie Mutter.

„Keine Lösung", vollendete Xanger seinen Satz.

Er hatte recht. Die Vase war unschuldig.

Nur für kurze Zeit explodierte meine Wut, fühlte ich mich gut, weil ich tobte. Bald würde die Schwarze wieder die Zügel in die Hand nehmen. Zusammen mit der Polizei.

„Wohin mit der Lava?", fragte Xanger.

Und plötzlich wusste ich es. Statt weitere Sachen oder das Messer zu werfen, schleuderte ich Mutter meine Wutworte entgegen.

„Warum bist du fort? Warum hast du Vater geglaubt, dass ich dich nicht mehr sehen wollte?" Das, was ich nicht sagen wollte. Das, wovor ich Angst hatte, es zu sagen. Das, woran die Schwarze mich hindern wollte. Das Messer, die zerschmetterte Vase, das hätte sie begrüßt.

„Du darfst hier auch wütend sein", sagte Gabi. Und nickte Mutter zu.

„Ich wollte weg aus diesem Luxusgrab, das in Trümmern fiel. Ich hätte viel früher gehen sollen, statt den ganzen Mist mit Striptease retten zu wollen."

„Und deshalb hast du mich verlassen? Mich nicht mitgenommen? Mir nicht gesagt, wohin du gehst?"

Ich wusste, ich hätte sie damals beschimpft, hätte sie mich gefragt. Unser Haus aufgeben, das Haus, in dem ich zu bleiben wünschte, in dem ich geblieben war. Und in dem ich erlebt hatte, dass Wünschen allein nichts hilft. Manchmal muss man einen Hafen verlassen, bevor der Tsunami hereinbricht und alles in Stücke schlägt.

„Ich habe viel geheult", sagte Mama. „Ich musste in die Klinik."

„Du musstest nicht", sagte Gabi.

„Nein. Aber ohne … Ohne säße ich nicht hier. Würde nur um dich trauern, aber nichts tun. Ohne hätte ich kein Stipendium für das Studium. Ich hätte nicht lernen können. Ohne säße ich nicht mit dir hier."

„Ich kann auch nicht lernen", sagte ich. „Nicht mal Mathe. Seit du mich verlassen hast. Seit du Hure geworden bist."

„Nicht mal Mathe?", fragte Mama und schaute mich an, als hätte ich mich in ein seltsames Tier verwandelt, eines, das der Wissenschaft noch unbekannt war.

„Ich war gut in Mathe", sagte ich. „Das war das, was ich konnte! In einer Klassenarbeit habe ich als Einziger die Aufgabe gelöst, die neu war. Darauf war ich stolz. Jetzt kann ich es nicht mehr."

Wieder schoss die Lava aus meinem Mund, rot und feurig. Wenn die Schwarze dir das Gebiss, die Kandare ins Maul schiebt und du nichts mehr sagen kannst, außer dem, was sie will, dann spuckst du Feuer.

„Weinst du viel?", fragte Gabi.

Ich schüttelte den Kopf. „Sonst weine ich nie."

Und dann musste ich sagen: „Du bist gegangen, weil ich dir im Weg war. Weil du wegen mir das Studium nicht machen konntest." Und jetzt füllten sich meine Augen wieder mit Tränen. Ich konnte sie nicht stoppen. Aber wollte ich das überhaupt?

Gabi gab mir ein neues Taschentuch. Und ich putzte mir unaufhörlich die Nase, bis es ganz nass war wie ein Pullover, wenn du ohne Anorak rausgehst und in einen

Regenguss kommst, der nicht aufhören will. So fühlte sich das an.

Dann musste auch Mutter weinen.

„Kind und Studium geht nicht, hat Rolf immer gesagt. Und dass wir uns ein Heim aufgebaut hätten und alles tun müssten, es zu retten. Hab ihm nicht widersprochen."

„Leider", sagte Gabi.

„Ich bin so glücklich, dass du gekommen bist. Dass du geschafft hast, was ich nicht geschafft habe."

Ich starrte sie an. An der Wand hing ein Porträt über dem kleinen Tisch wie über dem riesigen Tisch in unserem früheren Haus. Aber es war nicht Leibnitz. Mama sah, dass ich es entdeckt hatte.

„Nein, nicht Leibnitz", sagte sie. „Ada Lovelace, die erste Programmiererin im 19. Jahrhundert. Beinah hätte sie mit Babbage einen Computer gebaut, die Pläne hatten sie bereits. Aber kein Geld. Und Frauen durften damals nicht studieren, ihr Mann musste für sie Mathematik-Zeitschriften abonnieren oder schrieb sie für sie in der Bibliothek ab. Weil Frauen diese Zeitschriften nicht bekamen."

„Hat Vater dir Zeitschriften abonniert?", fragte ich. Was für eine doofe Frage.

Mutter schüttelte den Kopf. „Hat er nicht." Nach einer Pause fügte sie hinzu: „Ada hatte zwei Kinder. Und ich sehe Studentinnen mit Kindern in der Uni", sagte sie. „Ich hätte nicht auf Rolf hören sollen."

„Machst du mit mir wieder Mathe?", fragte ich, ohne zu überlegen.

Sie strahlte und weinte und nickte.

Was für einen Unsinn ich erzählte. Ich ging doch gar nicht mehr zur Schule. Und das Pius konnte keiner mehr zahlen, die Gemeinschaftsschule hatte ich versemmelt und in dem Erziehungsheim würden sie nur das kleine Einmaleins lehren.

Mutter zu fragen, ob sie mich liebte, das kam mir damals nicht in den Sinn. Ich hatte der Schwarzen zwar die Zügel aus der Hand genommen, aber sie saß mir immer noch im Genick. Dann kann man das nicht fragen. Und ich glaube, Mutter konnte das auch nicht.

„Du bist aus dem Heim weg", sagte sie.

„Woher weißt du das?"

„Das Heim hat mich angerufen."

„Du hast das Heim angerufen!", korrigierte Gabi. Sie räusperte sich. Ich hatte fast vergessen, dass sie noch da war.

„Daniel, in welche Schule gehst du?"

„Nicht mehr ins Pius, da wissen alle …" Ich schaute Mutter bös an. „Und auf der Gemeinschaftsschule hassen mich alle und wissen es auch schon. Und im Erziehungsheim lernen sie nichts."

Gabi lachte. „Vermutlich lernen sie da schon was."

Jetzt werden sie vorschlagen, dass du bei ihnen einziehst, dachte ich. Ein schwarzer Gedanke und ich wusste, von wem er kam. Warum ängstigte mich das so? Ich hatte Mutter gesucht, aber der Gedanke, alle Tage mit ihr und Gabi zu verbringen, der ängstigte mich. Zu lange waren wir getrennt gewesen, zu viel war inzwischen passiert.

„Nicht gut, gleich wieder zusammenzuziehen", sagte Xanger.

„Wenn du willst, kannst du hier in ein Erziehungsheim gehen, das Abitur anbietet", sagte Gabi, als hätte sie meine Gedanken und die von Xanger gelesen. „Du hast einfach mehr Chancen mit Abi und das kannst du schaffen. Das ist alles. Ich mein, du kannst es versuchen. Wenn du willst."

Auch Gabi kaufte im Sprücheladen für Erwachsene ein, kein Zweifel.

„Trotzdem hat sie recht", sagte eine Stimme in mir, und klar, es war Xanger.

„Die anderen Schüler auf diesem Internat haben auch Probleme", fuhr Gabi fort. „Das ist ein Erziehungsheim, nur mit Gesamt."

„Oh ja!", fauchte ich. „Jeder hat Probleme. Lasst uns Problemgruppen bilden."

Gabi haute mit der Faust auf den Tisch, dass die Tassen in den Untertassen hüpften. Ich sagte nichts mehr und das wunderte mich sehr. Ich war nämlich nicht still, weil ich Angst hatte oder die Schwarze die Kandare anzog und meine Zunge stilllegte oder weil man Erwachsenen nicht widerspricht oder so was. Mir schien es einfach richtig zu sein, für mich schien es das Richtige, erst mal den Mund zu halten. Ich schüttelte verblüfft den Kopf.

„Die Familien der anderen Schüler sind nicht besser als deine", stellte Gabi fest.

„Gibt ’ne Menge Huren", zitierte ich Wastl. Mutter schaute mich bös an. Gleich würde sie mich wieder rauswerfen.

Ich wollte schon aufstehen und gehen, da warf Gabi den Kopf zurück und lachte. Sie verschluckte sich dabei, aber lachte trotzdem weiter und sagte schließlich: „Ja, gibt ’ne Menge Huren."

Dann lachte auch Mutter und das hatte ich wirklich nicht erwartet. Das war so lange her, dass ich sie hatte lachen sehen. Das erleichterte mich so, oh Mann, ich kann gar nicht beschreiben, wie sehr mich das erleichterte.

Dann musste ich wieder weinen. Ich weinte, weil ich meinen Platz in der Gesamt verloren hatte, darum, dass ich im Pius nie Fuß fassen konnte, um Vater, der mich verraten hatte, heulte, weil ich allein war, weil ich Mutter wiedergefunden hatte und doch das Gefühl hatte, sie sei meilenweit von mir entfernt.

Sie umarmte mich. Ich spürte ihren Atem und kam mir vor, als sei ich wieder neun und mir könne gar nichts passieren, weil sie da war. Ich hatte ihren ganzen Pullover nass geweint, da fiel mir der Türsteher vom Chez Nicole ein und sein Satz: „Deine Mutter ist eine tolle Frau."

Auch dieser Satz kam aus dem Sprücheladen und trotzdem war er wahr. Mutter war einfach eine tolle Frau.

Manchmal, dachte ich, musst du im Sprücheladen einkaufen. Da kannst du gar nicht anders. Sie führen viel Ramsch, aber einiges stimmt einfach. Du musst nur die guten Sprüche von den schlechten unterscheiden.

Wie man das wohl anstellte? Vielleicht ging das gar nicht? Vielleicht war der gleiche Spruch mal falsch und mal richtig, vielleicht hing es davon ab, wann und wo du gerade stehst? War das das ganze Geheimnis? Zu wissen, wann ein Spruch passt und wann nicht, und deshalb gab es auch kein Rezept dafür, welche was taugten und welche Blindgänger waren? Vielleicht musste ich meine eigenen finden, wie dieser Radfahrer in Hamburg seine eigene Sprache, in der er beim Fahren sang.

Mir fiel der Deutschlehrer ein und wie er das Wort „Eskapismus" ausspie. Der ist wirklich ein Idiot, dachte ich, er glaubt, er kann entscheiden, was wertvoll ist und was nicht. Dabei weiß er nicht, dass das gar nicht geht. Mir tat er leid. Und dann musste ich lachen.

„Der Deutschlehrer ist ein Idiot", sagte ich.

Mutter und Gabi starrten mich an und ihre Gesichter verwandelten sich in Fragezeichen. „Ja, der Deutschlehrer auf dem Pius ist ein Idiot und der auf der Gesamtschule auch. Die kapieren nicht, dass es eine Zeit für Weltraum gibt und eine für Thomas Mann. Das kapieren die nicht."

„Das kapieren auch viele Leser der Weltraumballerromane nicht", hörte ich Xangers Stimme.

„Das kapieren auch viele Thomas-Mann-Leser nicht", antwortete ich ihm.

Die Fragezeichen waren nicht kleiner geworden.

„Vergesst es", schlug ich vor. „Ich werde es hier mit dem Internat versuchen."

Epilog

Hier ist meine Geschichte zu Ende. Viele Jugendliche bekommen in der Pubertät eine Schwarze Dame und reden so gut wie nie darüber. Deshalb wollte ich die Geschichte erzählen. Und auch, um mir selbst Klarheit über meine Schwarze Dame zu verschaffen. Sie ist immer noch da, aber, Xanger sei Dank, ich konnte sie erziehen. Und ich glaube ihr die schwarzen Worte nicht mehr. Sie ist Teil von mir und ich muss damit umgehen. Manchmal gelingt das gut, manchmal schlecht, aber besser als in den Kapiteln, die ich hier geschrieben habe. Ich kenne sie. Und weiß, dass ich nicht der Einzige bin, der von ihr geplagt wird. Seltsam, dass es dich tröstet, wenn du feststellst, dass du nicht der einzige Verrückte in dieser Welt bist.

Nach einigen Tagen fuhr ich zu Vater, um meine restlichen Sachen abzuholen.

„Hallo Daniel", sagte er.

Was sollte ich darauf antworten? „Hallo Vater"?

Ich schwieg.

Schließlich, nach langem Schweigen, sagte er: „Du bist in einem anderen Heim, habe ich gehört."

„Ja."

Und ich schob die Flügel der Schwarzen beiseite, die mich wieder umschließen wollten. „Was hast du Mutter gesagt?", fragte ich.

„Ich rede nicht mit ihr. Besser, man lässt die Vergangenheit ruhen."

„Hast du ihr gesagt, ich wolle nicht mehr mit ihr reden?"

„Ja. Keine alten Wünsche wecken, die keiner erfüllen kann." Er sagte das ruhig, abgeklärt. Hatten ihn die Biere ruhiggestellt? Wie mich die Flügel der Schwarzen? Nichts drang mehr durch zu ihm?

„Warum hast du mir nichts davon gesagt?"

„War besser für dich."

Ich hätte ihm gerne den Hals umgedreht.

„Du hattest sie doch auch angespuckt und weggejagt", sagte er.

„Ich bin schuld", der schwarze Gedanke schoss mir durchs Hirn. Erst wollte ich ihn verjagen. Aber lassen sich schwarze Gedanken verjagen? Sie rufen stattdessen nur eine Schwarze Dame herbei, die dich mit ihren Flügeln versteckt.

„Sie ist eine Hure", fügte er hinzu.

„Gibt viele Huren", sagte ich.

„Sie hätte deiner Entwicklung geschadet. Es war besser so."

„Ich musste dich abends die Treppe hochschaffen, hast du das vergessen?"

„Ich habe dich jeden Morgen geweckt, damit du zur Schule gehst. Aber du wolltest ja nicht."

Damit hatte er nicht mal unrecht, sagte mir ein schwarzer Gedanke. Und ein anderer kam: Er will dir ein schlechtes Gewissen machen, damit du nichts mehr fragst. Deine Kandare anziehen.

„Ich habe dich jede Nacht aus der Kneipe holen müssen, stockbesoffen. Warum hast du nicht versucht, King Alk abzuschwören?"

„So redet man nicht mit seinem Vater! Ich trinke nur noch wenig."

Und ich begriff, dass ich mit ihm nur weiterreden konnte, wenn ich mir eine Kandare im Maul anlegte und das nicht mehr aussprach, was er nicht hören wollte.

„Weißt du, was du bist?"

„Du verachtest deinen Vater! Du hast mich verlassen!"

„Ein Arschloch bist du!", schrie ich und verschwand in meinem Zimmer. Meinem ehemaligen Zimmer.

Die Wut blieb, aber ich konnte sehen, was Vaters Worte früher in mir bewirkt hätten.

Alkohol habe ich in meinem weiteren Leben nur zu Silvester getrunken.

Als ich 18 wurde, kam Vater im Internat zu Besuch. Er lud mich zum Eisessen ein. Wir saßen vor unseren Eisbechern und keiner von uns sagte was. Ich dachte, es ist wie früher beim Frühstück, wie soll ich den Tag mit ihm bloß überstehen?

Dann fing er an, über seine Reise durch Indien und Nepal zu erzählen, wie billig es gewesen sei, und ich stöhnte innerlich auf. Aber plötzlich hörte er auf und erzählte, dass er mit zwölf in einer Fußballmannschaft Mittelstürmer gespielt habe. Später war er gewachsen, war schwer und breitschultrig geworden, nicht mehr schnell genug, er musste von da an Verteidiger spielen. Ein anderer Junge wurde Mittelstürmer. Vater wurde nie mehr schnell genug, um den Posten zurückzuerobern. Später verlor er die Lust und vernachlässigte das Training. Schließlich flog er aus der Mannschaft.

Nachdem er mir das erzählt hatte, zog er zwei Karten für ein Bundesligaspiel aus der Tasche. Eintracht Frankfurt gegen den Freiburger SC. Um das Spiel zu sehen, mussten wir zum Bahnhof laufen. Doch wir erreichten den Zug nach

Frankfurt und kamen zeitig ins Stadion. Ich hatte schreckliche Angst, als ich die vielen Biertrinker sah, aber die hatten ihr Bier mitgebracht und ich sah keinen Stand, der Bier verkaufte.

Die Freiburger schossen in der vierten Minute ein Tor und mauerten dann wie die Weltmeister. Die Frankfurter liefen wie aufgescheuchte Hühner ziellos auf dem Feld herum, nur dass sie nicht gackerten. Vater begleitete mich zurück ins Internat, obwohl das hieß, dass er erst um zwei Uhr nachts nach Hause kommen würde. Aber ich konnte ihm nicht beibringen, dass ich fähig war, allein zurückzufahren.

Ein halbes Jahr später starb er. Multiples Organversagen.

*

Samstags oder sonntags war ich meist bei Mutter. Morgens packte ich meine Tasche, bestieg die S-Bahn und eine Stunde später stand ich vor ihrer Tür. Wir gingen spazieren oder ins Kino. Manchmal setzten wir uns in ein Café. Oft war Gabi dabei. Mutter erzählte von Büchern, die sie gelesen hatte. Wenn mir gefiel, was sie erzählte, lieh ich mir das Buch aus. Fast war es wie früher. Aber nur fast.

Manchmal war sie schnell beleidigt. So kannte ich sie gar nicht. Dann war ich froh, wenn ich zurück ins Internat durfte.

Wenn Gabi dabei war, ging es besser. Gabi erinnerte mich an Wastl, wie er mit den Schultern zuckte und sagte: „Gibt 'ne Menge Huren." Wastl und Gabi hatten 'ne Menge von der unerträglichen Leichtigkeit des Seins abgekriegt. Mutter früher auch, aber irgendwo unterwegs hatte sie sie verloren. Und ich hatte sie nie besessen.

Nach dem ersten Jahr bin ich beinah durchgefallen. Mutter sagte nichts, aber ist fast gestorben, als sie den Brief kriegte, dass meine Versetzung gefährdet sei. Sie hat mir dann geholfen. Und später hab ich Mitschülern geholfen in Mathe.

Einmal sagte sie mir: „Ich liebe dich, Daniel."

Und ich wurde rot und redete schnell über etwas anderes. Aber freute mich dennoch.

Als ich das Abi schaffte, stand eine Flasche Champagner auf dem Tisch. In Mathe hatte ich 15 Punkte.

Später habe ich nie wieder Xangers Stimme gehört. Sicher, ich habe mir oft vorgestellt, was er sagen würde. Aber da war keine Stimme im Kopf, jedenfalls keine, die mich angesprochen hätte. Ich weiß, ich habe sie mir vorgestellt, und deshalb war sie da, so wie ich mir den Raumkreuzer vorgestellt habe und wie er zerschossen im All trieb.

Xaver kam einfach und sagte, was er sagen wollte. Ob das daran lag, dass es in einer anderen Zeit, einem anderen Raum einen Xanger gibt, und die Röhren und eine Golden Star, weiß ich nicht.

Wenn das der Fall ist, hoffe ich, Xanger ist gut nach Orada gekommen und konnte seine Kinder treffen und seine Frau wiedergewinnen. Das wünsche ich ihm.

Menschen leben in deinem Kopf, selbst wenn sie längst tot sind, du hast die Erinnerung an sie und deshalb sind sie lebendig. Selbst Leute, die es gar nicht gibt, leben in deinem Kopf. Oder wo sonst sollte die Heimat von Don Quichotte und Frankenstein, von Jim Knopf und Perry Rhodan liegen?

Vielleicht gibt es sie wirklich. Vielleicht gibt es eine andere Welt, in der ein Ritter von der traurigen Gestalt riesige Windmühlen bekämpft hat, und ein Spanier hat seine Stimme gehört und hat es aufgeschrieben?

Ganze Universen haben in deinem Kopf Platz, als wäre er ein schwarzes Loch, nur nicht aus komprimierter Materie, sondern aus komprimierten Geschichten. „Eskapismus" sagt auch mein neuer Deutschlehrer dazu. Das scheint eine Art Fluch zu sein, den Deutschlehrer lernen müssen, sonst dürfen sie nicht unterrichten. Immerhin speit er das Wort nicht aus.

Als ich zu Kafkas „Verwandlung" sagte, das sei Eskapismus, lachte er bloß. Die Geschichte ist cool, ich konnte den riesigen Käfer vor mir sehen, den Vater, der ihn mit Äpfeln bewarf und wie ein Apfel im Panzer des Käfers stecken blieb und faulte. Auch dieser Vater half seinem Käfersohn nicht.

Manchmal ist es gut, sich eine Geschichte vorzustellen, die es gar nicht geben kann, egal, ob es ein Käfer ist oder ein Raumkreuzer. Das kann tröstlich sein, wenn alles um dich herum trostlos ist, und vielleicht findest du in der Geschichte einen Xanger und der sagt dir, was dir hier keiner sagen würde.

Wenn du eine Schwarze Dame hast, unerträgliche Schmerzen und glaubst, ein Messer oder ein Strick könnte dich erlösen, rufe hier an:

TelefonSeelsorge® Deutschland:
   0800 1110111
   0800 1110222
   Die Telefonseelsorge hat auch eine Homepage. Und wenn du, wie ich, telefonscheu bist, findest du dort einen sehr guten Podcast, nicht lang, aber wirkungsvoll:
   https://www.telefonseelsorge.de/krisenkompass/
   Hotline zur Lebenshilfe:
   116 123

Hans Peter Roentgen reiste in den Neunzigern mehrfach in die USA und erlebte dort eine lebendige Schreibcommunity, die über Handwerk und Texte diskutierte.

Das verführte ihn, Diskussionen um das Schreibhandwerk in Deutschland zu etablieren und er schrieb für den ersten deutschen Autorennewsletter »*The Tempest*« monatliche Kolumnen, in denen er Texte von Anfängern und Fortgeschrittenen besprach.

Daraus entstanden die Schreibratgeber »*Vier Seiten für ein Halleluja*«, »*Was dem Lektorat auffällt*«, »*Drei Seiten für ein Exposé*«, »*Spannung, der Unterleib der Literatur*« und »*Klappentext, Pitch und anderes Getier*«.

Seit über zwanzig Jahren beteiligt er sich an Schreibseminaren und Diskussionsforen. Beim größten deutschen Autorennewsletter „The Tempest" war er von Anfang an als Redakteur dabei. Er coacht Autoren, moderiert Textkraft.de und lektoriert die Texte zahlreicher Autoren. Für die Marburger Literaturkritik, für literature.de und Bücherrezensionen.de hat er über 600 Bücher besprochen. Im „Tempest" interviewt er Autoren, Lektoren und Literaturagenten, darunter Andreas Eschbach, Juli Zeh und Sol Stein, und bespricht die ersten vier Seiten und Exposés von Lesern. Auf seinem Blog (https://hproentgen.wordpress.com/) veröffentlicht er Texte zum Schreiben und Überarbeiten.

Danksagung

Unzählige haben mir bei diesem Romanprojekt geholfen.

Sonja Puras, du hast immer wieder auf Schwachstellen hingewiesen. Jette Jensen, du hast das Manuskript gelesen und mit mir diskutiert. Eric Hansen und Astrid ule, ihr haben das Projekt ein Jahr lang begleitet in euren Schreibgruppen und dem „Finish-the-Book Club". Ohne euch beide und die Mitglieder eurer Schreibgruppen gäbe es das Buch nicht.

Die Fehlerjägerin Birgit Rentz hat das Buch lektoriert und eine Unzahl von Fehlern erlegt,.

Isabella Schmitt-Egner, du hast mich bei dem Projekt beraten und das Cover gestaltet, danke, liebe Isabella.

Und natürlich herzlichen Dank an die vielen anderen, die mir geholfen haben, und die ich hier vergessen habe, aufzuzählen.

Die Waschbar und das Theatercafé in Potsdam sind wunderbare Orte, die ich liebe. Dort sind viele Szenen von diesem Buch entstanden, Danke dafür an alle, die sich dort unermüdlich um schreibende Autoren und andere Gäste bemühen.

Herzlichen Dank, dass Sie bis hierher gelesen haben. Ich hoffe, das Buch hat Ihnen gefallen. Bitte denken Sie daran: Mit nichts können Sie einem Autor mehr Freude machen, als mit einer Rezension, egal ob bei Amazon oder anderswo.

Hans Peter Roentgen

Auf den Folgeseiten finden Sie weitere Bücher von mir, und Bücher, die ich lektoriert habe. Alle Bücher sind unbezahlte Werbung.

Hans Peter Roentgen

Vier Seiten
für ein *Halleluja*

Ein etwas anderer Schreibratgeber
für Autorinnen und Autoren

Vier Seiten, mehr lesen Verlagslektoren von unverlangt eingesandten Manuskripten nicht. Verlagsborniertheit? Nein, Profis können tatsächlich nach den ersten Seiten sehen, woran ein Text krankt. Da wird zu viel erklärt, oder die Personen bleiben blass, oder der Text ist mit Adjektiven überladen oder ...

Wenn solche Probleme in einem Text auftauchen, wird der Lektor ihn schnell beiseitelegen. Wie Sie verhindern können, dass es auch Ihrem Manuskript so ergeht, erfahren Sie in diesem Buch.

„Statt trockener Theorie nimmt Hans Peter Röntgen die ersten vier Seiten von Geschichten und analysiert diese auf eine sehr unterhaltsame Art auf Fehler oder Verbesserungsmöglichkeiten." Bestsellerautor Christoph Hardebusch

„Brilliante Idee, großartig umgesetzt." Bestsellerautor Tom Liehr

Vier Seiten für ein Halleluja, Hans Peter Roentgen, 18 €
CharlesVerlag, 192 Seiten, ISBN: 978-3910408081

Hans Peter Roentgen

Drei Seiten
für ein Exposé

Schreibratgeber

Exposés sind das Fegefeuer der Autoren. Leichter quetscht man einen Elefanten durch ein Nadelöhr, als dass man einen 400-Seiten-Roman auf drei Seiten Exposé eindampft.

Hier erfahren Sie, wie Sie ein Exposé schreiben, es verbessern und für Ihren Roman nutzen, um Schwachstellen Ihrer Geschichte aufzuspüren.

Was ein Kurzexposé und ein Pitch ist und was Sie an Verlage und Literaturagenten schicken müssen. 14 Beispielexposés und ihre Überarbeitung. 6 erfolgreiche Exposés, die zu Verlagsverträgen führten, darunter eins von Titus Müller. 7 namhafte Literaturagenten verraten im Interview, was ihnen wichtig ist.

Drei Seiten für ein Exposé, Hans Peter Roentgen, 18 €
Charles Verlag, 200 Seiten, ISBN: 978-3910408104

Freiburg 2011, im Café Montparnass: Am Tresen schwadroniert die Alt-68er-Riege bei Bier und Cappuccino über den revoltierenden Geist der Vergangenheit, besinnt sich der Lebensträume einer Generation, träumt von bewaffnetem Kampf und Unabhängigkeit.

Doch die Gegenwart kennt keine Nostalgie. Dann stirbt der Plotter. Der manische Plot-Erfinder, der nie ein Buch fertig schrieb, wurde vom eigenen Bücherregal erschlagen. Sein Freund Martin findet im Nachlass ein brisantes Manuskript. Damit eröffnen sich ganz andere Theorien. Nur müsste man mit einer Bullin zusammenarbeiten, Juli, einer karrieregeilen Nichtswisserin. Die Polizei würde die Geschichte gerne den Wagenburglern anhängen: zwei Fliegen mit einer Klappe. Doch Juli hat reichlich Grips und geht mit Martin auf Mördersuche im Freiburger Hier und Jetzt. Dabei geraten sie in einen undurchsichtigen Strudel von Polizeiinteressen, „inkorrekter" Fremdenfeindlichkeit und islamistischem Fundamentalismus.

Der Plotter, Hans Peter Roentgen, 12,90 €,
CONTE-VERLAG, 232 Seiten, ISBN: 978-3941657700

Ein Land, gefangen in seiner grausamen Geschichte.

Ein Königssohn, der nie gelernt hat, was Freundschaft und Liebe ist.

Eine Reise, die alles verändert.

Der Königssohn Ronan wächst unter einem Vater auf, der Raukland grausam regiert. Ronan hat nie gelernt, das infrage zu stellen: Sein einziger Freund ist das Schwert.

Ein folgenschwerer Fehler verschlägt Ronan auf die nordische Insel Lannoch. Will er jemals nach Hause zurückkehren, muss er eine uralte Prüfung bestehen. Dabei erweist sich sein Schwert schnell als nutzlos: Erstmalig braucht Ronan einen Freund an seiner Seite, doch alle Inselbewohner hassen ihn. Bis auf Liam. Der jedoch ist der größte Angsthase im Nordmeer.

Rauklands Sohn, Jordis Lank, 15,99 €
Independently published, 449 Seiten, ISBN: 1695377648
Lektorat: Hans Peter Roentgen

Melli, jetzt 86, Krimiautorin, will noch immer nicht das Zeitliche segnen. Geschweige denn langsam zu Grunde gehen wie ihre Mitbewohnerinnen. Stattdessen geht sie wieder auf Mörderjagd. Und Inspektor Angermann und manchem anderen auf die Nerven.

In der Nähe der berühmten Wotrubakirche häufen sich die Todesfälle. Alle Opfer stehen mit einem Obdachlosenheim in Verbindung. Und dort mit einem angeblichen Perser, einer schillernden Figur, der sich nicht in die Karten schauen lässt. Also auf ins Obdachlosenheim!

Doch das ist keine gute Idee, wie sich bald herausstellt ...

Ein neuer, skurriler Wien-Krimi mit viel Witz und Wiener Schmäh. Melli agiert wie Miss Marple mit Ausdauer und Schläue und lässt sich auch von krachenden Gelenken und schmerzenden Muskeln nicht abschrecken.

Älter, böser, immer noch nicht tot, Ingrid J. Poljak, 15 €
tredition, 346 Seiten ISBN: 978-3384394897
Lektorat: Hans Peter Roentgen

Ich war kein unschuldiges Mädchen. Meine Unschuld war mir schon vor langer Zeit unfreiwillig genommen worden. Vielmehr war ich das, was die Gesellschaft in mir sah: eine Schlampe. Ich war ein Sündenmädchen durch und durch.

Wie Rotkäppchen vom Wege abgekommen, ließ ich mich mit lüsternen Wölfen ein.

Henri war einer davon. Er gierte nach Frischfleisch und zahlte gut dafür. Vor seiner Kamera posierte ich nackt und verkaufte meine Freundinnen an ihn. Je jünger sie waren, desto höher fiel meine Prämie aus.

Auch jetzt, fast zwanzig Jahre später, ist mein Leben noch komplett aus den Fugen geraten. Dabei habe ich es doch so sehr versucht, eine gute Mutter und anständige Frau zu sein. Alles hat man mir genommen. Fast alles. Was bleibt, ist der Humor. Und Baumwollschlüpfer in Übergröße.

Sündenmädchen, Jette Jansen, 14,95 €
Merlins Bookshop, 257 Seiten, ISBN: 978-3962480561
Lektorat: Hans Peter Roentgen